物语症

俪歌 著

SPM 南方传媒 | 花城出版社

中国·广州

图书在版编目（ＣＩＰ）数据

物语症 / 俪歌著. -- 广州 ：花城出版社，2024.6
ISBN 978-7-5749-0155-1

Ⅰ．①物… Ⅱ．①俪… Ⅲ．①短篇小说－小说集－中国－当代 Ⅳ．①I247.7

中国国家版本馆CIP数据核字(2024)第075282号

出 版 人：张　懿
责任编辑：蔡　安
责任校对：梁秋华
技术编辑：凌春梅　林佳莹
封面设计：李晓玉

书　　名	物语症
	WUYUZHENG
出版发行	花城出版社
	（广州市环市东路水荫路 11 号）
经　　销	全国新华书店
印　　刷	佛山市浩文彩色印刷有限公司
	（广东省佛山市南海区狮山科技工业园 A 区）
开　　本	880 毫米 ×1230 毫米　32 开
印　　张	8.125　1 插页
字　　数	180,000 字
版　　次	2024 年 6 月第 1 版　2024 年 6 月第 1 次印刷
定　　价	40.00 元

如发现印装质量问题，请直接与印刷厂联系调换。
购书热线：020-37604658　37602954
花城出版社网站：http：//www.fcph.com.cn

目录

鼻子

　　观众的呼吸被扼在喉咙里，就在他们看见在手掌状的舞台上翩然起舞的完美的那一刻。完美穿着风靡世界的中国仕女娃娃装，美得令人目眩神迷。十来秒的开场后，观众终于适应了这样的美景，艰难地找回了呼吸的本能。一小簇、一小簇的热烈的火苗被观众点燃，助推它们不断升温，蹿高，升温，蹿高，直到舞台的周围，"嘭"地开出了花。

　　人们在舞台下高吼："完美，我爱你！完美，我爱你！"高亢的声浪翻滚着撞向舞台，将花朵扯碎成片片的花瓣，向下飘洒。落花点点，纷纷扬扬，在她的足下加垫了一层柔软。

　　花开花落间，完美的舞姿始终轻盈，她不着痕迹地踏着繁花，攀高，映在月盘般的灯景前。在青烟色的冷月下，她美到缥缈，仙若人间留不住。

　　在没有人关注的暗影里，美人用黑衣裹住全身每一寸皮肤，旁人若不小心看往这个方向，只会哆嗦着说：好一只硕鼠。她卑劣地藏在暗处，猥琐的眼睛不知好歹地钉在舞台上。她甚至在脖子上支棱起木头架子，帮自己固定住角度，这样才能在升起舞台时捕捉到女儿拂过舞台缝隙的衣袖。

　　她的卑微和阴暗，一眼即知，和完美无一处相似。

　　直至音乐终止，完美停步。她微微喘着气，礼貌地朝着各方观众鞠躬，然后顺着手臂状的楼梯滑落退场。观众挽留的呼喊流水一般随在她的舞裙之后。

只是，人潮被拦断，除了美人——

她转过身，手掌舞台当即像是坠落的蝴蝶的翅膀，朝着人群飘落，浮空时便融作星光闪烁的轻纱。轻纱之下，木架落地。美人扣上黑色的帷帽，如同卑劣的老鼠一样溜走，转身成了完美身边的黑色影子，小心翼翼地掩住女儿摄人心魄的美丽。

母女两人悄然退场，乘上了水流甬道。

美人依然藏着自己的脸，帷帽之下还有墨镜和黑色的口罩，仅靠声音，喜悦还是欢快地蹿了出来："宝贝，你太棒了，你的表演真的是太棒了。"

完美像娃娃一样被蝙蝠装扮的母亲搂在怀里，遮住了色彩。可她的脾气很甜，并不抱怨，夸奖还在瓜子小脸上扑了一层红粉。明知希望渺茫，她坚持讨要奖赏："那，我能出去玩一会吗？"

"当然不行了，"美人尖叫，她神经兮兮地箍紧女儿，"你出门太危险了。"

"我可以变装，在脸上画一点雀斑、青春痘，再描上假眉毛之类的。"完美多次提起要独自出门，母亲的反应都很激烈。美人一直将外面的世界描述得十分可怕，那里满是噬人的猛兽，尤其偏好年轻的女孩。完美却越听越抑不住出逃的渴望，想做个任性的女儿。

"你要是看腻了大海，我们可以马上搬家。"美人有意曲解女儿的愿望。

完美失望地摇头。

两个人到了小区门口。一条巨大的游鱼早早地停在这里等待。

　　她们居住在高级别墅区，这一片的房子是由蚌壳搭建的。星空之下，汪洋之上，举目四眺，深深浅浅的蓝绿色波浪沉沉浮浮。完美依然蜷缩在美人的怀里乘上游鱼。大鱼摆了几次尾，到了她们的居所，先停在后门——直通完美的房间。完美单独住在一个较小的蚌壳屋里，房间的下头堆叠着柔嫩的浮沫。美人将完美托举至浮沫上，目送她，待女儿落锁才离去。美人离开后，头戴簪花的鱼儿打着哈欠探出头，代替母亲，作为哨兵看住完美的门。

　　完美站上浮沫时，温润的珍珠已点亮她整洁而清爽的房间。美人为女儿倾尽全力，未曾遗落一颗灰尘在此戕害女儿的身体。

　　为呵护完美娇嫩的肌肤，美人订购了顶级的香蚌肉，将它们铺作了地砖和墙面来避免硬物磕碰。滑腻腻的蚌肉，挟着一层湿滑的黏液包裹少女的肌肤。骨骼被夺走了支撑功能，完美踏进房间的那一刻，便只能像狗一样趴着，爬向床榻，由外带来的些微尘埃，都被蚌肉消化了。

　　墙上的珍珠是从香蚌中生出的，被细致地排成了繁星的阵型，好似是镶嵌于墙上的无数眼睛。看护女孩儿至熟睡，它们才跟着合眼。

　　完美的居所背靠着屋宇的主体。种满了珊瑚的花园围绕着深海泡泡组成的大门，进去是客厅、餐厅，美人的房间在最深处，那儿比女儿的房间简陋不少，不大一间。只有一个优点：推开窗，就能透过珊瑚树看见完美的窗台。不过，女儿却从未进过此房间，美人总在门上钉着"工作中"的牌子，且不忘落锁，白天还会拉上黑色的窗帘。

　　毕竟，里头藏着诸多诡秘。譬如堆放的诸多被放弃的娃娃，因未完成，身上缺失了一些部位。卧室里没有镜子，除了中间的水池，甚至没有其他能反光的物事。毕竟，在看不见自己的地方，美人才胆敢袒露她丑陋的脸——她的五官似乎都是被人揉捏至变形才安到脸上的，只能按照五官的既定位置来辨认。倒是她的身体曾经颇美，肤质滑腻，纤秾合度。

很久以前，在美人还会抱着女儿安睡的时候，她察觉到自己的身体能供给女儿美貌值。

是的，美貌是有数值的。

美人发现：大多数人的美貌值不管高低，都是被牢牢锁定的。可美人求来的祝祷打破了限制，母女俩的美貌值可以流通，特别是完美，其数值变化还会随着年龄增长而增大。

美人仅有的美貌值都存在身体里。黢夜中，她会把女儿缠抱在怀中，将身体中的美貌值疯狂地倒过去。白天，美人就努力看顾自己，争取养护出高数值来蕴养女儿。

正因为如此，美人从不亲完美，她的脸无关美丽。

完美十七岁后，美人再不和女儿同睡，同时开始在她的双手够得到的每一处皮肤上不断地画鼻子。她的身体被切割得支离破碎，血流不止，她的身体告别了美丽。美人不愿让女儿知晓她的牺牲，更不敢裸露出皮肤去拥抱女儿。

美人出生即丑，现时更是不堪。美人这个名字淬满了对她的恶意讽刺。

万幸，她有了完美，一切可以改变，完美必须美下去；完美是她的女儿，是她生命的延续，完美必须美下去；完美是她的救赎，是上天对她的补偿，完美必须美下去……

为了让完美美下去，美人愿意付出一切，她的防护绝不能松懈，就好像此刻——

房子明明漂在海上，远离人群，但她还是先用目光梭巡了一圈，确定无人能看见她的面孔，这才推开窗迎入了月光。她们是老熟人了，美人无须待客，兀自拿起一把银剪，静待完美沉睡。

完美步入了梦境，奇特的世界在她的梦中铺陈。完美不确定外面的世界是不是跟梦里一样有趣，她只知此地有无尽的快乐：花淌出蜜汇聚成溪流让她品尝，昆虫歌唱着绣一条动人的长裙……她看得目不暇接，足尖甚至自作主张踩着快节奏舞动，以此表达满溢的喜悦。一只飞鸟被她吸引过来，周身排布的青羽有若玉琢。它旋在完美的上方，伸出自己的足，诱惑完美一同去远方。

但是有看不见的弹子打来。

青鸟受到了惊吓，抛下完美独行，还拐走了身边的奇景。完美无能为力地目送其离去，无奈枯坐于无声的庸常。

月色善妒，而完美脑中生出的思绪在月光下熠熠生辉，它当即红了眼，帮美人标记出这些梦中景，方便美人伸出剪刀——"咔嚓""咔嚓""咔嚓嚓"，它们都黯淡了。

在美人剪完之后，月光怀揣嫉妒地将被剪碎的思绪抛出，看着它们在远处挣扎几下后沉寂于海面，成了仅闪烁一瞬的吉光片羽。

如此，月色又成了夜色中最闪亮的倩影，它开始沿着星辰的天梯攀爬。美人在月亮登顶后才安心睡去。

母亲不知疲倦，只因她怀揣信念：完美必须美下去！

美人看了一眼房屋中间那个小小的水池，入睡前最后念叨了一句："完美，我爱你。"

完成了这个仪式，美人突然睡去，她也做了一个梦。

梦是过往的倒叙：七座山，一山更比一山低，她垫坐在下方，用身体包住了完美从最高那一座山的狐狸大仙庙往下滑。在漫长的下滑过程中，岁月从美人的身上脱落，皮肤大片迸裂，流出的血在周身泛成了雾，在那虚无中隐约藏着狞笑——最后，她们一起，坠入到了故事开始前的女儿河里。完美终于无可遮挡，轻柔的河水洗过了她的脸，她细碎地啜泣："妈妈，我的鼻子好疼。"

美人惊醒，抽起被单连滚带爬地撞开一扇扇门，冲到完美的门口。

此时，晨曦还在揉搓眼睛，完美尚在安睡，美人的动作变得轻柔，缓缓打开女儿门上的锁。母亲的目光锐利地锁定住完美的鼻子，微微睁大的瞳孔放大了黑夜之中鼻子上不易察觉的一线弯曲。

美人的手开始颤抖。

她迅速锁上女儿的门，狼狈冲回自己的卧室，扑到了房间中央的水池边上。

那是一方浅浅的池，蓝绿的海水通过滤纸不断地涌上来呼吸，波浪滚过被牢牢夹在水池面上的一张皮，皮上的划痕刻印着完美的脸。

美人不假思索地熟练定位到完美的鼻子线。不用点灯即知：皮上线条模糊。水能让皮肤维持在青春活力的状态，也因此会加速皮肤愈合。当初美人仔细权衡过，完美水润润的肌肤是不能放弃的，为弥补愈合过快的问题，只需小小的牺牲。

美人在小腿上翻找出一块小小的空白，右手拿起刻刀。她盯着刀锋在小腿上走位，精确画出了鼻子的轮廓。刀锋行过，除了血还会不受控地流出，其他反应均已消失，只因她已重复这一动作千百次。红色的血液不过是低廉的祭品，美人不在意地敬献给完美——她的最高杰作。

直到她找准了划破皮肉的手感，才换上一把久经考验的刻刀，她虔诚地用手指擦拭了刀刃一遍又一遍，新鲜的血液涂抹其上。

染了血的刻刀靠近水池中间的皮，血液从刀尖滴落，在水池里绽开层层的涟漪。苍白的皮肤因染上血色生动起来，泛起若有似无的微笑。

美人熟练地划开皮——"嘶啦"一声，愈合部分的脸又一次现出鲜明的鼻子线条，精致、秀挺。

美人终于放松，力气抽身而去，抛弃她匍匐在地，靠着手扣住池边勉强拉高了头颅，膜拜的眼神迷离地看着那张红粉的皮。

完美的幻影微笑着从水底浮起，无瑕的脸嵌套进水中的皮里，严丝合缝地贴合。她起身，踏于碧波之上，细碎的泡沫涌现，抬起了美之女神。神女慈悲地看着美人，声音洪大又缥缈，赐下奖赏："做得很好。"

"是的，是的，很好……谢谢，谢谢……"美人低下头，虔敬叩拜。她身体打战，不敢直视其耀眼的美貌。

等到晨曦逐渐繁盛，阳光再次将美人唤醒。她找出一个红色的小小灯笼，挂在一条绳上。

最新的两只灯笼已紧紧地贴在一起。

美人的心沉沉下坠，她的猜想又一次被证实：离完美的十八岁生日越近，完美的美貌值就越不稳定。

美人愿意付出一切代价让完美保持美貌。只是曾走过的路，已对她关闭了。

怎么办？她的女儿要怎么办？美人惦念着这个问题，被生物钟推去厨房，为女儿准备早饭。

酣睡中的完美没感受到母亲的焦虑，她准点起床，爬到了餐厅等待用餐。

刚进门，她已闻到桌上饮料发出的浓烈腥臭味。完美落座时就皱着眉将它尽量推远。

母亲的声音响起："不要皱眉头，皮肤易长纹。这饮料对你好，喝了吧。"

可完美觉得恶心，因为她知道，这是美人的乳汁。虽然美人不让她出门，却从不禁止她看书，她从书上获知，只有孩子才会喝母亲的奶水。就算不顾及伦常，完美也在生理上抗拒饮用——味道太恶心了。

发现乳汁秘密的那一日，完美本打算偷偷出去玩，起得很早。

她溜到门口时，听见了母亲痛苦的哀鸣。完美紧张地回转，趴在窗沿，看见美人双手握住自己干瘪的乳头，痛苦地挤压着。良久，微白的乳汁，才艰难地从她的身体里缓缓滚出，砸入完美的杯子里。

美人的五官因痛苦扭打起来，眼神却狂热燃烧着，嘴角还泛起奇异的笑，她喘着粗气，点火，来不及穿好衣服，就趁着新鲜开始熬煮稀少的奶水，还往里头添加各种草药。直到饮品熬出腥臭，才扯衣服恢复原状。

完美是个内心纯善的孩子，看着母亲艰辛地操持，乖巧爬回餐厅——这是唯一能为艰难的母亲奉献的事情。

乳汁是美人依照秘方烹调的。她的身体被祝祷过，让女儿服食其中挤出的乳汁，能够给女儿增添一点微不足道的美貌值。

为了让乳汁不断，美人不得不长期服药将自己的血液转成乳汁。十几年来，从未止歇。

完美不知道美貌值的秘密。所以，一旦感动的扼制疲软，她就开始挣扎。可是杯子却总能生出锁链来。透明的锁先是爬到了她的指尖上，然后蔓延向上，将她整个人都固定在了这里。她不得不仰起头，将腥臭的乳汁灌入肚腹。

乳汁在她的体内发酵，浇灌出一株藤蔓类的植物，它欢欣鼓舞，庆祝新的一天获得的营养，努力向上生长。藤蔓的尖头即将刺破她的咽喉，将她串作藤上的一朵花。

恶劣的口感和恐惧的幻象压服禁咒，完美终于发泄似的将杯子推到了地上："不喝了，我明天再也不喝了。"

美人一步步地踱过来，半蹲下身子，对上完美的眼睛温柔地询问："你在说什么？不舒服吗，宝贝？"

她柔和的语气吸走了完美的理智生存的空气。她看着母亲干瘪下陷的乳房，心虚地摇头："没什么。"她眨眨眼，抱住了母亲。

"那就好，真是妈妈的宝贝。"

母亲的双峰上渗出的腥臭，让完美皱起眉头。她压制着欲呕吐的绝望，瑟缩着，却不敢放手。

幸好，美人很快拉开女儿，退了几步。这两年，她的身体逐渐破裂，不过是被几根会动的骨头支撑起来的皮肉架子。弥缝身体的营养和血液被大量地消耗，成为浇灌完美的营养剂。如今，美人的身体是吞噬美貌的黑洞，饥渴地伸出了獠牙。放开女儿，美人仍不自觉地吞咽着唾液，她伪装笑脸，佯称自己要工作。

其实，美人早已没了工作。

做玩偶是美人自小唯一自傲的才艺。

美人貌丑，对美丽异常地渴求。而玩偶，有着类人的皮囊，其下又没有灵魂，可以任意装扮。美人操控它们的皮囊，赋予它们美丽——所有的美皆掌握在她的手中，出自她的想象，这种强大的控制感让美人上瘾……

美人迷恋自己的工作。

如今，风靡全球的中国仕女娃娃，就是美人的得意之作。靠着这一系列娃娃，她们母女终其一生都能衣食不愁。可是，美人仍在创作新的娃娃。

直到完美十六岁，她抱着自己的鼻子醒来："妈妈，我的鼻子疼，好疼啊。"

美人冲过去，掰开女儿的手检查，看到了一个熟悉的鼻子。

美人那段时间手感很差，尤其做不好娃娃的鼻子，不是太直，就是太扁。

正好，完美即将十六了，她将娃娃放在了一边，筹备起女儿的生日来。

没想到，那个不曾完工的鼻子，居然长到了她的完美的脸上。

美人瞬间明悟：是她，都是她害的！是她坚持要工作，抱着娃娃不撒手，才将祝祷的力量转移到了娃娃的身上，让仕女娃娃的脸和女儿的美貌绑定在了一起。而且，她还做不好鼻子，完美的，适合长在女儿脸上的鼻子。

看着喊疼的女儿，美人的手脚冻住一样僵硬，她嘴里不住地哄着："没事，没事，吹一吹就不疼了……"可是眼睛却在四下搜寻，妄图找到解救女儿的良药。

灵光一闪：做一个鼻子！

是的，马上做一个完美的鼻子。美人开始没日没夜地做鼻子。炒时蔬时，将萝卜做成了鼻子形状的小丁；做娃娃的衣服，上面的图案全都是鼻子……鼻子，鼻子，鼻子，她在想象的海洋里搜寻，试图打捞起完美的一个。

终于，她成功了。美人战战兢兢地将塑好的鼻子安到娃娃的脸上。那个没有灵魂的玩偶，隐隐泛起微笑。

完美也不再喊疼，她闭眼休息，看上去闪耀夺目。

只有美人状况变差，她开始胆怯，害怕自己的手艺，之后的"工作中"都是安抚女儿的谎言。

美人牺牲了自己最爱的工作，换来了完美一年的平稳。

可完美十七岁后，美貌的流动速度突然加快了。美人不亲吻、不触碰女儿，不去制作娃娃，也没有办法维持完美的美丽了。

美貌如饕餮般索要美人的一切，美人已贡献出她的血与肉。

十七年过去，美人肚子上的图案变得很浅，似有似无。她试图用颜料去勾勒、加深线条，设计新的美丽娃娃，可是都没有效果。完美离开美人的身体太久了，久到她很难再影响女儿了。

幸运的是，美人还是找到了解救的办法——刻那张皮。

可是一年以来，充当预警的红色小灯笼越排越紧密，它们相亲相爱地挤在一起；美人的皮肉一次次绽开，很难再找到地方下刀……所有的信号拥挤在一块儿冲她嚷嚷：你害怕的时刻，到了！

完美即将十八岁了，她即将在法律上成人了，古老的力量被进一步地削减。完美会毁了吗？会逐渐变得丑陋，变成美人的女儿该有的样子…….

只要想到这个可能，美人的身体就瘫成了一地的水，就好像十八年前，她怀着完美时那样。

美人孤单太久，不想一个人终老，于是在十八年前排队领到资格去女儿河，喝了一口水。

当即，美人怀上了盼望多年的孩子，住在女儿河边的医院里。

待产中的美人，从孤单中挣脱出来，有了全新的焦虑和恐慌：从她肚子里爬出来的女儿，会不会跟她一样丑？

她一直孤独，被世人嫌弃。于是将自己对这个世界该怀有的深切爱意窖藏在肚腹中，泡着一生仅会有一个的宝贝。爱意汹涌，醉了神魂，越酿越恐慌——若是这个被她带到世上的生命有如她一样的失败和不幸……

终有一日，女儿会痛恨逼她来这个世界的母亲！

美人沉浸在想象中绝望哭泣，朦胧中听到了一个缥缈的传说：沿着女儿河往西走，拐过了三个弯，最狭小的河湾怀抱着一排山脉，一共七座，从靠河边的那一座山爬上去，爬到最后最高的那一座，就能寻到狐狸仙丘，里头住着狐狸大仙。

世人说：狐狸大仙，多变，爱美，善诱人。

美人在某一日的凌晨离开了医院，沿着水，去寻那座山。

刚刚下水的时候，水只到她的脚踝，慢慢地走着，水一点点漫延上来，然后清澈的水波一下又一下，调皮地抚触着她的肚子。等到了传说中的河湾，水已经越过了她的头顶。

美人从水里浮起，仰头也望不见第一座山的山顶。据说，山有七座，排列成行，一山更比一山高，最高的那一座，山顶隐没在了云霄之上。

美人吸了一口气，摸了摸自己的肚子：宝宝，妈妈去给你求一张好看的脸，你乖一点，不要闹，安安稳稳坐在妈妈肚子里。

开始爬山时，阳光才羞怯地从云层里露出一点鬓角。

随着阳光外放的热情不断升温，美人也不断向前向上。

走过了第一座山时，她湿了脚踝；爬过了第二座山，她的小腿也被汗水浸湿了；翻过了第三座山，她的整条腿都和水融在了一处。面前的大山似乎还是高不可攀，而日头已经高高地悬在了头顶，目光狠辣。

美人停下来，躲一躲逼人的日光，安抚性地摸一摸自己的肚子："宝宝你已经很乖了，可妈妈想你再坚持一下好不好？"

宝宝没有回话，美人捧着肚子继续。

第四座山翻过，她的腰部已经可以拧出水来；爬过第五座山，汗水已经侵蚀掉她的胳膊；第六座山过去，汗水已经淹没了她的脖颈。面前的第七座山，是最后的挑战！

此时，夜幕早已登台开演，美人却被疲惫牵连，陷入汗水的泥泞，匍匐在地上，抱着肚子，难以挪动。

她最后抬手，摸向自己濒临溶解的脸，难看的五官依然顽固地盘踞着。刺激卷上一层薄荷叶在大脑中炸开。想到肚腹中的女儿，美人又挣扎着挪动了一步。

有了第一步，后面也就能坚持了，美人慢慢地向上，向上，任由汗水逐渐吞噬了她的眼口耳鼻，呼吸都含着疼。

可是她还是机械地迈步，往上，化作了水的四肢已快支撑不起她的身体。幸好她流下了太多的汗水，汗水在她的周身汇聚成一个小小的池塘，让她如鱼一样，在汗水中游动向上。

明月爬到最高处，清冷的月色点亮了云上的山顶。

完全被汗水淹没的美人，透过被汗水扭曲的视线，看见了一座洞府，洞府门口有座带笑的狐狸仙石像。洞口还有一块牌子，上书：等价交换。

美人喘着粗气，挤出的第一句话是："狐狸大仙，帮帮我！"

无声。

"求求你，求求你，帮帮我。"美人虔诚地哀求。

依然无声。

"求求你，帮帮我的女儿吧。求求你，求求你赐她一张美丽的脸。"

"那你能给我什么？"终于有一个声音从洞府中传来。

"我……我没有美貌，没有惊人的家世，没有太多的天赋，我可以给钱，我攒了一点钱……我求你仁慈，求你。"美人急切地哀求着。

她似乎打动了狐狸大仙，石像好似晃动了一下尾巴：

"那算什么。不过，好久没人找来了，我就帮你一把。这样吧，我只要你三年的财富，就赐给你一张假面。你将它蒙在肚腹之上，便会得偿心愿。"

狐狸大仙话音刚落，门口的石像化作了银狐，从地上跃起在空中转了三圈，化作一缕青烟，最后又变回石像。石像之前躺着一张皮质的美人脸。

美人朝着石像磕了三个头，捡起了假面。它轻薄柔软，没有重量，好似真皮。美人因为满足而颤抖，用最后的力气，将那一张假面贴在自己的肚子上，晕死过去。

那张美丽的面孔，融成了美人的肚皮。她从山顶流到了医院的门口，被医护人员扶回了病房。好像一切都没有发生，那一天的经历只是一场梦。

唯一的变化是，美人不能再工作了，总有意外让她无法设计娃娃。譬如说，送去公司的设计被刮上了天空，打了个旋儿，不见了。美人看着飞远的画稿，大笑：太好了，不是做梦。

她可以忍受一切困苦，只求有个漂亮的宝宝。

美人在产房里号叫了一天一夜，最终，宝宝诞生在清凌凌的月光下。透过被汗水侵蚀的视线，可怖的血丝在美人的眼眸里张牙舞爪，她努力驱散这些扰人的遮挡，瞪目望向孩子的脸蛋——

那张小脸混合着天真和魅惑，出生即美。

"叫她完美。"美人松了口气，喃喃说道，"我最完美的宝贝。"

等到醒来，小完美睡在美人的身旁，不知道是不是母女连心，宝宝本来合上的眼睛在美人打量她时睁开了，唇角跟着咧开。

那一笑，世界都融作了温柔。

美人突然有了冲动，解开了衣服，查看自己的腹部。原本胀大的腹部没有完全收回去，一块丑陋的、失去了弹性的皮无力地耷拉着，原本清晰的美人脸被盖住了。美人就着朦胧的月捡起了自己的肚皮，将它抖开，仔细查看上头的美人脸——鼻子被毁了。在满是褶皱的肚皮之上，鼻子似乎塌陷歪曲了，平白大了一圈。美人吓得赶快松开手，她快速将自己的肚皮折叠好，不敢再看了。

出院了，美人抱着女儿去了贫困村，艰难求生。

美人的积蓄日益减少，完美还可以服食母乳，美人则不得不忍受一日比一日难熬的饥饿。

幸好，她尚且美丽的身体还年轻，除了消瘦，没别的问题。还要庆幸，她的肚子因为饥饿恢复成了平坦一片。狐狸大仙赐的美人脸清晰可见，其上的鼻子依然秀丽。那一晚所见，确乎不是大梦一场。

完美是唯一不嫌弃美人丑陋的人，她软软地依偎在母亲的怀中学会了说话和认字，依恋地叫着："妈妈，妈妈……"

为了这两个字，美人愿意倾其所有。

可是，挺了一年多，美人还是快断奶了。

美人找邻居求到了秘药，可以将血转变为奶。她忍着剧烈的疼痛，一次次将自己的乳房塞到了女儿的嘴里，由着她放肆吮吸血化的奶。女儿亲吻的那一刻，疼痛又化作绵软，她带笑地看着女儿，只是不敢亲她。

三年过去，美人给公司寄去一款跟女儿一样的小仕女娃娃。之后的每一年，推出一款新的完美娃娃，赚了不少钱，慢慢搬去了更好的住宅。

经济条件改善后，完美开始学习舞蹈，渐成了明星。她美貌的影响力辐射开，在更大的范围里掀起了热潮。

过往的记忆碎片遵守规矩地排好了队，轮流滑到了美人的面前向她展示自己的故事。褪色的记忆被补上了色彩，在美人的神经上跳动着舞蹈，将过往的十八年重演。

要结束了吗？

不会的，不会的，不会这样就结束的。美人瘫软在地，流着眼泪。

可是，时光不遂人愿，日月轮转了几天，完美的十八岁生日，还是到了。

金乌衔走了黑夜，从云层中唤醒太阳。完美十八岁的那一天，她们居住之处碧波荡漾，水天一色，天空清透得不可思议；阳光不燥不凉，温和且明朗。

美人惨白着一张脸，紧张地等候在完美的门前，期待能够第一眼见到自己姿态极妍的女儿。

可是当完美走出来的时候，美人的心被狠狠揉捏了一下，还留下了长久的余颤——这是怎么回事？

完美的鼻子不对了。

完美仍然是个美人，只是她再也称不上完美这个名字。叫这个名字的美人，她所有的五官拆分出来应该是没有瑕疵的，拼凑到一起，更是倾国倾城。如今，站在美人面前的完美，五官微微有点稚气，最可怕的就是鼻子——变大了。尤其是在美人的眼里，鼻子已异变成了巨兽，张牙舞爪地趴伏在女儿的脸上。

美人颤抖着钳住女儿："完美，你昨天做了什么？"

"我什么也没有做啊。"完美没照镜子，她乖巧地回答，"我很好啊。"

"你的鼻子，你的鼻子为什么是这样的？"

"鼻子？没什么吧。妈妈，你在说什么？"完美不解地看着母亲。

美人将女儿拉到了镜子前面，完美仔细打量，还是疑惑："没发现什么啊。"

"怎么会没有？你再仔细看看，是不是变大了？"

"是吗？可能是大了一点吧。"

"大了一点？不对，这不对！"昨晚，美人一夜没睡。

美人对着那一方水池磕头，直至晨光初现。她特意供奉了诸多的血肉，连在脚上也画满了鼻子，最后才珍而重之地在水中皮上刻下了线。血流到了池子里，将水波染成血红，翻滚的浪花都带上了腥臭。

她做了这么多——

完美必须美下去！

一定是她太吝啬了，还宝贝自己的血肉，她所做的一切还不足够，所以才没能保住女儿的美貌。是她，是她祸害了自己的女儿！可以补救的，一定还可以补救的，美人咬着牙想：完美必须美下去！

美人跌跌撞撞滚回了房间，冲向水池——

血色依然在那里，可腥臭的池水里只泡着一张发皱的皮。那曾是美人肚子上的皮，她为了方便刻画，在完美十七岁生日时将画着美人脸的肚皮剥下，浸泡在水里，由着流水浸润肌理。

皮肤曾被拉平，在流水浸润中……过去，上面的纹路是平整、年轻的。

过往一年，她一次次在皮肤上刻出快要褪色的狐狸大仙画出的美人脸。

那样虔诚，那样认真……可是，美人的面前只剩下了一张老旧的皮，散发阵阵腐臭。上头的美人脸已经消失了，甚至，如今没有一条皱纹能跟美人脸的线条重合。

美人失败了，她苦苦挽留，付出了一切，还是失败了。

完美在门口敲着门，她在门边喊着："妈妈，你怎么了？"始终没等到人开门，只听见小楼深处飘出来的母亲的哭号。

美人发出了狐狸被捕时的哀号。她伸出手，用力地拉扯那一张老旧的皮——年岁的印记顽固地驻守着，细细密密的皱纹放肆地嘲笑。她益发地用力，试图使出蛮力将它扯平。只要它能恢复光滑，美人就能重新画出女儿完美的脸。只是供奉不够，她还可以给得更多，从头再来，可以的。

"嘭"——皮破了。

完美不放心地循着声音追过来查看，她闻到了渐浓的血腥气。第一次看到了满室的娃娃、血池和母亲手上正在撕扯的……她闭着眼，怯生生地叫着："妈妈。"

　　美人赤红着眼，转头看去：完美的眼睛变得微微有点圆润，不再是以往迷人的丹凤，嘴唇丰润过头，鼻头变化最大——圆润且宽大，上面还出现了一些黑点，好似是溅上去的泥点儿……

　　美人崩溃了，她接受不了这样的结局。

　　她拿起了刻刀，朝着女儿一步步走去。她的眼神扎住完美的鼻子。那是罪恶的原点，妖邪附着在上面，阴暗的气息浮出来，缠绕着她的宝贝，她的女儿。

　　完美的脸在她的眼前坍塌——

　　她要救她，救自己的女儿，救出她的美貌！

　　美人扑向完美，将她按倒在地。她虚幻的眼神里只凝结着一个鼻子，飘散的眼白中才是脸色苍白、不断求救的女儿。她喃喃自责："怎么办呀，怎么办呀，你的鼻子，你的脸……救救它们，救救它们……"

　　完美害怕地挣扎，然后尖叫，她试图唤回母亲的理智。

　　可是美人流着眼泪，高高举起了刻刀，向着完美的鼻子划去——

标签

王怡兰在出门之前终于收到了订购的机器，她迫不及待地拆开——机器精密，卖家寄出来的时候也小心，用塑料薄膜缠了一层又一层，一个偌大的箱子，泡沫和透明胶就占了五分之四。

总算是见到里头的实物了，她去捡的时候在发颤。这标签机长得跟超市里的标签枪差不多，把手处有个按键，按一下就会闪一下光。

王怡兰不少朋友都买了，早早用上了。可她一直没有攒下钱来，要不是这次姐姐资助她，恐怕她还是买不起。

她赶忙标记上自己的名字，挽起了袖子迫不及待地要用。

王怡兰今天是着意打扮过的，一件贴身的白色长毛衣，只上头露出了一截香肩，展现出她宛若停了两只蝴蝶的锁骨，性感诱人。袖子松松的，这是为了适应时代的服装设计的必然要求——

也不知道是哪里出了问题，突然所有人的胳膊上都出现了十个标签。有的长有的短，十个标签描述的是一个人最显著的十个特点。十八岁以前还好，这些标签只保留三个小时，三个小时后就没有了。但是过了十八岁，这些标签就再也洗不掉了。

于是，新的社会规范应运而生：不管做什么事情都先亮出胳膊，大家核对对方的标签，看看合不合适，再谈下一步。

所以，衣服的袖子一定要能轻松挽起来。

这标签虽然洗不掉，但内容是可以改变的。要怎么改善字节标签内容都有人贴出了章程和攻略来——一时之间，整个社会的风气为之一振，人人争做好人。

可是，总有些人改不掉，比如说王怡兰。她一旦冲动，总会把事情搞到一团糟。所以，她的标签在一众标签中于差劲方面独占鳌头，格外丑恶。

偏偏，现在也没人能发明出能够把标签的内容给涂改掉的道具。只能让它留着，最多装饰一下，让字体好看些，标签内容漂亮的尤其要将它们凸显出来。

标签难看如王怡兰的，就往自己的胳膊上装饰了不知道多少繁复的装饰，一眼看过去，差点没有犯了密集恐惧症，眼睛都跟着花了。她不就是想把标签遮了嘛，不过，仔细一点还是能找出来。

她的装饰已经不能更多了，只好咬咬牙买了这个机器——它改不了标签内容，但是能把它挪个地方。

多实用的工具啊，就是贵。不然早八百年王怡兰就花钱买了，也犯不着这么辛苦。

王怡兰抬头看了看墙壁上唯一的装饰物——时钟。这钟跟了她好多年了，镜面都有点花了。但是忠实、可靠，她看到时间的分秒向着她预定要出门的时间极速狂奔，没时间了！

都怪快递，来得太慢了！

王怡兰一秒锁定最碍眼的两个标签："高中肄业"和

"有过三段婚史"，然后按键。果然，那里只剩下了两处空白。

因为长期有标签遮盖，那一块的皮肤白生生的，在五颜六色的图画中分外扎眼，不过她已经来不及好好处理了。

为了今天，王怡兰不仅买了机器，还特意做过打扮，穿脱都有些麻烦……最后，她把长毛衣一撩，"咔咔"两下，把标签打到了肚子上。

好了！她最后看了一眼镜子，把衣袖扯下来，拍拍肚子，急匆匆出了门。

等上了地铁，这才挽起了衣袖试图填补那两块空白。翻了半天，找不到别的用具，她只能狠狠心拿出了包里的口红——这支口红是她一看到广告，就心动的。幸好隔了两天就发了工资，她赶忙冲到了店里，将限量款的最后一支给抢了下来。现在只剩下一点，她依然爱惜。

没法子啊，今天出门怎么就只带了它。

王怡兰后悔得心疼，她强迫自己回忆自家姐姐的许多句交代：今天见面的梁先生特别优质，一定要抓住！想到若是再失败了，恐怕姐姐会追着她骂上好几天……

算了，算了。她颤抖着手，在那两个空出来的地方画上了两朵红色的小花。膏体立马损毁了，露出下头的底座，看着都委屈、可怜。

王怡兰舍不得地将只剩下一小截的口红给收回去，塞到包里。

感觉有点凉——虽然地铁上有暖气，但这不是给光着胳膊的人准备的温度……可她不敢放下袖子，万一弄花了，被看出来就糟了。

周末下午两三点人不算多，许多人都还在睡午觉没起来呢。

感觉这个相亲对象颇为精明，很有相亲经验，才会专门把时间定在这个点。进可攻——中意就多聊会儿，再一块儿吃晚餐；退可守——不满意就喝完咖啡回家。

王怡兰不是娇滴滴的小姑娘了，不敢迟到，早到了五分钟，整理下头发，乖乖坐得像淑女。她点了杯咖啡，手捂着肚子，揉了揉，有点儿紧张。

五分钟后，对面坐下一个男人。五官平平，但是挺会收拾，穿着鲜亮，鼻梁上架着的眼镜的镜框很合适他，将他的五官装点出精英气质来。

是梁玉坤吧？王怡兰仔仔细细打量，觉得这个人外表看着挺符合她的审美，看着是个很有礼貌的人。

两个人按照社会通行礼仪，各自挽袖子，亮胳膊。跟王怡兰花哨的胳膊比起来，梁玉坤的胳膊挺素净，只强调了一下他的标签，简洁明了。

虽然很容易看清楚，王怡兰还是率先看向了自己的手臂——小花还在，没有刮花，跟周边的色彩完美混合在一起，尽职演绎出调色盘的风采。

要看清不容易，但架不住梁玉坤仔细啊。他推了推鼻梁上架着的眼镜，先提出一个问题："王小姐具体是做什么工作的？你的经济状况好像很一般啊。"

这是一上来就奔着主题啊。王怡兰有些懊恼，因为她的人生太乏善可陈，没有别的词汇好形容她的特点，所以一般人都有的"钱不够用"的景况也出现在她的手臂上。怎么的，这个世界上除了她别人的钱都够用吗？她万万不敢相信自己已经是这个世上最赤贫的一批了。

幸好，每次都会被问到这个问题，王怡兰有充分准备，她笑了笑："其实还好，就是我平时爱买东西。"她瞥了一眼梁玉坤的胳膊，上面有一句"部门经理"，立马夸奖起来，"不过，比不上梁先生啊，这么年少有为。"

梁玉坤皱了皱眉头，教训道："王小姐是什么学历的？我这个年纪怎么能用年少有为来形容呢？"

所以，他这么犀利吗？王怡兰觉得有点恐惧，幸好她是做美容的，习惯了为人服务，条件反射性地堆起满脸笑容向梁玉坤道歉："梁先生说得对，是我错了。我平时不喜欢看书，下班回家，看看电视就睡了。以前学的好多知识都还给老师了。梁先生平时有什么娱乐爱好呢？"

梁玉坤冲着她亮了亮胳膊，展现出一条被精心修饰、放大过的标签：爱读书。

天哪，怪不得姐姐跟王怡兰千叮咛万嘱咐：今天见面的梁先生特别优质，一定要抓住！这个年代居然还有人能挂着这个标签在外头行走，简直就是奇迹。不对，奇迹都不够用了，可以说是神迹了。

王怡兰凭着一张娇艳的脸蛋，谈过许多次恋爱，可是她谈过的男人里没一个有同款标签的。就是读书那会儿，她反正也没在自己学校里见过。

王怡兰瞬间觉得对方就是翱翔在天上的鹰，自己却是泥里的龟，别说飞了，一个大壳压着，抬头都费劲。居然能跟知识分子同桌吃饭，这是何等的幸事。她忍不住地摸着肚子。

"梁先生真是厉害啊。"王怡兰真心恭维着，她感觉肚子上的"高中肄业"四个字扎进了皮肉里，刺激得她胃泛酸水。

"没什么好夸耀的，不过是个消遣爱好。不过，我个人建议王小姐还是要多看看书，多学习一下别人的成功案例，提升自己，不要只想着眼前的买买买。"梁玉坤显然很享受王怡兰崇拜的眼神，暴涨的自尊心让他不自觉带出了经理惯有的训诫式口吻。

王怡兰呵呵两声，再接再厉地夸赞："梁先生的性格也很好啊，我看你的标签上写着：精明、谨慎。感觉跟我的性格挺互补的，我这个人比较散漫、冲动，就需要找梁先生这样的人来中和一下。"

这话很有些自我推销的意味了，但是梁玉坤没有马上信。他眯着眼睛，想要从王怡兰五彩斑斓的胳膊中找到她刚刚说的那两个词。最后找到了一个类似的"很急躁"："看来王小姐的描述并不完全贴合啊。"

"呵呵，没有吧，只是我这个人比较随意，大概意思到了就好。虽然是不大严谨，但也有好的方面啊，我挺好相处的。"她直觉梁玉坤这类严谨的人，恐怕不大欣赏她的性格，所以自我辩白了两句，"我们能见面就挺有缘分的，大家也别先生小姐地叫了，你直接叫我怡兰吧。"

梁玉坤点点头，顺势改了称呼。他接着研究王怡兰胳膊上的标签，指出了另外一个："看来怡兰你确实是很喜欢购物啊，这里都贴上了。不知道平时都买些什么东西？"

"我？就女孩子很喜欢的那些，衣服、包包、化妆品啊……"她简单地说了几句就住嘴了，偷眼瞅着梁玉坤的表情——他对王怡兰的爱好显然不大欣赏。

他皱了皱眉头："怡兰，你还是要多多自我增值的。像是你现在在美容院工作，下班已经很晚了，也没什么假期，工资也不高吧……感觉你没什么时间服务家里。而且，你难道准备一辈子给人打工？没想过以后自己出来开店吗？你需要为未来投资，增值自己，别糊里糊涂的。"

　　说完，梁玉坤咂咂嘴，他显然察觉到自己在相亲中所扮演的角色不对劲，这口气完全像是经理在训斥下属了。只是在王怡兰崇拜、顺从的目光里，他的老毛病就不自觉地犯了。

　　王怡兰不敢反驳，蔫了吧唧地按着肚子，觉得自己糟糕透顶，连中性的标签都被人嫌弃了。这个优质的梁先生肯定看不上自己的，回去必然要被姐姐骂。

　　她不知道，其实梁玉坤也很忐忑，还在心里给王怡兰加了不少分：长得漂亮，性格还好，要求还不高。特别是她的眼睛，那种溢出来的崇拜和讨好太让人愉悦了。梁玉坤不算多光鲜——他完全遵照着标签的调试和升级攻略，小心谨慎、千辛万苦地把自己的标签调整到了极为漂亮的状态。结果，运气差，被个不开眼的上司压制着，硬是熬到了三十五六岁，才凭着资历混上了部门经理，手下五六个人，抖威风都难。

　　很长一段时间，晚上做梦都梦到自己发达了，成了总经理，手下管着百千号人，想怎么威风就怎么威风。大概是上班的时候憋屈，养成了私人时间张嘴就训人的臭毛病。

　　他这么个教育式的口吻，不知道在相亲中逼退了多少姑娘。也是他精明，努力开发其他特点，才没让"盛气凌人"这个标签出现在他手臂上。

　　可眼前这个漂亮的王怡兰怎么没有要走的意思？反而越加恭顺？

　　梁玉坤胳膊上的一条中性标签闪耀起来：怀疑论者。

　　眼前的王怡兰虽然工作一般，但是养活自己没大问题。三十岁，漂亮有风情，怎么就老老实实坐在他对面，一副铁了心跟他好的架势？她肯定有什么缺陷吧？

梁玉坤心里存着事，端起咖啡喝了一口，试探着换了别的话题。他发现，自己说什么，王怡兰就乖乖跟上。他说一声平时喜欢旅游，她就跟着点头，说自己也喜欢；他说喜欢某某牌子的衣服，这个她真熟悉，跟着就说出了优缺点一二三；他说喜欢吃日料，王怡兰表情扭曲了一小会儿，拍着胸脯说自己擅长做味噌汤……

可梁玉坤看出来了，王怡兰一点都不喜欢日料。

虽然她小心翼翼地掩饰，只为了讨好梁玉坤，却被梁玉坤认定是露了馅，越发怀疑：这个王怡兰肯定有问题！

比如，她怎么会对男装的牌子这么熟悉？有过很多男朋友？那是不是生活放荡？对他的态度又太好了，要说是对他一见钟情、死心塌地……梁玉坤可不会这么天真。

梁玉坤用这一段套话的时间，看清楚了剩下的标签，也发现其中少了两条——这会不会就是她的秘密？梁玉坤心中掂量，指着"相亲失败二十九次"这一标签尝试突破："怡兰是不是眼光很高啊？怎么一个都没有看上？"

王怡兰一下子就慌了神：怎么办，负面标签太多了，这个忘了处理啊。

根据过往经验，这三个标签——"相亲失败二十九次""高中肄业"和"有过三段婚史"一摆，基本上能让她九成的相亲对象退避三舍，再也不见。

剩下的几名勇士里，有一个和她结了婚的，然后被她举报吸毒、家暴，被抓了，又离了。是的，看了这几个标签还娶她的人只能是比她更不堪的。

王怡兰可不敢奢望眼前的优质男会听她的诸多解释，觉得她的过去没什么大不了的。

其实她真的无辜，追究起来，都是莫名其妙的标签害的。

王怡兰初高中时发育早，美丽没按照一般人的时间表找上王怡兰，浪费了自己，还让王怡兰独特了起来——她美得太肉感了，放在成年人身上是极耀眼的，偏偏它错误地长在了一个黄毛小丫头身上，这种带有肉欲的美丽被糟蹋了。

素来，独特都是要付出代价的，她无可奈何地被排挤了。

所有人都开始看她不顺眼。在跑步的时候，王怡兰颤巍巍的一对乳做了集火的目标；在大家都套着麻布袋做广播体操的时候，她那一个挺翘的撑起了衣服的臀部也成了惹眼的靶子……

若是生在大城市，见过了诸多风景，恐怕这些孩子就不至于如此大惊小怪了。但是在那个慌乱、野蛮的小乡镇里头，家长都离开了，只剩下一群孩子在野蛮生长。没见过世面的少男少女给她钉上了"性感""丰满"等标签，没了又生，去不干净，王怡兰不委屈也得委屈了。

所有好的坏的中性的标签，打在王怡兰身上都成了恶意。

王怡然也不是没尝试过补救一下，让自己看着普通一点——比如说偷偷把谁的床单给拆下来，剪成一长条，把自己的胸给绑住。这胸一旦被锁住了，自然就不会乱动。

可难受啊，勒得她喘不过气来，不得不跟条鱼一样，努力嗫着嘴吐息。最后，她的脸给憋成了鸡冠色，看着就可怕。没办法，她只能扯了束胸带，让自己挺着大胸脯走在四面八方汹涌而来的压力和恶意里，王怡兰过不下去了。

王怡兰火气冲上来，什么未来的前途，什么将来的工作，通通都不想了，她不乐意读书，就想离开这个鬼地方。可老家还有她爷爷跟奶奶守着，不准她离开，所以只能是断断续续地逃课、闲逛。幸好，在他们这儿，老师也不怎么管。

王怡兰虽然冲动，但是她天性乖巧，离开了学校，也就是在马路上晃悠呢。茫然时，她遇到了后来成为她第一个老公的阿强，他有一头颜色绚烂的头发，跟炸开的烟花一样，站在路上，自带集聚方圆十里内所有目光的效果。

后来，王怡兰见过了许许多多的人，也没能再在谁的脑门顶上一次见到过这么多的颜色。她深深怀疑，自己的审美就是被阿强污染的，所以才会有了胳膊上那调色盘打翻了一样的装饰品位。

作为一个敢在头上放烟火的人，阿强当然不觉得王怡兰胸前的四两肉有多出格。他收下了王怡兰，她听阿强做的关于城市的演讲时的眼神写满了天真的崇拜。他被看着，觉得自己肯定能带着王怡兰在幻想中的五光十色的城市聚焦体里创造成功，挣很多钱。虽然，他连自己要做什么都不知道。

王怡兰没觉得阿强就一定会成功，但她那个时候的脑子已经被阿强的梦想、承认、理解等一系列的辉煌的词汇给砸晕了，她什么都不想管了，冲动地留了个纸条后，就跟着阿强跑到城里去了。

他们一开始坚持自立，去了一个没有熟人的城市。那里很大，街上的人很多，但是忙，都不会错眼去看阿强头上的五彩毛，好容易愿意看看两个胳膊上的标签，就没有下文了。

阿强那一头极具冲击力的五彩毛在洗了两次澡后，也就褪了色。

褪色的阿强就像是被拔了毛的鸡。以前只是不能飞，现在是活下去都艰难，眼看着就要被丢下锅了。两个人没办法，拿着最后的钱，去找了家长。

王怡兰的父母不知道带着新生的弟弟漂泊去了哪里，但她姐姐还不错，已经在大城市里给王怡兰找了个三婚的、年纪很大的姐夫，算是安定下来了。姐妹俩见面时，她穿着几百块的衣服，吸着烟，眯着眼睛接见了阿强，背过身就把王怡兰臭骂了一顿。

他们靠着姐夫找了两份活，到了王怡兰二十岁的时候还结婚了。

一起生活了五个月，阿强跑了。他没染发了，改成了烫发，把自己的一头毛烫成了一头细碎的卷子，估计脑子也烫出了洞，被在打工的美发店的老板娘灌进去一个成为Tony老师的终极人生理想，顺势跟她结成了夫妻。

王怡兰一个高中肄业的姑娘，离开了阿强，日子瞬间更难过了。

这次又是姐夫伸出了援手。他有个差不多年纪的朋友，一直没有结婚，仅有的老娘病得快没了。老娘只想看他在最后的时候找个老婆，不然不敢合眼。

这个朋友不巧是个gay同性恋，不喜欢姑娘，但他有良心，知道不能祸害别人，一直只跟父母说没合适的。这会儿老娘就被这么一个心愿吊着咽不下气，还能怎么办？硬着头皮，说想找个姑娘假结婚。

王怡兰那会儿都没分清钙和gay，刚刚惊叹城里不少人买钙片吃要花很多钱。她觉得反正要活不下去了，有人能暂时提供个歇息的地方给她，不结白不结。

坦白说，王怡兰现在回忆，还是觉得第二段婚姻挺幸福的。

那位大哥是个好人，又自觉对这个小姑娘有所亏欠，帮了她不少。不仅帮她转了户口，还送她到美容职校上课，让她终于有了谋生技能。

回到家里，这位大哥还挺有耐心地听王怡兰说话，给了她不少中肯的建议，两个人交流得挺好的。

王怡兰觉得就这样挺好的。虽然姐姐看着不像样子。姐姐终于通过繁杂的手术生了个小孩，她捧着小宝宝，对着妹妹念叨：

"你难道不知道有个孩子未来才能有保障的？你才多大？就准备一直这么耽搁下去？之前不过是因为过不下去，暂时糊弄一下，你别把自己真给糊弄掉。"

"那怎么办？"

"另外找男人啊，难不成跟他过到最后？"

王怡兰唯唯诺诺，她觉得这样过下去蛮好的。而且，大哥也没对不起她，婚内找别人这种事，王怡兰做不来。不过，事情不能顺着她的意愿发展。为人很好的大哥在母亲死了四年后，终于等到了出国多年回来的伴侣，他跟王怡兰说："不好意思，我们离婚吧。"

王怡兰蒙了一下，终于想起来他们是假夫妻："哦哦哦，那行那行，您签字，再见。"然后王怡兰拿了一笔赡养费，走出了那个屋子。

在结婚四年之后，王怡兰再一次变成了孤苦伶仃一个人。这个时候，她二十六岁了。胳膊上有两个醒目的标签："高中肄业"和"有过两段婚史"。

大多数人不在意这两段婚史的前因后果，看见这么个标签就跑掉了。

她陆陆续续有过好几个男朋友，没一个人准备娶她：看看她颤巍巍的前胸，标签上的两次婚史，都觉得，不过是个不正经的女人。

那个时候，她的胳膊上出现了一个新的标签："恋爱十次"，挤掉了原来的"单纯"标签。

可是王怡兰不想玩玩。现在美容院新来的小姑娘水嫩嫩的，冲着她扬起笑脸叫姐姐，越叫越让王怡兰心慌。她明确地感知到：自己唯一拿得出手的年轻鲜嫩也要丧失了。

而且标签上不断往上翻滚的恋爱次数让她吓得不行，越发觉得将来嫁不出去。

王怡兰的姐夫年纪大了，脑出血，都病危好一阵了，胳膊上都出现了一个可怕的闪着红光的标签"将死之人"。

嘿，这吓人的——可她小外甥却还小呢。王怡兰为姐姐担忧，不过姐姐一点都不慌，她到底是扎根城市已久的老城市人，至今为止的标签都很漂亮。她指指一边学走路的小孩，自信地说："凭着这个小的，你姐夫的房子和存款都会给我。"

是啊，谁叫她的胳膊上有一个让人心安的标签："漂亮妈妈"。

王怡兰晚上开始做噩梦，觉得自己将来的生活一片黯淡，也许哪天就会死在这个城市的街头，孤零零的。

王怡兰开始积极地相亲。

渐渐地，胳膊上"恋爱十二次"的字样消失了，变成了"相亲失败十三次"，看上去更加可怕了。

她不敢逢人就见了。学不会别的方法，总得控制住数字往上涨啊。此时，她总算相亲到了一个真正的勇士，阿德，也就是她的第三任丈夫。

这个丈夫表现得很喜欢她，说她很漂亮。阿德本来是陪着一个哥们过来看相亲对象的，谁知道自己看上了，死活要追。他的情感炙热，热烈得看不见王怡兰胳膊上的婚史和相亲次数。

王怡兰和姐姐都不怎么喜欢他，姐姐劝她再看看。王怡兰私心里觉得姐姐都是对的，可是实在是不想再相亲了，到时候标签更加不好看了。她难道还能找到另一个更加优异的勇士吗？个个看到她的标签就跑了，难道她非得顶着一个"相亲失败十四次"招摇过市吗？

王怡兰说完这些，梦到自己脑门上顶了这个标签，更好，都不用挽袖子了。吓得她醒来就跑到民政局把自己嫁了。

这回更惨了。事先没接触过，不知道阿德不仅是个吸毒的瘾君子，吸后还有暴力倾向。她被打了两次，赶忙报警，让人民警察把这个祸害带走了。

她胳膊上的标签现在写着"有过三段婚史"。

凭着这个三十岁以前离婚三次的彪悍纪录，果然没有一个新勇士愿意接收王怡兰了，她的相亲失败次数也逐步攀升到了二十九次。她这会儿坐到了咖啡馆里，听见对面梁玉坤的逼问，觉得自己身上一直在出汗，特别是肚子，辣得疼。

没听过使用标签机还会有副作用啊，这也太惨了吧。王怡兰没别的说辞，只能尴尬地笑："还好，只是缘分没有到吧。我觉得我要求也不算高。"

"是吗？那具体有哪些要求呢？"梁玉坤看出了她的心虚，这个眼神乱跑的姿势，分明就是有鬼！他顺着这个话题刨根问底："比如说，你希望的对方的胳膊上有哪些标签呢？"

"都可以，只要为人比较正派，没有犯罪记录，然后对我好就行。我性格还是比较随和的，没什么要求。"王怡兰晃了晃胳膊，展示她最喜欢的一个标签"随和"。她觉得这是一个很明显的优点。

但是梁玉坤显然没准备吃下去，重复问："怡兰希望对象有哪些标签呢？"

王怡兰心里想着说辞，内心虔诚祈求：胳膊上的口红可千万别花掉。

她紧张地看着梁玉坤，他的目光跟激光灯一样，探照着自己裸露在外头的右胳膊，左手不自觉地就按到了肚子上头。他好歹克制着手上的动作，让自己不要那么猥琐地去把相亲对象胳膊上的图案都给擦了，只是眼睛老是往上头去。

王怡兰本来就不知道要怎么回答了，看到梁玉坤的目光，自觉隔着几层衣服，肚子上的两个标签依然热得烫手。她越发紧张，紧张到视线模糊，总觉得那两朵小花很快就要被汗水给糊掉了。

"其实，我觉得这个标签也不是那么准吧。"王怡兰缓缓开口，试图辩解，也好将梁玉坤的注意力转走，"就好像玉坤你的标签里头有一条是……"没什么不好的呀，别人的标签个个好看，以至于装饰都简洁明了，哪里像她？

王怡兰不得不停住了，不知道要怎么说。最后，终于急中生智找到了一条"节俭"发挥起来："节俭！这肯定是一个好词。但我有个朋友啊，他的胳膊上也有这么个词，看上去也很好，不过每次跟他出去吃饭，他从来都不会请客，甚至自己的都不肯付。这样的人也不算好吧——这么想，标签并不能清晰形容出人的特点吧。当然，我相信玉坤你肯定不是这样的人呢。"

"是吗？你不喜欢标签？我倒是觉得它的存在是人类进

化的体现，方便管理和分类，为我们节约了大量的时间变成垃圾。最好的一点是，有犯罪记录的人再也没办法掩盖了，这提升了我们的安全指数……"

梁玉坤有十个光鲜亮丽的标签，显然是身体标签的受益者，对此十分喜欢。他说了诸多的长篇大论，王怡兰在对面笑着说"是呀是呀""你好厉害"……内心里偷偷吁了一口气：终于，把话题岔开了。

这么一聊，就到了将要吃饭的时候。

看起来，是要成了吗？

梁玉坤其实对王怡兰的表现还挺满意的，这么个姑娘愿意听他说话可真是不容易。她长得很漂亮，是那种男人会喜欢的漂亮，极为傲人的身材却偏偏带着这么一种崇拜又卑微的表情，看着她的脸，就容易滋生出自尊心来。

他觉得王怡兰挺适合娶回家的，就是她的秘密让人在意。他敏锐地注意到，王怡兰不时地伸出手，捂住了肚子，好像遮盖着什么秘密。

梁玉坤大概确定了秘密所在。只是他习惯了掩饰，没露出来，毕竟他是标签中有"深沉"字样的男人。他还绅士地邀请了王怡兰共进晚餐，然后又为她续了一杯咖啡。最后，在王怡兰说想要去补妆的时候，动作十分刻意地将新上来的咖啡一扫，瞬间脏污了王怡兰的裙子。

"啊——"王怡兰尖叫一声，她扯着衣摆，努力擦拭着。梁玉坤走到了她的身边，极为抱歉地说着："真对不住，我会赔你一件衣服的。"他伸出手，刻意地将王怡兰的长毛衣拉起来，"那是新上的咖啡，我看看你烫伤了没有……"

万籁俱寂！

　　王怡兰感觉得到对方的热情开始急速冷冻，就好像被丢进了冰库里急冻一样。她的脑子里一片空白，脑子里弹出几个字："完了，全完了""相亲失败三十次"！

　　梁玉坤站直了身子，他拿起放在椅背上的外套，慢条斯理地穿着："王小姐，我突然想起来，我还有点事情，我们下次有缘再见吧。我的咖啡我就自己付了，这点钱你拿着吧，再去买件衣服，当我赔你了。"

　　"没事，我没什么事情，要不我等你忙完了？"王怡兰实在是不想让自己的标签更不堪了。而且，放走的还是梁玉坤这样优质的对象，下次再碰到的还不一定是谁。哪怕是显得卑微又低贱，她还是忍不住伸出了手，拉住梁玉坤的衣服，斗胆将人留下来。

　　这次，她充满着崇拜和讨好的眼神也不管用了，梁玉坤走了。

　　王怡兰跌坐回去，她不急着去上厕所了，也不急着做别的。她只是万分无奈地拉起袖子，看着自己的胳膊，上面的标签刚刚刷新了——

　　"相亲失败三十次"。

仅有的诗人情怀

在暗沉的月色
都被遮盖的城市里
我看见了你
发着光的
穿着闪亮的裙子
从欲望的车里走出
你和人亲吻
绵长，深入
我站在街角
看着你走近
心痛
却无法言说

何苗看见刘娜走近，冲他笑笑，算作打了招呼，然后朝着他们住的楼走去。她的高跟鞋极为高傲地踩着地面，演奏出一首轻快的小调。何苗的脚步声和上了刘娜的，两个人的拍子不知不觉地走到了同一个节奏上，四分之三拍，不过一个高亢，一个低沉，一个干脆，一个拖拉，两个人用不同的心情踩出不一样的乐曲。

回来的时间太晚了，这栋不起眼的、长在城市边缘的圆筒形建筑里藏着几百号人。他们一个个被分配在几步就走得到头的房间里头，还不一定见得到太阳，犹如住在蜂巢里头的工蜂。这么多的人，他们回来得依然太晚了，站在下头等电梯的时候，居然只有这两个人。

走进去，狭小的有些昏黄的电梯里头只有他们两人，电梯绳老旧的叹息透过了小小的空格，压住了两个人的呼吸。

"你的男朋友吗？"何苗没话找话。

"是啊。"刘娜笑着，"你怎么才回来啊？又加班了吗？"

何苗点点头。刘娜自然知道何苗没有女朋友，因为他之前不久才跟刘娜表白过，他难得大方地买了一束玫瑰花，送到刘娜的面前："一起吃个饭吧。"

刘娜拒绝了他。可是何苗的眼睛还是追着她，他的目光执着又纯净，就好像那里头藏着真正的爱情。

爱情，呵，在这个城市里。

刘娜没有在意，她对坚定的追求者滋生出一种高傲的自得。电梯门"吱呀"一声，晃荡着开了，刘娜甩着自己的串珠小包，往肩膀上一撇，高傲的高跟鞋小调又响了。

楼里住了太多的人，蒙着灰尘的橘黄色灯光显得很脏，空气里头也藏着污浊的味道。毕竟，这里住了太多的人，难免有各种各样的习惯，逃散不出去的香的和臭的味道拥堵在楼道里头。

房间都长着一样的门，顺着楼道四仰八叉地关着，将门后的空间都给遮住了。一模一样的和盘旋了两圈的房屋构造，每一层都是一个迷宫。若不是每天住在这里，恐怕就会迷路了。

刘娜率先走着，她拐了一个弯，跨过两个坎，然后停在了8303的房间前头。她租住的这个小房间门口摆了两个极高的鞋架子，上面摆着各种仿名牌的高跟鞋，鞋跟尖锐，仿佛龇出的獠牙。

刘娜踮着脚，从鞋架上取下来自己的拖鞋，然后塌着腰，翘起臀换鞋。狭小的走廊里，她似乎是刻意地挤占了大量的空间，折腾着高跟鞋与上面的袢子。

何苗凭空吞咽了一口唾沫，他贴着墙壁，小心翼翼地走过，他的目光从刘娜的腰往上，顺着她的脊梁，流连在她修长的脖颈上。

刘娜毫无诚意地说了声："呀，没注意到你。"挥挥手，"晚安。"

何苗愣愣地跟着挥了挥手，走过了两个房门，开了自己的房间的门。

他的房间同样窄小，看不见太阳，在这座迷宫的里层。

里面除了一张床，还有一个柜子和一张桌子。

何苗将手里的包往边上一丢，坐在了桌子的边上。他打开桌上的台灯，拔出圆珠笔，飞快地翻开桌上的一沓稿纸。前面的纸张上画着黑压压的涂抹，乱七八糟。

他飞快地翻过涂鸦，翻到干净的那一页：

你的高跟鞋，
踩出爱情的节奏，
踩在我的心上——
哒哒哒。
这是什么样的节奏？
爱情，稀缺的，罕见的，动听的，
爱情。

空气里的黏稠，
掩盖不掉你身上的香气，
引得我流连不去——
这是什么样的香气？
爱情，幽香的，曼妙的，非凡的，
爱情。

在这个喧嚣的促狭的城市里，
在这个寂寞的庞大的城市里，
我说着我爱你。
我将你当作崇高的信仰，
虔诚的期盼，
我愿意给你幸福，
在幸福小镇的楼盘里……

何苗愤怒地将这一首诗歌再次涂鸦掉了。

他是一个房屋中介而不是诗人，他最近极力推崇的楼盘就是S城现在的城郊幸福小镇。刚刚约了一个客户看房子，从城郊倒了三趟车回来，到了家里，遇见了刘娜。

刘娜是什么呢？

是他逐渐放弃的庸常人生里的唯一一点不甘和不俗。她美丽，她可爱，她多彩，见到了她就好像何苗还能够歌颂爱情，伟大的，能够为之牺牲的、疯狂的爱情。

在见到刘娜之后，何苗就坐在房间里写诗，他和刘娜相隔着两个房间，三堵脆弱的发黄的墙，在墙的这一边，他写下诗句，如同火一样热情的、洋溢的诗句。他的爱慕添加了不甘的呐喊从这些字句中流出，烧灼了空气——如同黏液一样的，夹杂着无数人的浑浊呼吸。

这是他仅有的，作为诗人保留下来的自尊。他存着这一点痴心，想着可以为此付出一切——

然而他口袋空空，无能为力，他龟缩在这个小小的格子里头，四肢不能完全舒展，如果疾呼爱情，隔壁的人会冲着他叫嚷着：傻×！

何苗将桌面上的东西推开，他从墙角拎出一盒方便面，犹豫了一会，还是泡了。今天晚上陪着客户走了太多路，下午等在地铁口吃的那两个锅盔早就消化了，这会儿肚子叫着，演奏起了交响乐，在紧促的空间里回响。

热水壶开始工作，何苗掏出了手机。他的手指划过几款手游，最后停在了阅读软件上，他打开来，一句一句地读着，让诗人的情愫慢慢浸入到他的心里。

水开了，冲开了面上的调料包，化作一碗泛着红的辣椒汤，他呼啦呼啦地吃面，那一点读诗的安宁被彻底打散了。

何苗写不出诗来了，他专心地吃面。

临睡前，何苗从口袋里掏出彩票，五十块买的，中了就有五千万。他将彩票用贴纸粘了，挂在灯上。

确认了一遍那几个随意买的数字，他记诵了一遍，好像在朗诵诗歌。

何苗每一周都会买彩票，虽然买了七八年了，五块钱都没有中过。他还是会买，从最开始的五块买到了现在的每周五十，这是唯一的能想到的合法通往梦想的路。

可是，他五块钱都没有中过。

何苗心里想着，若是他有了五千万——他就买两套房，自己住一套，一套拿去出租，这样每个月他就可以躺着赚回来生活费。

剩下的一千万寄回老家——给他爹做透析，天天做，爱怎么做就怎么做。

然后呢？然后不能把钱都造光了，他要去买点理财产品，这样利息就有保障了。

然后剩下的一千万，他都奉献给刘娜，将她宠爱成女王。他买一辆刘娜最爱的跑车，在车尾厢里买上一车的玫瑰，开到她的单位楼下，举着大喇叭，对着全城的人——

唱诵爱情！

他有钱了，唱诵爱情，全城的穷人都会在旁边和音：伟大的爱情！其他的杂音全都消失了，他们再不敢大声地对着他咆哮：傻×！

没有了，都没有了，何苗想到那时的光景，他站在淋浴头底下，让水浇在他的身上，他大吼一声："爱情！刘娜，我爱你！"细弱的水声掩盖不住他的呼喊，隔壁似乎有人说了声：吵死了，别发春。

何苗收了声，他平躺在了床上，单薄的床垫阻隔不住床板的僵硬和生冷。他关掉了灯，鼻腔里头还残留着刚刚吃过的方便面的香精味道。

他在黑暗中打开聂鲁达的诗集，看到了那一首《大地在你里面》：

小

玫瑰

小小玫瑰

有时

纤小而赤裸

仿佛

正适合放在我的

一只手里

仿佛我将如是紧握着你

将你带往我的嘴

但

突然

我的脚碰触到你的脚，我的嘴碰触到你的唇

你长大了

你的肩膀上升如两个山头

你的乳房徘徊于我的胸膛

我的手臂几乎无法环抱你腰身

纤细的新月线条

如海水般将你自己舒放于爱里

我几乎无法测量天空最宽广的一双眼睛

我俯身向你的嘴，亲吻大地

何苗念叨着，多美的诗啊，他再一次回味着今晚见到的刘娜，穿着紧身的缀着亮片的裙子的刘娜，踩着狰狞的高跟鞋的刘娜，她的脚步踩出了一首骄傲的歌，歌里头是她的快乐——和男朋友约会过后的，被爱情所润泽过的快乐。

不是他的，仅仅在他面前保有高傲的刘娜，那也是美的，他在黑暗中赞颂，仿写了一句：

我无法去够到你天鹅一般的脖颈

我贴近你，又擦身而过

只有我的目光，我虔敬的目光

梭巡我的圣地，吻你。

俗啊，那样的俗，他贫乏的字句没办法写出自己在这贫乏的日常里，所唯有的那一点对于美好的执念和喜好。他爱慕着刘娜，爱慕着跟他相隔着三堵薄薄的墙的女人，就好像堂吉诃德爱慕着他的杜尔西内娅——美，有所谓吗？无所谓的。

她就是美，她就是色彩，她在这水泥的丛林里头，绚丽又美好。爱和美取代了她的名字。刘娜？那不过是个符号，是无关紧要的化名。

他秉持着古典主义的内核用浪漫主义的文字剖白自己的坚持，称颂自己的爱情。何苗是现实中的庸碌，他却穿上了堂吉诃德的盔甲，手持圣剑，在硬邦邦的床上，做了一个跟现实做斗争的英雄梦。

到了第二天的一早，何苗起床，他们这一行在非工作日并不要求那么早去报到。只是住得太偏远，所以他还是在人最多的时候出了门。

仅有的几台电梯被塞得满满当当，楼梯上也有许多人在走，和着老鼠和蟑螂一起穿行。人是沉默的，但他们的行动惊醒了黑暗中的鼠和虫，它们本能地尖叫，发出比人类更加嘹亮的叫喊。

何苗如同溺水一样地被挤在人群中，抬起头，他的眼睛还在四处张望，寻找着刘娜——他的姑娘。

那个姑娘没有在人群里，也许已经离开，也许还在下一波，她没有露出一片衣角，甚至是一点点味道。

何苗也不会颓唐，毕竟偶遇刘娜需要运气，这个城市太大，甚至是这座挤挤攘攘地填满了格子间的圆筒楼里都住着这么多的人，没有遇见是太正常的一件事。

何苗不会在外人面前暴露出他诗人的内核，他的外在普通，表现庸碌。

到了单位，他打开电脑，开始看楼。他在自己的个人账户上发表了一则简讯：珍惜楼盘开售了，坐拥山水，临近高等学府……哪怕只是在两个山坡之间修建的楼盘，也要给山坡取一个上升的名字，园内没有那么多的空间安假山，但是一定会有一条水沟，点缀着几棵树，硬生生地添加几分野趣。

这些楼盘不管实际上说得有多么不好，何苗都买不起。

他最近看中的那个楼盘是他们这边主打在售的幸福小镇。因为在城郊，所以开发商比较奢侈，在园子里加了些真正的水流和袖珍的花园，乍一眼看上去，似乎真的是个小镇。

也因为在城郊，离着市区远，卖得很一般，价格相对来说也十分亲民。何苗努力些，凭着他一个月的工资，不吃不喝能够买四分之一平方米。

看啊，多么让人心动。

何苗前天带个人去看房，去的是三楼的一个套间。那个时候的太阳尚且没有完全落幕，灿烂的阳光透过了宽大的窗户，洒进了尚且还只是水泥的房间，凹凸的水泥灰也变得温柔又祥和，好像蒙了一层金纱，开阔又明亮。

何苗刻板的介绍也变得有点抒情："这个套间我个人最偏好的就是格局，有一个非常大的客厅，通透，通风。特别是这边的阳光很好，想想若是您和家里人搬进来，这里摆一张沙发，能够在温暖的阳光下，度过一个又一个温馨的下午……"

他说着这些话的时候，好像看见了刘娜的幻影。她穿着棉质的家居服，宽大如同是画片上女神的罩袍，隐约间，她的脸上只有最柔和的微笑。

她仿佛是从天上降落的，在这个屋子里头，在阳光铺洒的正中，她的羽翼再一次长出，柔和地跟随着她的心情，在起舞。

在纷飞的白羽之间，她站在阳台，晾着何苗的衣服。衣服都不是他上班穿的西装和衬衣，那些衣服成了彩色的家居服，一件一件都带着家的痕迹。她安排着那些斑斓多彩的衣服，在微风的编曲下，吟诵着歌谣。

何苗有了梦想，如今的他缺的是爱情，哦，还有金钱。

金钱在他的心目中应当是一文不名的，他只想要他的，属于诗人的爱情。在他的爱情的篇章里头，只要有阳光的亲吻，有爱人的回眸，这些就已经足够让生活轻盈，更何况——

事情发生的时候，何苗正在一家便利店的台子上，给自己买了一碗面。不难吃，但是吃得多了，总是怀疑里面的调味料能致人恶心。

幸福小镇那一带开始有传闻，说政府会将17号地铁线延长两站，延长到幸福小镇的门口去。虽然还不知道具体的时间，但是传闻有鼻子有眼，地铁的规划图已经开始画了。

幸福小镇的房子似乎已经被追踪到了，变得很是好卖，最近的价格又开始翻，不少人提出，要去那里看房。

到底还是偏僻了，在安静的马路边上只有这么几家店，便利店看着是最干净的。

何苗接到他妈打来的电话的时候，正在读诗，又是一首情诗，还是聂鲁达的诗，《你的笑》：

你需要的话，可以拿走我的面包，
可以拿走我的空气，可是
别把你的微笑拿掉。
这朵玫瑰你别动它，
这是你的喷泉，
甘霖从你的欢乐当中
一下就会喷发，
你的欢愉会冒出
突如其来的银色浪花。
我从事的斗争是多么艰苦，
每当我用疲惫的眼睛回顾，
常常会看到
世界并没有天翻地覆，
可是，一望到你那微笑
冉冉地飞升起来寻找我，
生活的大门
一下子就都为我打开。
我的爱情啊，
在最黑暗的今朝
也会脱颖出你的微笑，
如果你突然望见
我的雪洒在街头的石块上面，
你笑吧，因为你的微笑
在我的手中
将变作一把锋利的宝刀。
秋日的海滨，

你的微笑
掀起飞沫四溅的瀑布，
在春天，爱情的季节，
我更需要你的微笑，
它像期待着我的花朵，
蓝色的、玫瑰色的，
都开在我这回声四起的祖国。
微笑，它向黑夜挑战，
向白天，向月亮挑战，
向盘绕在岛上的
大街小巷挑战，
向爱着你的
笨小伙子挑战。
不管是睁开还是闭上
我的双眼，
当我迈开步子
无论是后退还是向前，
你可以不给我面包、空气、
光亮和春天，
但是，你必须给我微笑，
不然，我只能立即长眠。

他的电话响了，打碎了他的阅读界面——是妈妈打来的。看到这个号码，何苗条件反射性地抬头看了看挂在便利店墙上的时间表。他明白了，这么多次了，想要不明白也做不到了。

妈妈在电话那头关心着何苗，问他天气如何，吃饭又吃了些什么，最近是不是又在加班。这些都是正常的，离开家里久了，总是愿意听一些遥远的唠叨。何苗也是，他支支吾吾地，捧着手机，听着电话那头的妈妈不断地开口关心他，任由温暖的小疙瘩一个个踮起脚来，最后酥麻了心脏。

他总是喜欢听这些话的。

妈妈平均一周会给何苗打三个电话，打多了怕会吵到他，三个电话算是恰到好处。妈妈平时总是念叨着："你是该买房子了，然后找个女朋友结婚。"可是也仅仅是念叨罢了。

家里出不起钱。本来也就是务农的人家，这年头种地赚得到多少钱？为了供养他出来读书，父亲很早就出门去打工了，没有文化，没有技术，也没有挑剔的余地，进了一家小作坊打工。

老板贪图便宜，当然不可能提供五险一金，就连使用的原料也是最低廉的。爸爸就这么染上了肺病回家，只能养着，还要定期去做透析……

这样的家庭怎么可能给他经济上的支持呢？

虽然妈妈总是在电话的那一头跟他说"你不要太辛苦""钱不要乱花，还是留下来买房子吧"……这些话翻来倒去，可听来也有温暖。

只是这种温暖到底都变得虚幻且缥缈了，背景音里不断咳嗽的父亲的声音奇迹般地放大，那样的清晰且响亮。好像是被刻意地调大了声音，何苗拿着电话，可以清楚地听见父母在电话那一头无声的，难以启齿的哀求。

作为父母他们不忍心逼迫他寄钱回家，可是没有别的办法，他们不但不能够帮着儿子买房结婚，甚至还得依赖孩子。

何苗听着母亲的絮叨，心脏在冷热中交替。他无数次地对自己说：没有必要的，谁规定的父母必须帮着孩子买房呢？他应该自己解决的，供养父母也是他的责任。

可是面对着高涨的房价，他不得不放下手上的诗歌，幻想着最简单粗暴的网文情节：一夜暴富，或者说他出生即被抱错……

幻想解决不了现实的问题，何苗打断母亲的话："妈，我上个月做得还不错，我多找了两个客户。他们很快会签约了，说好了会买房子。"

"嗯，那你也不要太累了，每天都加班加到那么晚。房子，也还是要抓紧。"

"我知道了，我有钱。"何苗说着，脸上的笑容不知不觉地消失了。他掏出手机，给自己的母亲打了一笔钱，一转眼，十六分之一平方米的幸福小镇消失了。

何苗起身，朝着幸福小镇走去。他跟客户约好了，要在那里见面。

他在幸福小镇的门口见到了刘娜，她从一辆车上走下来，穿着温柔的纱制裙子，裙摆微微散开，就好像学生时代的花朵，将她包裹在中间。

她扮演着纯情的介于少女和少妇之间的女人的角色，蕴含着娇羞的粉嫩的春情，含苞待放。她还是穿着高跟鞋，上头扣着一个粉嫩的蝴蝶结，降低了鞋子的锋利。

这个时候的太阳还没有落下去，橙色的光漫过云层，无比的温柔。这温柔的光影再次柔和了刘娜的锋利，只有转头的那一刻，看见站在面前的何苗，她的眼神终于憋不住地透出些许凶悍。

何苗没有说话，他带着他梦想中的姑娘以及身边那个看不清楚面目的男人。他带着两个人去看他梦想中的房间，那个有着宽敞的窗户，会让金橙色的夕阳铺洒进来的房间。

看着刘娜，她的高跟鞋踩在赤裸的水泥地面上，看见刘娜的步伐，何苗的心变得颤动。他在介绍房间的时候，眼睛只看着刘娜："这个房间最好的是有一扇宽绰的窗户，正如你们所见到的，阳光洒进来，温暖又舒适……"

那个男人点点头，他转过身，去看别处了。

何苗伸出手，试图去勾住刘娜的手腕，但是他的手指落空。何苗不敢吟诗，他用着旁人近乎听不见的声音，对着刘娜吟诵：

> 你的足迹
> 好似花儿一样开在
> 阳光铺就的碎金的地上
> 留下了梦一样的痕迹。

他只敢用旁人听不见的声音说着这些别人听不懂的话语。刘娜看他一眼，转身离开了。

她也没有想到，会在这里见到何苗。这个男人对她无比痴心，从他的眼睛里就看得出来。只是，他们不足够相配，在这个城市里生存，需要许多的东西，但是并不怎么需要爱情。

爱情，就好像是诗人的诗篇，在古老的殿堂里传承高洁，拥有着古老的名声——可是，它能够兑换钞票吗？它能够买来明天需要的面包吗？

当她站在橱窗的外头，看着心仪的高跟鞋，走进去，却被势利眼的店员翻着白眼吓出了商店。刘娜在网上搜索高跟鞋，她想找到之前看见的那一双，可是……买不起。

她喜欢漂亮的衣服，她喜欢好看的鞋子……她所有的这些喜好，无人赞颂，没人欣赏，他们毒舌着刘娜的偏好，只会称赞她年少时曾经读过的诗歌。可那又如何呢？

既然现实里铺陈着这么多的美好，刘娜想不出来她为什么要去赞美浪漫主义的篇章。

她将自己一个个分割开来，在生存的每一个片段里，扮演着恰当的角色，或者婉约，或者性感，或者温柔，或者狂野……

都可以，所有的这些都可以，她是被解构的片段，脚下的高跟鞋是她的支点，她旋转、跃动，在被肢解的城市的天空下，她不需要这样的爱情。她有一个修长的脖颈，白皙，滑嫩，画下优美的曲线。

刘娜没有被何苗留住，她转身，陪着那个男人走了，她留下的，只有一个背影。

何苗无能为力，除了残破的诗篇，他什么也没有。

他送走了刘娜和她的男伴，又迎来了新的客户。站在名叫幸福的小镇里头，迎来送往，一拨又一拨的客户，他向这些人贩售着他梦想要住的房子，跟他的姑娘一起。

只是他买不起。

何苗唯一能做的，就是在回去的路上，又买了五块钱的彩票，比他常规的多买了一些钱。

这是他仅有的，通向幸福的机会。

他好几次在深夜回家的时候看见刘娜从车子上下来，她摇曳着夜色的美妙，一下又一下，勾出何苗的诗篇。他仅有的浪漫和幻想都献给了这个姑娘，在房间里头，他在稿纸上写下了零碎的诗句。

他写着：我愿意将所有的一切都敬献给你。

划掉。

他写着：你的回眸，远超我的所有。

划掉。

他写着：我心怀爱情，再也抱不住其他。

划掉。

他反复地发誓，为了爱情，为了在这庸俗的世界里还能保留下一点诗人的灵魂，他甘愿穿上堂吉诃德的铠甲，捍卫他的灵魂，仅有的一点洁净的灵魂。

而且，他不是完全没有胜算的。

何苗有几次撞见了刘娜，她含着眼泪飘回了房间，站在门口，靠着墙壁，她的足音微微有些拖长，飘忽忽的。

是分手了吗？

何苗心里隐隐有些雀跃，他在每天下班，路过花店的时候买一枝玫瑰。他一向抠搜，将更多的钱存着，多出来的钱只够买下这一枝玫瑰。

他扯下一张白纸，夹在玫瑰花上，有时是：

我喜欢你是寂静的，仿佛你消失了一样。
你从远处聆听我，我的声音却无法触及你。
好像你的双眼已经飞离远去，
如同一个吻，封缄了你的嘴。

有时是：

刻你的名字！
刻你的名字在树上。
刻你的名字在不凋的生命树上。

当这植物长成了参天的古木时，

啊啊，多好，多好，

你的名字也大起来。

何苗就好像从未在意刘娜有没有被打动一样，他执着地每日为她写诗，用着玫瑰的芬芳送到她的门口，鲜花开在一个叠着一个的鞋架上，鲜艳、夺目。

有时，他回来得较晚，出门又早，等到他离开了房间，那一朵玫瑰还停在那里，虽然枯萎了，可是夹杂在上面的情诗还在。

何苗持续着这样的日常生活，直到五千万从天而降，那一笔巨款真真切切地落到了何苗的头上。

何苗已经很久不看电视了，他的出租屋里没有电视，现在也有了更加方便的App。他记得那一串数字，他打开来，看见了那一串一模一样的数字就这么出现在了屏幕上。

他中奖了？

他中奖了！

何苗看向了电脑屏幕上的幸福小镇的售楼界面，那里还剩了几户，都不是那么的好了。有一户在七层，没有了树木的掩映，光会更加直白，整个房间都被推到了光下，暴晒。

还有的房子在另一头，更多的阳光留给了卧室。

本来还有些遗憾的，但是何苗现在有钱了！只要他回家，回家拿到那一张彩票，他就能兑出来一笔巨款。他何必要买幸福小镇呢？

地铁就要修到那里去了，除了幸福小镇，还有好几个楼盘在那里修建，它们等待着开盘。他又要带着顾客过去看房子了。

　　不，他何必带人去看房呢？他如今有钱了，他刻意揣着巨款，当即就全款买下一套房。

　　那个房子可以不在郊区，而改去了市中心。临着马路流成的河，在楼山之间，喧嚣之上——巨大的落地窗，毫无遮掩地迎接阳光。

　　若是这样的不好，他总有另外的选择。何苗如今，并不缺乏选择。

　　在他有钱的那一刻，所有的人生道路在何苗的眼前敞开，他可以从容地走。

　　父亲再不用在电话那头为着透析而躲避了，他可以在电话里跟他说话，不用觉得自己的病痛耽误了他的人生。他们有钱了，他可以跟父母一起住在这个偌大的繁华的城市里，出门两步，就是医院，那里有更好的医生，父亲可以接受更好的治疗。

　　至少，他们家再也不用为了透析的钱而苦恼了。

　　一切都是那样的美好，只要他回去，回到那个破旧的小屋，找到那一张纸，薄薄的可以改变命运的纸。

　　何苗来不及等到下班，他谨慎地将所有的事情推给了同事，请假向着那栋圆筒形的楼赶去。

　　他一路上都在惦念那五千万元的巨款，还有维系着这一笔巨款的薄薄的纸片。那一个格子里头藏了那么多的意外，蟑螂可能偷了纸去吃，老鼠可能将它污染，还有人，最可怕的就是人，他们也许关注到了他的彩票，会进到他的房间去偷。

　　何苗小心地掩藏着自己的笑容，谨慎地选择了坐公共汽车，倒了三趟，站到了圆筒形的建筑物前面。

　　深吸一口气，强压着自己的速度，他坐着电梯蹿到了自己租住的楼层，然后向着自己的住所狂奔。

在房间的门口，
他站下。
他看见了一个，
站在他的房间门口的姑娘，
他的姑娘。
姑娘穿着白色的裙子，
纯白。
唯一绯红的是她的脸颊，
那里晕染着少女的，
清透的粉红。
她听见了声音，
抬头，
望向他的目光里，
写满了情愫，
是他渴望的，
渴望已久的，
这个庸常的俗世间，
本该唯一会让他着迷的，
属于诗人的情愫。
可是，这会儿不是吟诗的时间，
诗集已经合上，
诗句已经隐藏，
他穿着凡俗的衣着，问道：
"你怎么会在这里？"
这不是她所期待的，

不是她重新将自己软化成少女
所期待的。
但她还是回答，
声音娇羞：
"我来，是想告诉你，
我答应你了。"
说完，她侧过了脸，
只留下一张娇羞的侧脸。
"啊，谢谢你。
不过，我现在有点事情，
能不能让我先回家拿点东西？"
他冷静地回答，
在姑娘诧异的目光里，
他打开了门，
然后迅速地关上，
找到了他的彩票——
没关系的，
她反正那么喜欢钱，
若是她还愿意，
他会在之后去求她，
送她一束玫瑰，
也许她会做他的女友。
"不过，有钱的事情先不要告诉她吧。"

酒杯里的爱情

刘和接到两个老同学的电话，说是一块要来D城出差，问他愿不愿意一起出来吃个饭。

大学毕业都已经十年了，高中是更久远的回忆。时间这么长，无论曾经是否有过龃龉，到了如今都蒙上了一层岁月特供的温情面纱，将过往装点得璀璨又闪耀。这两个人从高中开始，就算是刘和还不错的朋友，毕业以后也会在微信上跟他聊几句。

刘和不是一个话多的人，他在人际交往上有些笨拙，平时和周围的同事关系都一般，很快答应了见面之后，他提前在手机上挑了好几家饭馆，比对过后选了最贵的那一家。出来吃饭的经验不足够，那天下班之后急匆匆赶到了饭店，看到了装潢和菜单，这才放下心来。

老同学发了信息说要迟一点，还在开会。刘和也不急，掏出手机，点开一个阅读App，认真翻看。他最近遭遇一点挫折，开始喜欢读成功学、励志类的书，这些读物让他奋发向上，甚至产生一种超越众人的雄心。

老同学进来的时候，刘和刚刚读完一篇，心潮澎湃，若不是在外头，只怕就忍不住红了眼睛。两个老同学较之前的样子变化很大，明明三人大学毕业后还碰过一次，算算五六年不见，都胖了不少，倒还没显得很老。

刘和跟他们俩分别握了握手，然后是长久的拥抱。三个人都显得很激动，站着寒暄了许久才想到要落座。

坐下来，刘和表现得很豪爽："我不大会点菜，你们看看想吃些什么，随便叫。"

等到菜和酒都端上来了，刘和吃了点，确实，跟网上评分说的一样，味道很不错。他放心地跟老同学推杯换盏，谈兴渐浓。

正说得起劲，张宇鹏的手机响了，是他老婆。老婆打电话来关心他，张宇鹏三言两语敷衍完，关心了一句孩子，就挂了，接着喝酒。

话题顺着电话扯到了老婆和孩子身上，三个人中就只有刘和没有孩子，甚至老婆都没有。张宇鹏和李达军两个人都笑，劝说刘和眼光不要太高了，赶紧找一个差不多的就行了。

刘和一愣，不知道这话要怎么接。

他哪里是眼光太高了——他的高考成绩很一般，勉勉强强读了个三本出来，好不容易留在了D城，找了个小公司，做业务混饭吃。D城并不是什么大城市，不过是个中部省份的地级市，生活比较安逸。刘和拿着这点工资，在这座城市也不算丢人。张宇鹏和李达军两个人则是在省城做事，他们都混得不错，刘和所有的这点东西他们恐怕是理解不了的。

刘和之前谈过两三个女朋友，交往的时间不算长，很快就分手了。

最后一个，都快结婚了，最近分的手。她是父母托了朋友，转了几道介绍的一个姑娘，现在在D城上班。她年纪不算很大，挺会打扮，长得也漂亮。刘和第一次见到她的时候，觉得很开心，表现得非常热情。坦白说，他自己都觉得能捞到这样好看的相亲对象，真的是撞上了桃花运。

可是吧，人家姑娘对他不是很来电。虽然家里条件一般，架不住她自己的条件好啊，跟刘和这么个三十岁边上，事业也看不到太多发展的人一块儿，总是差点意思，不甘心。在一起的时候，言语之间都有点敷衍。

可刘和一头挑子热，他巴着姑娘很长一段时间，最后终于打动了姑娘同意他的求婚。去年的时候，两个人在筹备婚礼，因为彩礼的事情，彻底崩了。

姑娘家大开口，房子要刘和付全款，然后写上她的名字，还得另外再给一笔二十多万的彩礼。这刘和哪里能干啊。就算他一下子昏了头，愿意承受这种需要父母砸锅卖铁才付得起的庞大开销，他父母会直接把刘和给打出家门。

最后的结果是一地鸡毛，两家人都闹了个没脸，这一对小情侣也就断了升格做夫妻的可能性。

刘和开始奋发图强，努力向上，想要做出一番成绩来。他觉得结婚失败都是没钱害的，要是自己有了经济实力，那个姑娘要的东西，还不是随手就给了。

这些事情倒是常见，只是面对着青春的见证者，真实生活里的沧桑都不好开口。毕竟，谁也不想在老同学面前跌份儿。以前大家在一个教室里头坐着，穿得一样，一块儿玩闹——过了十几年，差得太远，真的不好意思说。

面前的两个同学春风得意，家庭美满；他还在温饱线上挣扎，形单影只。这对比在某些人看来，一手就能抹平，算不得什么，真放到当事人身上，这差距就扎心扎肺了。

谈论过去的岁月，两个人有来有往的；话题的时间点定格到了现在，言语间就充斥着隐瞒和缄默。

刘和对张宇鹏的提问支支吾吾，一时间回答不出来。他不是精明的人，又觉得丢人说不出口，只能拿起酒杯半遮住自己的苦脸，完整叹出一口气。

李达军是个实在人，他拍了拍刘和的肩膀："你也不要太执着了，总不至于到现在还没忘记张玉娟吧？"

谁？刘和差点就脱口而出，然后想起来了——哦，张玉娟，他们的高中同学，他的"同桌的你"。

刘和当初挺喜欢张玉娟的，喜欢到班里的人都知道的那一种。他当初也就是觉得张玉娟还挺清秀，挺好看的，人坐在他边上，还会把笔记借给他看看，是个挺好的姑娘。

他们班上男生一起打篮球时，刘和侧过头，总会习惯性地找一找张玉娟的脸，看见了就挥挥手。一开始真的就是很习惯的一件事情，比较亲近的，长得又挺好看的女同学嘛，心脏难免小小地怦然一动。

这点好感因为刘和的一些举动，发展成了班上同学共知的秘密。三分的喜欢被大家的调侃放大成了十分。

别管张玉娟对刘和有没有同等的心动，当私人的感情被摆放到了所有人的面前，她最强烈的感觉只剩下了害羞，见到了刘和就躲。

刘和却相反，他本来也没太多的心思，被人这么一关注——从前的小透明，突然受人关注，被起哄了，心里头百感交集，最后是得意占了上风，于是就乐意放大自己的那点心思来表现自己。

特别是，刘和发现深情的男同学是个很好扮演的角色，在某种程度上很容易吸引眼球。在刘和成了一个深情的男生之后，班上的人总会在某些时候想到他，开他的玩笑，觉得他是个不错的好人。

大概是因为老师和学校的明令禁止，加上学业的繁重，他们每天在生活中面对的除了作业，就是作业和作业。大家都烦躁得很，每天重复着和作业本打交道的生活，以至于从教室看出去的天空都画着作业本的横条。生活实在是苦闷，就想找点儿刺激。自己有也行，看别人的热闹也行。

从小被灌输了各种道德和情感标准，年少的时候，还没有经历，让他们潜意识不喜欢那些过于刺激的故事。都是学生嘛，最喜欢看的就是身边的同学演点纯爱片。两性之间的隐约和暧昧的张力已经让身体开始发育，心灵充满探索欲望的青少年敏锐地感知到了。偏偏，老师禁止了他们实践和探索，这样的一枚名为"恋爱"的禁果就结成了莫大的刺激，随便的一点火星溅下来，就可以熊熊燃烧起来。

现在回想起来，那个时候的感情究竟是怎么回事呢？说不清楚，就觉得有意思。自己就算没有心动，那窥探一下别人的感情，听听八卦，也很有意思。

就这样，刘和的爱情故事就在特殊的时间点，被众人哄抬着上演了两三年。张玉娟从来没有回应过什么，刘和自然也觉得有点伤心，那到底是他的第一次心动来着。不过，更多的还是他的表演欲和被关注的欲望得到了极大满足的喜悦。

高中毕业之后，刘和自然地跟张玉娟失去了联系。

是大学毕业后吧，刘和和李达军还有另外几个同学在老家这边遇到了，聚在一起，找了个摊子吃酒。刘和那个时候也是单身。

都是老同学嘛，忘了是谁说到了张玉娟，她那个时候考上了公务员，结果被派到下面的一个小县城里头去上班。刘和听到了，自然就关心了几句，当即所有人都笑开了。刘和当然不说什么，他照着自己曾经的人设，随口附和："是呀是呀，我还挺喜欢她的。"

不过是这么几句话罢了，谁知道李达军居然记到了现在。

刘和只好默认了，总不能说自己对张玉娟从头到尾都没什么意思吧？他在生活中似乎一直是个平庸的人，回想起来，他对张玉娟的那一点若有若无的感情恐怕是他乏味的人生唯一牵连着一份戏剧性的美好回忆。可是他就是个庸常之人，没准备将自己所有的感情都埋在戏剧性的刺激之中。

张宇鹏这个时候拍了下桌子："欸，张玉娟啊？她不是离婚了吗？现在好像也在D城。"

当年考了公务员之后，张玉娟在县城熬了两年，认识了后来的老公。老公家里是D城的，父母都是公务员，老公也是公务员，去了张玉娟所在的县扶贫。

张玉娟大概是熬不下去了吧，所以一门心思地搭上了自己的老公，结了婚，两口子婚后一起到了D城。过了两年的安生日子，老公出轨劈腿，张玉娟忍无可忍就离了，现在一个人在D城单着。

这些消息张宇鹏也是偶然听老同学提起过的。他跟他们高中时的班长关系很好，班长又是喜欢交际的人，朋友多，高中哪个同学的事都乐意听一耳朵，还能记得住，跟张宇鹏聊天的时候就说了出来。

张宇鹏原来没有当作一回事的，这会儿听到李达军提到了，就顺嘴说了出来。张宇鹏好心地拍拍刘和的肩膀："我说，人家本来不在D城的，结果折腾来折腾去还是来了兄弟你的地盘，要不我们组个局，你们再联系一下？兄弟你痴心了这么多年，还放不下，不然再试试看？"

刘和拿起酒杯碰了碰："那敢情好，我这么多年也没个着落，说不准最后还是跟她有缘分。"

三个人接着推杯换盏。

当年刘和的单恋颇有名气，高考结束之后，还被几个男生鼓动着，在回去开班会的时候写了封情书，当着所有同学的面读给张玉娟听。张玉娟被推着，红着脸听完了，转头跑走了，没办法，害羞。

张宇鹏和李达军现在还记得一些，两个人说得兴奋，刘和只会傻笑着喝酒。他真的有好多事不记得了，反而有个秘密他一直藏在心里头：张玉娟跑了的时候，他在心里舒了一口气。

他不是不喜欢张玉娟，就是，人家要真的答应他了，他也不知道要怎么跟人接着谈恋爱了。

那会儿高考刚刚结束，刘和虽然还没拿到成绩，但是已经估摸到结果不会好了，将来还不知道会怎么样，要往哪里去，平白多了个女朋友要操心，这……

但他不后悔：挺好的，就是缘分不够，留了个粉色的激荡的青春记忆，多幸福。

三个人吃完了酒，就散了。

刘和一个人顶着风，往家里走。他有些低沉，老同学看来都过得不错啊，一个个的，穿的，用的，都很拿得出手。

唉，要努力加油啊。

刘和没想过张玉娟，一点没有。他从小到大就是一个闷闷的、有点无聊的平庸的人，无聊到感情也被寻常的生活消耗成了碎屑。坦白说，他早就没有了激情，情感干瘪。

刘和觉得，那些有能力的人才有精力去演绎故事，故事里头什么都有，有情感、有跌宕起伏。像他？过好自己的人生，让自己存在就已经很勉强了，再来点感情的起伏——那就有点过度消耗生活能量。

这不是自己这样的人耗得起的。

回到家里，随便洗洗，也来不及再看书了，他拿出手机迷糊着眼睛打了两局游戏，转头就睡了。

梦里头倒是奇迹般地梦见张玉娟了，面目模糊，哪怕是记忆力最好的潜意识也把这位女同学的五官记模糊了。就记得她坐在隔壁，阳光照下来，脸上覆盖了一层软软的、摸不到的金灿灿的绒毛，凑近一点打量却只能看见白皙光洁的皮肤。

刘和呢？他那个时候不爱读书，在下午的时候特别容易发困，时不时就有点打瞌睡，他努力顶着，但还是有些难受，脑袋一点一点的时候，被张玉娟拿笔戳了一下。嗯？他看着，清醒了一刻，看见的还是张玉娟没有看向他的侧脸。

在精神好的时候，刘和也会伸着脖子往黑板上看去，通过记笔记让自己精神起来。因为不习惯记，他经常记到一半，老师就把黑板擦了。张玉娟递过来自己的笔记本，放到刘和的面前，轻轻点了点："喏，你看不到的。"

刘和轻轻说了声："谢谢你啊。"

张玉娟不说话了，她接着听课，脸朝着黑板。

刘和看见的还是她那张美好的侧脸，他有点发呆，时不时转头，打量她一眼。

直到听见了下课铃声，不，是手机的闹铃，刘和睁开眼，看着自己挂了一盏顶灯的天花板，有些发愣。他甩了甩头，将庞杂的思绪连同久远的被梦境柔光处理过的旧日回忆一起甩出了脑袋。

这件事很快就被刘和忘记了。

直到张宇鹏过了三个月给他打了个电话："喂，兄弟，我们下周六的时候同学聚会吧？"

下周六？刘和看了看办公桌上的日历，没想到这是个什么特殊的日子，是母校的百年校庆之类的？

哦，我们去A国的老同学回来了，他是我们班唯一一个出去深造过的。我们就说机会难得，大家一起聚一聚。

那好，那好，我肯定到。

张宇鹏约好了他，最后补充了一句："班长找了张玉娟，她那天会过去的。兄弟，把握机会啊！"

这句话真的把刘和说蒙了，过了这么多年还要见张玉娟？坦白说，刘和都没有把握能把人认出来。

他在酒桌上，在同学口中扮演了那个角色这么多年，要是真的连人都没有认出来，这……太尴尬了。

刘和开始首次认真地回忆——张玉娟长什么样来着？好像有一个长长的马尾辫？工作这么多年了，不可能还扎马尾辫吧？

刘和苦苦地思索着，他真的想到了一点事情。

那个时候他们刚刚上高一，高中最有时间和精力折腾活动的就是高一生了。时间定在五四青年节的时候，主题当然是歌唱青春。

除了一首主旋律，他们还有一首自由曲目，最后定下了苏打绿的《小情歌》。那个时候，这是街曲，随便谁都会哼几句。

刘和那时候对张玉娟没什么感觉，就把她当成一个普通的同桌，两个人有来有往，相处得很客气。

那一次合唱排练的时候，张玉娟站在刘和的前面，她的马尾辫跟着她的小幅度动作一甩一甩的。

其实，张玉娟唱歌很好听，声音清亮。只是她很害羞，平时有点腼腆，不喜欢炫耀，合唱时的声音也很小。因为靠得近，她的小声音被刘和捕捉到了，他觉得这个声音很熟悉——

想起来，那个时候刘和的篮球打得很好，算是一个小长处了，年级里面开展篮球比赛，他自然是班上篮球队中的一员。而班上的所有女生都成了啦啦队员，站在场边加油。

比赛的时候，刘和运球，对方把他的球抢了。看台上突然传出来一个声音："刘和，加油！"坦白说，刚刚听到的时候，刘和还挺惊喜的，不自觉地将这个声音记下了。

合唱的时候，刘和终于发现，那个声音是属于张玉娟的。他的心里开始泛起微痒，看她的时候有些不好意思。当张玉娟在前头唱歌，马尾巴扫过来，轻轻划过，他的痒不自禁，身体微微颤抖。

这些都是细碎的记忆了，早早被抛于脑后。在他的挖掘之后，这些被罩了一层灰的记忆又开始鲜活起来。

刘和很多小细节无论如何都记不起来了，就记得——合唱比赛之后，他们一帮同学吆喝着出去玩。一个个平时都有父母管着，那天聚到一起，小鸡胆子凑一凑也就成了鹅胆子。

几个少年拼了一桌，大家一人拿了一罐啤酒开始叛逆，挑战禁忌。

大家还是没胆子，不会做更出格的事情，也就是一边喝酒一边玩真心话大冒险。

酒瓶转到了刘和，他选了大冒险，当时大家让他做一件不敢做的事情，刘和闷了一口酒，如同英雄一样地挺起胸膛："老子喜欢张玉娟！老子喜欢张玉娟！"

刘和说了两声，坐下来，似乎完成了一件了不得的大事。

后来，刘和喜欢张玉娟的传言，真的传开了。他原本怀揣在心口那些瘙痒，似乎真的发展成了了不得的喜欢。

啊，现在想起来，都化作了一点说不清道不明的……紧张。混合了羞惭、抱歉、缅怀、激动……各种各样混杂的情感交杂着喧腾翻滚，刘和觉得紧张了。

他的紧张还被带到了工作里头。

刘和毕业以后还算稳定，就只换了一家公司，后来改到了现在的公司做业务工作，手底下带了两个后辈，算不上什么。

刘和到了办公室，用手机刷了十分钟新闻就开始看文件，看着看着开始走神，思考起：是不是要为了周六的活动置办一点行头。

他放下了文件，拿出手机，刷了刷淘宝，犹豫不决。

边上坐着的小姑娘看见了，刚刚毕业，对于职场礼仪掌握不多，看刘和挺好说话，凑过来，刘哥，看什么呢？

我周六有个同学会，看衣服呢。

呀，这么慎重，是不是有初恋小姐姐也去啊？

边儿去，哪有什么小姐姐不小姐姐的，工作去。过了一会儿，刘和拍拍她，小王，这两件西装哪一件好一点？

在办公室小妹有些打趣的目光中，刘和在周六的时候换上了一套专门买下来的板正的西装，还打上了领带，好像要出席年会一样。其实，他多少年也没有穿过西装了。

刘和被套在西装里头，隐约有种错觉：自己的整个青春激荡、热烈……所有这些稀薄的，原本以为早早地在岁月里被打碎四散的情绪，如今又被这一身西装装好，一并叠进了身体里头。

他去到省城的时候还很早，又专门找了一家看上去还不错的理发店，然后走进去，做了一个发型。

临走前，转身，借着理发店的镜子，看了看里头那一张略带沧桑的面孔，如今已经焕发出了光彩。

刘和踏着青春的脚步，压抑着自己的速度，向着年少的自己走去。推开门，他已经自然而然地摆出了曾经做出来的那一张面孔，带着热烈的、青春的、期待的情绪，向里头看去。

"果然，刘和还专门穿西装来了。"不知道是哪个同学先笑了出来。

然后推出来一个穿着碎花裙装的姑娘。

刘和激动地看过去，也不知道对方究竟是个什么模样了，开口大声说："张玉娟，你好。"

妈的宝

我做了个梦，梦里头我滑下一片竹子林，到了谷中的村落里，一个豪横脸的婆娘正在杀鸡，她抬头看我一眼开口就骂，你还晓得回，你崽在找你。我一偏头，看见一个跟我长得一样的婴儿，爬过来，坐下，伸出手喊，爹，爹，抱，抱抱……

我吓醒了，条件反射地喊，妈妈。

然后才反应过来，这事不能让妈妈知道。我熟练地从脑海中抽出刚刚的梦。跟以往的不一样，梦不能直接丢垃圾桶，万一妈妈倒垃圾的时候，翻一下，看见了我的脸……所以，我将它们扯成碎片，丢进马桶。为了让它们湮灭得更干净，我足足倒了半瓶洁厕净，一冲，目送它们永远消失。

马桶在冲走前把梦看了个大概，它无法说话，便扇了两下马桶圈以示安慰。它的心意不错，只是毫无作用。

妈妈或是去了隔壁的房间，抑或是出门溜达了。

若是后者，那就很好。她白天都在忙着照顾我。到晚上我睡下了，总该有点自由时间去做想做的事，松弛一下。而且，妈妈到底死过，是个灵魂体，样子比普通人透明，白天出门必惹来非议。夜色是很好的掩护，让她能四下飘飘，呼吸下新鲜空气。

我倒回床上，无法马上入睡，毕竟年纪大了，觉浅，入睡难。思考倒是个助眠的好法子，但我第一反应就是回忆，那是我最不敢触碰的。天知道妈妈会不会在我睡着时搜索我的脑子，顺藤摸瓜翻找出藏好的秘密。

我放空了大脑，最后也不肯定自己睡着了没，反正闭眼直至闻到饭香，掀起眼皮顺手拉响床边的铃铛。厨房里传来妈妈的问候，乖宝儿起床了。

话音一落，她笑眯眯地来到我的床前，给了我一个吻，然后从衣柜里拿出一套衣服，放入我的被子，叮咛道，最近降温了，将衣服焐暖了再穿。

妈妈会担心是正常的。我年纪大了，身体不如早几年硬朗。一周前，一阵婴儿级的冷风和我隔了段距离擦肩而过，我就接连打出去三个喷嚏，鼻水小人接二连三地跳出来，撞到墙上，扁了，难看极了。

之后的几天，妈妈十分注意我的保暖问题。

不过早上并不事事如意，妈妈全方位地照顾我也不是尽善尽美——像我最近抱怨了三四次，妈妈依然忘了给我买一面新刮胡镜。镜子过于年迈，两只刮胡手抖得厉害，两次在我脸上刮出细微的口子。

我再一次捧着镜走进厨房，跟妈妈抗议，你看我的脸，又破了。我们必须换一面镜子！

下个月吧，宝贝，妈妈愧疚又心疼，在我的伤口上吮了一下，真对不起，是妈妈不好，把你的钱都花完了。下个月妈妈肯定给你买新的啊，宝儿。

妈妈本来就是个慈爱的人，年纪大了之后，本该给孙辈的爱意无处安放（我没有孩子）。让我去相了几次亲，却失败后，她放弃了，不幸将满腔爱意转移到银行推出的理财宠物身上。那些废物理财宠物吃得多，产得少，但是只要对方仰着脸冲老太太甩一下尾巴，她就按捺不住喂钱的手。

碍于孝顺，我只能将抱怨吞回去，安静地吃妈妈做的早餐。妈妈拿着纸巾，在一边守着帮我及时清掉脸上的脏污。吃完饭，妈妈飞快地收拾，跑出来，帮等在门口的我穿上大衣。

出了门，我妈把通灵机交给我，她的身体立即变得更透明了。我体贴地问她，天冷，你想坐前头还是后头？

若是好天气，妈妈当然愿意伏我背上，一路滑到公司去，这样看风景的视野好。但是天冷了，纵然我妈没有五感，但她在我心中依然鲜活，会被世界影响。

妈妈当即被我的贴心和孝顺感动得眼泪汪汪，苍老的脸上晕开一抹红，半透明的身体似乎有了实感，她扭捏着说，想坐前头。

坐前头，就是坐在我怀里。

有什么可不好意思的？别说这个女人是我的老母亲，甚至，她已经死了，可我妈对我令人动容的爱是可以抵御一切的。

在我结束叛逆，从外头逃回家时，我做好了受责难的准备。

回家看到的景象比我想象的更惨。离家期间，我爸死了，还没人殓尸（也可能是他长时间坐在沙发上工作以至于生了根，挪不动），化作了客厅的石像；我妈是灵魂体，什么事都做不了，又舍不得前往彼岸，毕竟还惦念我这个流落在外的儿子，就天天在堆满灰的房子里头哭。

我没想到自己的草率离家会给家里人带来如此之多的灾难。我的衣服长出了"孝"字，将我压在地上，我的眼泪刹不住地往外冲。

我自觉不可饶恕，妈妈却一点儿不怪我，虽然那时的她因为过度悲伤，缩得只有手掌那么大。她见到我那刻就原谅了我，还试图用小手掌温情地捧住我的脸。

这样的母亲，我怎么忍心再离开她哪怕一步呢？也幸好，我的及时回家，让一切还有挽回的余地。

我年纪大了，身体渐弱，滑行去单位的路走得磕磕绊绊，坚持了两年，还是在母亲的劝说下用上了老年人用的椅子。到了这个年纪，没资本倔强了，一切都得为身体健康让道。

等我绑上安全带，母亲便欢喜地，如孩子一样坐进我的怀里。

我按了一下扶手上的按键，椅子便不快不慢地向我的办公室滑去。

城市里的天气总是灰暗、阴霾霾的，隔了五十米，很多东西就看不真切了。幸好，绳子能够准确标记目的地，顺着它往前总是不会错的。

我和母亲的周边路过许多人，有人慢，有人快。一个女人大概是快迟到了，不断地加速又加速，她倏忽地从我的头顶滑过，汗水被抛下，砸了我一脸——真是没有公共道德，我抱怨着，朝着她消失的方向嚷嚷了一句。话音未落，她就消失在朦胧天际，背影都化了。

我看着她消失的方向，还没来得及转回来，几条红色的闪光的绳子抓住了我的注意力，红粉色的亮光在雾气中也极为勾人。

这是参加婚礼的人才能使用的独特红绳。

一群人正前往婚礼会场，最闪亮的那根绳子上挂着的两个人就是今天的新郎和新娘。他们本该是最快乐的，我却没在他们的表情中看到喜色，新娘带着木讷的礼貌性微笑，新郎则更加呆傻。我们双方接近，上下交错，我看见新郎的脑子里还有一个人——我的身体开始打战，我定睛去看新郎的五官——瞬间，我明白了，为什么昨晚我会做那个梦——

他们居然跟我住在同一个城市！

先于我的意识，手扯起大衣，佯装为妈妈遮挡寒风，实则隔开她的视线和那一对新人。

很早以前，我的心里就藏着隐秘的恐慌：妈妈的爱不再是独属于我。

随着家里养的那五只理财宠物越来越肥。我明确说了不喜欢它们，妈妈依然拿着我的钱，喂出它们的肥膘。这都算了，她甚至取消了坐在床脚凝视我的睡脸的传统活动，改去隔壁房间看理财宠物们翻滚撒娇，一看就是一夜——我的惶恐越来越盛，我意识到，妈妈想把她的爱分发出去。根据她几次鼓动我相亲，甚至看过领养文件来看，最好的施与爱的对象是——我的后代。

我是不会让妈妈见到那两个人的！

若是……我恐怕妈妈有一天不再独属于我。那就太不公正了！从出生起，她的爱就是我的，沉默的父亲早已在比赛中失败，世上理应无人能与我争夺此爱。而且，现在的我全心全意地依恋自己的母亲啊，她理当回馈我同样的爱。

妈妈像是察觉了我的不安，只是她之前为了减轻我的负重，取下了通灵机，此刻没办法触碰我的衣服，只能一遍遍劝说，宝贝，将衣服穿好，妈妈不会觉得冷啊。哎呀，这风很猛的，你要小心保重，不要又感冒了……

我点头，可是座椅滑行出去几百米，对方早就消失不见，我依然在战栗。我虚搂着怀里无实体的妈妈，感觉眼睛酸涩，想像孩子似的扑到妈妈的怀里大哭。可我只能忍着，毕竟，我已是个成熟的男人。

我和妈妈依偎着到了公司，妈妈飘下地，我从口袋中掏出了通灵机装回妈妈身上。

通灵机是我为妈妈发明的工具，充电之后，能让灵魂体像普通人一样生活。

我从小就是好学生，读书灵光，妈妈管教又严。那个时候，教育还不像现在这么散漫、堕落，曾盛行给孩子穿戴荆棘腰带。

家长在前一天晚上会向腰带提出要求，比如说，孩子上课不能走神。回家之后，家长可以询问腰带孩子的表现如何，若是达标，那腰带只是腰带；如果表现不好，腰带上会长出一条软荆棘。家长就可以取下腰带，鞭策孩子直至荆棘脱落。

现在听起来，这种惩戒太不可思议了。但是，谁也不能否认它很有效。

我那时每天穿着荆棘腰带，妈妈给我的要求还是全班最严格的！但我挨打次数却是最少的！

妈妈甚至怀疑我的荆棘腰带是不是坏了，打电话投诉厂家。厂商查过后，确认没问题，对方接连夸奖我是他们见过的最乖巧的孩子，情绪电话在听到那边的盛赞之后，接连传来一朵朵粉色的花。

所以说，我发明出通灵机并不稀奇。

我为发明通灵机而自豪，它让我和妈妈能一起享受平静的美好生活，也帮助了很多人。但实话说，卖通灵机很难赚钱，该产品很难打开市场。虽然没有竞品，但是通灵机自带极大的争议。我们的很多客户受限于社会压力，不得不匿名邮购，当然这也有优势：我们的用户忠诚度很高。

前天我们处理了一起事件：又有人来公司泼油漆。

前台小姑娘哭着上前阻止，她过世的老父亲冷静些，眼疾手快拨打了报警电话，她妈妈和姥姥则是跟着冲上去，被捣乱的人抽走了通灵机，马上踩碎，彻底消灭了她们的战斗力。

来人不是第一次来泼油漆了，大家都认识他。

他姓钟，以前就脾气暴躁，离婚前对妻儿非打即骂的，离婚以后，还多次试图干预前妻对儿子的教育。小钟先生带着死去的母亲穆女士来我们公司购买通灵机时，两个人一把鼻涕一把眼泪地哭诉过惨痛的过往。

我妈妈当时听到这个故事也陪着哭了，回家以后，她把爸爸的石像擦拭了一遍，说幸好我爸爸脾气好，只知道闷声不响地做事。以前还觉得他不管家里的琐事很不负责，但是对比钟先生，实在是太好了。

离婚后，小钟先生幸运地被判给母亲，过了段好日子。但是，五年前，穆女士因为意外突然过世了。钟先生在葬礼上竟然丧心病狂地说什么幸好她过世了，儿子之后就会独立的鬼话。

在穆女士离世后，钟先生隔两天去照看一下儿子，坐两个小时。父子俩不和，相处尴尬，钟先生又粗心，他没发现穆女士在死亡之后，灵魂从未离开，寸步不离地陪着儿子。穆女士不愿意跟钟先生正面对抗，所以在前夫出现时就藏在一边。

灵魂体的穆女士要躲藏还是很容易的，她可以飘到天花板上，也可以躲在儿子的脑子里头。

人们总是在追求更好的生活，灵魂体也一样。

穆女士生前跟我妈一样爱操心，将小钟先生照看得很好。他只要专心上班就行，别的事情都能交给妈妈。穆女士离世后，儿子的生活质量当然会下降。看到如此变化，穆女士心疼得天天哭。偶然听到朋友介绍我们的产品，穆女士和小钟先生欣喜若狂，立马购买了一台通灵机。这之后，穆女士又可以将儿子照顾得妥妥帖帖，再不用担心宝贝儿子会辛苦劳累了。

但是，这带来一个副作用。

穆女士有"实体"后，藏得不及时，很快被钟先生察觉了。这个恶毒的人开始疯狂攻击那一对可怜的母子，哪怕是警察也不能阻止他。

钟先生的愤怒不仅指向自己的前妻和儿子，我们公司多次被他泼了油漆。我们尝试过申请禁制令，却碰到一个奇葩的法官。

法官遵循保守的价值观，对我们公司的产品、公司理念，以及所有员工的价值观进行了全方位攻击，认为我们将死去的亲人保留在世间延续亲情的做法违背了人常伦理，是对生命的践踏和伤害；违背劳动法，我们雇用一个员工，他身边却总跟着一个以上的家属义务帮忙，他们不消耗物质自然不领工资，这侵害了所有员工的劳动权益……

这位古板的法官洋洋洒洒罗列了八页纸的罪名，勒令我们反思，并拒绝给予我们禁制令。他分明是期待钟先生多多过来找茬，最好能逼我们关停。

钟先生每次来，我们都求助于警察，警方会关押他十几天；重获目由后，他又跑来捣乱，周而复始。警察过来时，甚至是勾着钟先生肩膀走的，像是朋友，反而看我们的眼神十分不善。

我知道他们的意思——环绕在我们身旁的这些老人，身体些微透光，一看即知，他们不是人。警察们害怕、厌恶且不安。

这很正常。

毕竟世间大多数的庸常在面对自己接受不了的高端小众时，会采取抱团取暖的诋毁姿势，似乎这样就能掌握住真理。殊不知，我们有更加强大的武器——家人。他们死去之后，又乘着思念回归，陪在我们左右。死亡都不是问题，世俗且陈旧的目光又如何能压垮我们呢？

早上，我在公司的门口看见了小钟先生和穆女士，两个人手牵着手，神情惶恐不安。小钟先生身材瘦削，想来父亲的折磨对他影响甚深，母子两个冲我鞠躬致歉时，小钟先生纸片一样的身体被风吹得波动起来。

我扶起小钟先生，让他们不要在意。

世上的同道者不多，我十分珍惜。

小钟先生曾多次向自己的朋友宣传通灵机。虽然遭到辱骂，不少朋友甚至跟他断了联系，小钟先生依然没有放弃。可见，他十分忠实于自我。我对于内在如此勇敢的人保持尊敬，愿意献上我的友谊。

我的友善是有回报的。钟先生这般屡次上门找茬的人不多，但是像小钟先生这样忠诚的用户则比比皆是。靠着他们忠实的情谊，我的公司才能持续运营。

送走了小钟先生和穆女士，我和母亲进到办公室里。母亲去给我泡茶，我则是拿起了情绪电话给全公司的人安排工作。具体的工作条目是妈妈帮我拟定的，一切都安排得清清楚楚。

我们公司的人十个不到，氛围十分友好。公司里只有我和另一个男士做研发的，其他人分别是财务、销售等。因为公司小，单独布置任务比较高效，还能准确把握进度。另一方面，也是照顾他人，像是做销售的小姑娘害怕和人说话，交流都依赖她父亲，打电话的方式让她安心。

我讲话的时候语调平和，情绪电话是稳重的绿色。但是这样的颜色很快就变了——当我布置好今日行程后，销售小姑娘的爸爸就打了电话过来。

老人家在电话那头心疼地哭，情绪电话也共情成了蓝色，还湿答答的。她爸爸跟我抱怨，说我安排给小姑娘的工作太多了，她今天很难完成；而且，最近变天，小姑娘身体不好，需要多多休息。

我不大耐烦，觉得这个爸爸太啰唆。不过，想到我们公司招人不易，之前相处融洽，哪怕对小姑娘有点儿不满，也不忍心苛责。正煎熬着，妈妈回来了，她抢过电话，质问对方为什么要欺负我心软。

我心里涌上一阵感动，妈妈真是太懂我了。

妈妈嘴里骂着，还不忘吹一吹手上的茶，将茶杯推到我手边。我遗传了妈妈的细心，没有错过妈妈满是柔情的小动作，心软得一塌糊涂。我捉住妈妈的手，虔诚地吻了一下她苍老的指尖，蹭了蹭她的手背。妈妈一边训斥着电话那头的老父亲，一边温柔地抚摸我。她的动作十分娴熟，指尖能够轻易摸到我怕痒的点，让我不自禁晃晃，身体轻颤。

电话那头的画风截然不同，老父亲被训得火气暴起，高喊辞职。女孩出人意料地尖叫一声，不要，我好不容易找到的工作！然后，传来她委屈的啜泣，有点儿闷，应该是趴伏在爸爸温柔的怀里流泪造成的声音现象。

女孩的哭声没让妈妈心软。毕竟，只有我，才是妈妈的世界的全部。妈妈站在走廊上赶女孩儿离开，还苛刻地指责女孩淌下了眼泪，让她将这些也一起带走，不要遗落。

妈妈是因为我受了委屈才如此生气的——我微末的同情心被母爱带来的感动给冲走了。我眼角的余光看见那个女孩将眼泪水一颗颗塞回身体里，结果消化不掉，把自己灌成一个水肿的球，被她爸爸抱着离开。

一转过头，妈妈对我笑得温柔，皱纹像春天的花苞一样舒展开，轻声问，宝儿，吓到了吗？

我自然说没有。

这是妈妈的爱，是独属于母亲的全心全意——这个道理我和别人一样，懂得很晚。我也曾经觉得妈妈厌烦，一度想摆脱她。

我最叛逆那会，妈妈去世大概半年了。

她的死亡其实很突然。那会我才大学毕业，还是血气方刚的小伙子。靠着妈妈的严格督促，我的成绩一直很好，凭着漂亮的学历加入了一家大的通信设备制造公司。坦白说，通灵机的设计原理就是我在该公司上班时悟到的。

上班很累，我每天都要加班到很晚，第二天一早，又要早早地起床，消耗很大。

妈妈看着可心疼了，天天追在我身后说公司的坏话，试图代替我发泄出心里的郁结之气。生活上，她每晚为我精心烹饪夜宵和补汤，不让我的身体亏损太过；在天不亮时起床，就为了给我做养眼且营养的花式早餐。

妈妈比我还要劳累，不知不觉就撑过了极限。

那天，我和爸爸还在睡梦中，听见一声沉闷的巨响。心悸让我们赶快爬起来，跑进厨房，发现了倒地的妈妈。她的脸褪成了纸白色，气息十分微弱。爸爸判断，像是脑出血，我在报纸上看过新闻。

我吓得慌忙去打电话，电话还没打出去，妈妈已经咽气了。我扑过去，刚要喊妈妈，她的灵魂体已经飘出来了，嘴里喊着，快点关火，宝儿的鸡蛋羹要煳了。

爸爸第一时间听话地关上了火。他比我镇定，很快找人抬走了妈妈的尸体，淡定地关上门和妈妈的灵魂体一起过日子。婚姻初始，爸爸被妈妈没收了脾气，多年来一如既往地沿着妈妈划下的既定轨道过活。

二十几年前，报社的生存环境开始恶化，越来越没有读者。人们不喜欢看长篇累牍的报道。文字豆腐块被发明出来，很快风靡全国，替代报纸成了人们的日常。

只要吃一口新鲜豆腐块，就能顺带吸收一百多字的今日资讯。豆腐块还有各种味道，绝不会吃腻。人们可以借口学习，大量吞咽，有人甚至吃成了气球，边往外飞边吐出各种字句。

可是在报社工作的人很多。为解决就业安置问题，我们居住的城市出台了读报十五分钟的好政策：每个家庭每天要累计读报至少十五分钟，否则就会被扣除两个公民积分。在我们的城市里，钱不是购房的唯一条件，公民积分和住房面积的申请资格直接挂钩，得分越高，能申请购买的房屋面积越大。

爸爸除了上班，都在读报。

妈妈的离世没对他的看报事业造成干扰，爸爸很平静。看报时段，妈妈提出的任何要求都会被爸爸自动屏蔽，包括破口大骂。想得到，这样的状况下，爸爸绝不会帮我做家务。妈妈无法帮我，只能在一边看着我承担家务，工作也不能停下……

妈妈泪流满面，痛苦之下忽略了生活中的重担给我带来的负面影响，我内心被烦躁完全占据。

妈妈既然走了，就干脆点啊，何必留灵魂呢？那个时候，我的心里会不时有这样可怕的念头。我知道这种想法是大不敬，在它刚冒头时就速度将之挖出来，丢出窗外。这些想法摔成了窗下的一团稀烂。旁人去翻找，只能听见诅咒一样的声音嘶吼，妈妈。

后来，垃圾越堆越多，我的恶意的滋长速度加快。妈妈什么事都做不了，还回来做什么呢？她在我身后的叮咛絮叨，只会让人厌烦。

半年后，我彻底暴走，心里有了个挥之不去的念头：摆脱妈妈。

让另一个女人进入我的生命，代替妈妈——这是个很好的方案。

某次去医院挂水的时候认识了一个小护士。她笑起来很甜，脸蛋浑似刚摘下树的水蜜桃，脚步甩开会像铃铛一样叮咚叮咚地唱歌。她对所有人都很温柔，看着她照料病人们，我听见了心跳的跑步声。

我几次借口不舒服，去医院找小护士聊天，终于要到了她的私人联系方式。那天，回家的路上我兴奋地挂在绳上摇摇晃晃。

回到家，看到妈妈，我的喜悦退去，烦躁又成了情绪的主宰：妈妈还在这又能做什么呢？

妈妈终于看出了我的嫌弃，伤心地躲到一边没说话。趁着我晚上睡觉，妈妈进了我的房间，翻找出我的记忆，看见了那个姑娘。

她后来跟我说，看到小护士的第一眼就很不喜欢：对方屁股不够大，生孩子会很困难，眼神中想法太多、野心太大，对所有人都不错，这就意味着她没办法一心一意照顾我……

她当即做了一件让我们双方都后悔了几年的事。妈妈试图从我的脑壳中把小护士的记忆挖出来，丢掉。

我觉察了，抱着我的脑壳逃出家门。我第一反应是跑到了医院的门口等那个小护士。告诉她我为了她反叛离家了，希望她以后可以取代妈妈，照顾我，跟我一起生活。我从晚上等到白天，终于看见她穿着一条印着黄色向日葵的裙子从远处蹦蹦跳跳走来。

我还没表白完，她就尖叫着跑开，走之前还扇了我一巴掌。

我以为她喜欢我，愿意照顾我，结果居然是这样……我那个时候实在是叛逆，发现自己犯了错居然还不回家去找妈妈补救，反而感觉十分丢脸，想要远远逃开。

我心里堵着气，一下溜到了城外，把绳子一甩，跑了。

不知道走了多久，我看见了一片竹林，长在迷雾里。我肚子饿，想要挖笋子吃，在搜寻中脚一拐，滑到一个村子里，躺在一个女孩身前。女孩五官有点寡淡，看着凶，扎着两条很土的粗辫子，有个大屁股，查看后，把我捡回村子里头救治。

我在村子里住下了，娶了第一次见到的那个姑娘。妻子在很多时候跟我母亲不一样，她粗俗，蛮横，没文化，缺点很多。但她有一个优点十分吸引我：她发誓像妈妈照顾我一样地照顾我。

兴许是因为我是城里来的，读过很多书，外表也不错，放以前她肯定高攀不起，所以对我的诸多要求都点了头应允下来。我们一度生活得很幸福。

可她怀孕后，情况就变了。她竟会让我分担家务了。我的需求也不再被妻子放于第一位关照，儿子成了最重要的。

让我彻底了解这一点，是孩子出生后。

妻子要给孩子喂奶，嫌弃自己奶水不够好。她指使我出门去村子周边的一座山上，把一种白色仙人掌带回来。她自私地忽略了我未曾独自上过山的事实，只想到了自己的儿子。顶不住妻子的责骂，我勉强自己去了。

我找到了妻子说的白色仙人掌，上面都是可怕的尖刺，无从下手。我劝了仙人掌两天两夜，总算说服它自己跟我下山了。

当我带着蹦蹦跳跳的仙人掌回到家，抱着孩子的妻子完全忽视了我。她不仅不感激我的辛劳，还骂我一句，怎么这么慢？

然后她伸手拿起仙人掌，命令它，再尖点。仙人掌听话地把尖刺又伸长一点。她若无其事地抓着仙人掌往自己的乳房上扎——仙人掌迅速地变得干瘪，她的表情依然波澜不兴。等到她将干瘪的仙人掌扔出去，刚刚被扎破的乳房上现出一个洞，往那里看过去，能够见到一块块的黏稠的奶。

妻子满意了，用儿子的嘴堵住那个洞，说，吃吧。

我被"母亲"奉献牺牲时的决然表情吓到了。无私地付出和给予爱，是独属于伟大的母亲的。我醒悟到：要是留在这里，我永远不能再做回一个宝宝，也永远不会有一个女人像我的母亲那样爱我——我想要回家找我妈妈了。

我漫长的叛逆期终于结束。

我迫不及待地诓骗妻子，说要去城里给孩子赚奶粉钱，让她送我走出了村子，再没有回去。我没什么愧疚的，毕竟是我的妻子先违背承诺，答允了把爱都给我，却不兑现。至于孩子？很抱歉，我没有生出父亲的心肠。

可是，妈妈跟我的想法一致吗？

龌龊一点想：灵魂不能永远留在世上。当牵念的人消失了，灵魂体自然也要跟着走。若是我没有后代，妈妈就会跟我一起去往死亡的彼岸，两个灵魂靠在一起，留下一段母与子的佳话。

我们在一起的时间正一点点缩短。

我随时愿意跟着妈妈一起离开，让她继续照看我。妈妈呢？她照顾那些宠物，究竟是本心慈爱，还是说，她在找延续生命的……

妻子不知道什么时候死了，盘在我儿子的脑壳里，跟到了城市里。妻子这种状况，分明需要一个通灵机。这代表，他们随时会找到我。我的儿子长得跟我很像，妈妈见到他就会明白一切。

妈妈现在知道她还有个孙子，会怎么样呢？

她会维持现状，眼里只有我？还是跟我妻子一样，看着那个小孩子，扎破自己的乳房，嘴角还挂着笑？那个小子是有前科的，他仗着儿子的身份，已经抢走了属于我的一个……我的一份爱。他又来了，又要来了，挂着跟我相似的脸，要来抢走我亲爱的妈妈了！

那个梦是预兆，早上的遇见也是——

我害怕地抱住了妈妈，嘴里不断地确认，妈妈，妈妈，我是你的宝儿。

前台小姐打来专线电话，因为刚刚销售被开除了，就找了我。她说门口来了一个年轻人，脑子里有个灵魂体，他们要买通灵机。

　　我一下子想到了那个木呆呆的新郎，和盘踞在他脑子里的娘。我将妈妈抱得更紧，手里偷偷捏住通灵机，犹豫是否要将它关掉，导致妈妈的身体忽闪忽闪的，像是接触不良的电灯，她说话也打着顿，断断续续地传出几个字眼：宝啊……怎么了？

　　我犹豫着，捏着通灵机，浑身颤抖。

　　那边，客人的脚步越来越近，玻璃门已经映出了那人隐约的身影……

我娘附在我身上

我娘死了，然后她附在我身上。

九月，老家下了场酝酿了很久的大雨，雨水下来前，乌云已经在村子里铺垫了好几天的骇人声效。

那个时候要收扯树辣椒，别人家的都扯完了，我家还挂着一个。那棵老辣椒树性子缓，果实熟得慢。

老家四面环山，村子挤在沟里，容易积水。村民们早早躲到山上避祸，只我娘舍不得最后的辣椒，掐着辣椒尖，倒数，十、九、八、七……快到一了，准备跑了，雨水砸下来。

暴怒的雨点子把我娘砸死了，砸成了水，跟即时暴涨的山洪混到了一处。

雨停了，村民们下了山，只捡到了我娘的两件衣服。

我接到电话赶回来，看着衣服，问大伯，怎么办？

大伯说，葬了吧，不葬，你娘灵魂就安息不了。

我还是不安，跪在泄去洪水的沟子里头，摆上我娘两件衣服，磕头，娘，大伯说让我把你葬了，咋办？

我娘灵魂出现了，费钱，我附你身上。

我觉得不大好，犹豫。

我娘一巴掌扇过来，骂，傻子。

我马上认尿，听话了，打开脑壳，恭请我娘附到了我的身上。

我打小就没见过我爹。跟我一起长大的许多村里的小伙伴都很少见到爹，他们几年才回来一次。我爹最狠，一次没回来过。

也好，现在我带着我娘走，就不用请示他了。

村子口有一片竹林，里头飘着迷魂雾。人要进来，闭着眼睛，往下一梭就到了。要出去，就不简单了，只能记路，弯过哪块石头，绕过哪朵花。

我当年考上三本逃出去后，就只在过年的时候梭回来，待七天。出山由我娘送，领着我弯过石块和花，送到隐隐望得见大路的地方。

这会儿，娘没了，路本也要断。

幸好，我娘的灵魂还附在我的身上。她这会儿才刚刚附着到我的身上，对一切都不熟悉，所以格外拘谨。

我防备她碰我的脑子，她就安安分分地缩在一个角落缝里，细声告诉我怎么走出竹子迷魂阵。

我娘第一次走出外头，我爹走的时候她没送，我走的时候她没跟，却把这座迷魂阵的路径记得烂熟，跟我的灵魂一块儿带着我走出了村子。

回头望时，家不见了，只见翻涌的迷雾。

以后怕也没机会回来了。我带着我娘的灵魂，回了安家的城市。

这是我娘第一次见到我住的格子，她以前只听我在电话里简单跟她说过，蛮好，哪里都好，没什么缺的……

她也不觉得我骗她，听我说了都好，就低下头继续扯辣椒，打粑粑，过日子。

这会儿我娘来了，亲眼看到我被分配到的小小格子。我抿着嘴，有点儿不好意思地任由她参观。

自打我离家后，再回去，我娘就不骂我傻子了，只叫我喂。但我还是下意识防备她骂出来。

我娘没骂，她很温柔地摸了摸我的大脑，温柔地说了声，蛮好。

然后，我娘指挥我买了菜回来，给我做饭吃。她的腊肉做得好，我却许久没有吃到了，这会儿念着也买不到。不过，以后的冬天都可以吃到了。

我原本还有点防备，吃了我娘做的饭，就觉得都挺好。我开始幻想冬天的场景：买上一箱子的肉，由我娘处理了，然后在天花板上牵一条绳子，把肉一条条挂上去晾成腊肉。早上一醒来，我把舌头一伸，就能尝到一嘴腊肉。

我娘能附在我身上，真好。

她哪里都好，帮着我把所有的烦琐杂事都给做了，缺的都补好。我在早上起来，能伸手够到被暖过的衣服，闭着眼就能往身上套。

有一次回到家里，累瘫了，是我娘接掌了我的脑壳，从桌边捡起我的身体：刷牙—洗脸—躺床上睡觉，还不忘把被子给掩好。

我娘好得让我恍惚了：当年我是为啥要逃？

我娘附到我身上，让我看世界的眼光也有了变化。

我从前没有注意，现在才发现城里不少人脑壳里头住着不止一个灵魂。譬如对面的同事，她的脑子里住了三个人，她和她爷爷奶奶。

她的脑壳没那么敞亮，所以爷爷奶奶只能坐着，把她的灵魂幸福地搂在怀里头，让她时刻笑得跟孩子一样。

我以往没感觉，如今体会到了母亲的好，深觉——这就是幸福。

她也看见了我娘，交换个心照不宣的眼神，相视而笑。

我娘却不太放松，离了她的村子，所有的一切都觉得陌生，不敢说话，除了在我的格子里头帮着做事，大多时候安静缩在我的脑壳里。

我娘从前习惯了做主的，她说，我听着。如今倒转了，看她缩在脑壳里，我亦有点心疼。

所以，我想尽量对她好。去超市买菜，见到了一盒子牛排，是从澳大利亚的牛排树上摘下来的。看着好，我想买了给我娘尝尝看。

我娘急了，一拍我脑子，傻子！

然后她就急急推开我的灵魂，领着我走到蔬菜区，拣了几把青菜，付账的时候依然是一脸的肉痛，真贵，城里的人都发宝气嘞，小菜都卖这个价了。

我知道我娘心疼我，只笑。毕竟城里头住人的格子贵，一个睡觉的单元格就要耗费不少钱。我娘心疼我，不舍得我多给她花。她墓地不要，灵魂挤到我脑壳里委屈过活，也是为我省钱。

买完了菜，我娘又放弃了钳制。她站到了一边，无措地看着——

城里人出行都要靠着一根绳子，才能通过满是迷雾的建筑森林，回到自己住的地方。绳子连着家。进超市之前，我们把绳子挂到门口了，出门去提。

村里习惯了抬脚看天就走，可城里是漫天的浓雾，房子也长着相似的门脸，又没有石头和花提示她路径，她迷了路。她傻愣愣地站了会，抬起脚，却又缩回来。

我安慰她，多走走就熟了。然后我重新接管了自己的脑子，找到绳子，带着我娘回家。

快走到我的格子了，我娘突然冒出一句，你爹不识得路咧，是不是来城里，忘了取绳子，所以转丢了，这么多年才没回去？

我不知道怎么回话。

毕竟，我没见过我爹，啥都不知道。

我只记得小时候，村里有传说：城里有片金子田，长在隐秘处，很难找着。但只要人进去了，就可以随便装金子。我就猜，我爹可能进去了，想到我，想到我娘，想到我大伯、二伯、大表哥、二表哥……家里这么多男人，个个都要分他的金子，只好拼命多装。要离开的时候，一不小心就给金子压倒了，也就出不去了。

我觉得我爹的这种死法是最让我开心的，毕竟他是想着我们才去的，他还是个好爹，是个好人。

后来，我出来读书时还找了好久的金子田，始终没找到。听城里人说，有，但是只有聪明的或者会投胎的人才能进去。

我摸摸自己的脑子，不很聪明。我爹是我亲爹，估计脑子也不好。那个被金子压死的想法，只能是我的梦。

我娘念叨了一句我爹，沉默一会，然后突然爆发了。

她冲着我发了好大的脾气，你走了那么久，给我留了个讨债鬼，不回来。你也走，追着你那个死鬼爹，走了就不回来，傻子，大傻子哟。

她好像弄混了我和我爹，还骂我傻子，把我的脑子搅得乱七八糟的，也不知道会不会有什么给弄坏了。

我心疼她的遭遇，就任由她发火。怎么说，她是我娘，一门心思对我好。错的是我爹，丢下我们跑了，父债子偿。

我也错了，曾经抛下她。如今她没其他地方去，我不该忤逆。

我娘发过了脾气，就在我乱糟糟的脑壳里腾出一块地方背过身去睡。

我松了口气，打开游戏想要放松一下。自打我娘来了以后，我要重新学着跟她相处，我也很久没打游戏了。

我买不起游戏舱，只能弄到一个头盔，戴上去，进到游戏世界，准备好好要一次。

才打开，游戏的音效就把我娘给轰醒了，一转身见到了一个炮筒朝着她炸，我娘吓得在我脑子里头尖叫，啊啊啊，吵崩了我脑子里运作的神经感知生产线。

她还觉得委屈，给我看她的灵魂，爆炸的音响让她神经衰弱，衰弱得颜色变淡了。

我停了脑子，不知所措。游戏中，我的眼前队友还在奔跑，他们端着枪，冲着怪物突突，看我不动，就朝我开枪。我中枪了，掉出了游戏。

烦躁，我不能打游戏了，因为游戏会减弱我娘的灵魂，她的尖叫又会彻底摧毁我的神经。在生命安全面前，游戏就不算什么了。

可是能干什么？不知道啊，我从前只知道打游戏来填塞漫长又空虚的空白时间。

虽然窗户外面都是雾气，看不见天空，判断不了天色。可是在城市里头住久了，就学会了通过亮起的灯的数量来判断时间。

这会儿还早，整个城市灯火通明，好像是漆黑的森林里有无数的动物还在聚会狂欢，它们睁大的眼睛，聚起了朦朦胧胧的光，打破黑夜的沉寂。

我走了两圈，从地上摸起一本书。

我不记得书怎么回来的，只记得书很神圣，丢了会有报应，就将它好好供放在地上，这会儿神圣的书名显露出真容——我翻开书页，学习起来。看着看着，我入迷了。看完入睡，也觉得神清气爽，比平时安宁。

书果然是个好东西，比游戏好多了，我在梦里头这么想，还计划要再买本书。书看得好了，里头的好故事也跟着入了梦——

我成了故事里的神奇老农，来到这座大城市里，抢在别人之前意识到：城市少了泥巴。少了泥巴便等于少了个吞吃垃圾的胃。农村都是这样做的，将所有的垃圾放在泥巴上，等着淤泥将它们吞下去，地就干净了。

可城里的地都被炼硬了，城市又擅长制造垃圾。

我开始琢磨制造泥巴，在城市的边上造出一大块绵软的泥巴地，然后把垃圾一车车运到那里，由着泥巴将其吞噬了。

然后我就有了资格去藏在城市迷雾中的金子地，在那里看到了成片的灌木，上面结着金子。我想起曾经的梦——我爹摘了满满一大袋的金子，因为太重，被压在了下头。

我想找到我爹，就只低头寻摸地上的大包。

地上有许多包，见到最大的一个，我就开始挖，挖着挖着，挖出了嵌到泥里去的我爹。

我爹被压成了一张纸片，挨着金子久了，金色透过袋子染黄了他的皮肤。我觉得他快要变成金箔了，幸好我及时来了。我想救他，于是慌忙往他身上拍泥巴，乡下人都和泥巴亲切，有了泥，就能增长营养。

我爹果然就跟吹了气一样地膨胀起来，重新成了人，叫我儿子，然后跟我一起拖着那一袋金子走出去。

迈出去一步，我就醒了——都是假的，没有老农和泥巴，也没有金子地，更没有我变成了金箔纸的爹。

只有我娘，她瞅着我，没有说话。

我有点心虚，毕竟梦见了我爹。所以我小心翼翼地瞅着她，娘，看啥呢？

没有，没看你。

我查看了一下脑子，哦，懂了——我娘一晚上没睡觉，将我的脑子彻底修整过了，之前破坏的给修好了，神经又被接通了。

不过，她丢掉了我的游戏存档。

现在的游戏都存在了脑子里，不用硬盘，而她将它们清掉了。

我有丁点生气，但没说什么，她是我娘，她听到游戏音效会衰弱，不让我打是对的。而且，我才梦见了我爹，我还想找回他。明明他曾经抛下我跟我娘，让我娘独自一个人养我，还让我娘在昨天伤心、发火了。

我觉得愧疚，沉默着接受了这个现实。

我娘安心了，她倒头睡了。毕竟，她没办法帮我工作，所以白天里都在我的脑壳里昏睡。有时候她做了梦，梦会透过我的神经，传到我的眼里，放电影一样。

梦里，我娘回到了家里的那个小村庄，村口有树，屋旁有菜，院子里有个娃娃，娃娃是我。我扎着冲天辫，流着鼻涕，蹲在院子里头玩，哪也没去。

我娘冲我喊，儿子，别跑远了。

我突兀地在现实里擦了擦眼睛，为"儿子"湿了眼眶。

我娘很少喊我儿子，她以前骂我傻子，后来叫喂。我其实一直想让她叫我儿子，却没说过。现在懂了：她一定也是不好意思说，所以只在梦里叫。

真好啊，好到我心都被母爱的融融暖意给化了，仅有的不快，烟消云散。

我俩达成了这样的默契，一早一晚地交替过活着。

渐渐地，我发现了新的不对劲。

早起时我的下面软塌塌的，也不知道是不是生了病，只是没时间去看。

直到一个周末，我听到了窗外的一声高喊，谁将垃圾丢出来的？

我被惊醒了，却还没有意识到事情跟我有关。

模糊听见，这谁啊，认一认啊。

旁边另一个发现了，喊了一句，这不是马伊……谁吗？

《××在泳池》？

我的女神？她长得跟我喜欢的姑娘很像，所以我花功夫收集了她的全套片子。《××在泳池》是我的珍藏。

我突然意识到下面的垃圾是什么了。我从睡眠单位上一弹而起，打开了窗，看着窗下涌动着的黏稠的黄色浆水，波浪滚过整条街道，波浪里现出来的是我最爱的马伊莲娜的脸。

我哀号一声，意识到了我早上的疲软是怎么一回事——我娘把我的冲动和情欲都当作垃圾给丢了，我的欲望被消解了。这让我愤怒，头一次冲着脑壳里的母亲大吼大叫。

我娘忍耐半晌，没有说话。她苍老的身体在我的脑壳里瑟缩着，手指尖都在颤抖，成了一个可怜的团子。好容易在我的话语轰炸的间隙，她小小声啜泣，我知道，我靠着你了，你嘚瑟了，你现在不用我了。

我的嗓音好像被一只无形的大手摁住了，动弹不得。我傻乎乎地张大了嘴巴，可是说出来的都是没有意义的嗯嗯啊啊。我觉得愤怒，似乎也应该愤怒，可是面对着母亲，我的怒火无法表达。

你看不上我，我知道。我娘还在那边说着，说着说着，她抹了一把眼泪。

离了村子，你就不回去了，你不想看到我，觉得烦。觉得我给你丢脸，只会种菜，没钱给你买房、买车，让你这么大了，还娶不起媳妇，只能缩在这个格子里头，啥啥都没有。

我心里都知道，你看不上我！

怎么会？我张口就反驳，这三个字自动蹦出来，不过心不过脑。可我知道自己的心事好像被戳中了——我是看不上她，看不上却换不掉，她有什么命令，我连反抗都不行。我跑了，因为不想栽在她手上做个傻子。

我刚到城里时，晚上做梦，梦见我娘——她有一张可怕的黑脸，叉着腰，时时指挥我做事，不如意就打我，然后骂我傻子。

醒来后，吃着难以下咽的潲水饭，想到那个梦，我就傻笑，跑了正好。

我看不上我娘。我没有跟她说过，只是在心里说，我不要做我娘的傻子。

这些心思没法说，我只能跟她讲道理，我是您的儿子，还让您住在我的脑壳里，我没有看不上您。只是，这是我的脑子，您能不能不要干涉我的想法。

她瞪大了眼睛，无辜地看着我，皱着眉头说，脏，我都是为你好。

我说不出话来了，我当然知道，这些很脏。卑劣、低俗、恶劣，楼下翻涌着的发出恶臭的浆水是我被禁锢在脑子里只敢在黑夜里头无言涌动的欲望。

我有个喜欢的姑娘，却没底气去追。打从大学开始，我在去食堂的小路上偶遇她，看她穿着裙子飘过，飘进了我的梦，醒来时，下身坚硬、发烫。

我追着她进了这家公司，看着她逐渐得到重用，开始穿得漂亮优雅在大会上发言。我却只能看着，敲进我自己也不懂的乱七八糟的符号，排列组合。

所有的心思，我没底气说，我做了这么多，只敢打动我自己。我看着她挽起的男朋友换了三四张面孔，没有一张与我相似。

我只好下载了一部部马伊莲娜。

我用最脏污的梦境相思着最纯净的我的姑娘，然后我娘把我的欲望都给毁掉了，我连想姑娘的借口也没了。

可我有罪，只能自认卑劣，是啊，脏，真脏。谢谢娘丢了那些，让我成为一个全新的人。

认罪后，我的母亲就正大光明地跟我共用这一个脑壳。她是我的母亲，我只能由着她在我长大成人多年后，修剪掉我的污秽，重塑我的灵魂，使我经历一场并不怎么痛苦的重生，我感动得热泪盈眶——

感谢母亲，让我成为一个清白、正直、善良又勤劳的好人。

我在工作中少了许多的杂念，渐渐地得到了上司的夸赞，也拿到了更多的工资。

我的母亲无微不至地照看我，她闲不住，不愿意休息，只要离开了工作的环境，她就开始工作，在狭小的格子里头团团转着，想要将所有的灰尘都打扫干净，当然包括我的想法。

我再不去计较被清理掉的垃圾，只剩下了一个坚定的声音在持续地轰鸣，以至于每一个神经元都学会了高举双手蹦跳着大声附和，母亲在我脑子里，真好！

我感觉幸福，因为我成了一个清白、正直、善良又勤劳的青年。

升职那晚，我做了一个梦，主角不是我爹，而是我的姑娘。

梦里她穿着洁白的婚纱微笑着一步步向我走来。

在我即将掀开她的头纱、亲吻新娘的时候，我娘在我脑壳里咳了一声。真是抱歉啊，我居然忘记了我的母亲。

我向我的新娘敞开了我的大脑和里头住着的两个灵魂。我郑重请出了我娘，让她在新娘的面前显现，为你介绍，这是我的母亲，她附在我的身上。

请出我娘代替我掀开了她的头纱，新娘微笑着，等待……

然后，我就醒了，眼里撞入了母亲的脸。她若有所思地看着我，没有说话。

我娘大概透过我的脑子看到了一些梦境的片段，毕竟她住在我的脑子里。可我不以为意，因为在我的梦境里，我一直都不曾让我娘缺席，她在我婚后也附着在我的脑子里，还帮着我掀开了我的新娘的头纱——这是多高的礼遇，我这样惦记她，娘应该会觉得快乐的。

可她不快乐，她不见了。我的脑子里只剩下了我一个人，我吓坏了，孤零零的，没有依靠。我只能像个孩子一样地大声哭喊，娘，娘你在哪里？

没有回应，我娘就这么离开了。

我娘走了一个月。

这一个月里，我固执地遵守着我娘给我定下的规矩生活，一点不错。我不再看马伊莲娜，我也不买那些贵价菜，按时回家——做饭，多看书，早睡觉。我依然是那个清白、正直、善良又勤劳的青年。

我活得跟我娘依然在我的脑子里一样。

我甚至在心里偷偷责备我的姑娘。

因为我娘失踪前，我梦见妣了。我一梦见她，娘就不见了——不用说，一定跟她有关，一定的。

所以当她在公司朝着我微笑时，我低下头避开，表示我的责难。

听说，她和男朋友分手了，我本想尝试着去约她，可是想到我可怜的离开的娘，我转身走了。

我活得跟我娘在一样，就好像其他的生活方式都被我娘写上了禁止执行的程序。

等到一个多月以后，我娘回来了，她突然出现，喜气洋洋地笑着。

我问她去了哪里。

她说回去了村子里。要不是城里大，她迷路了两次，不然早就回来了。

我皱着眉头，你回去做什么？

我去给你找媳妇了！

找媳妇？我当即就尖叫了起来，找什么媳妇？我明明记得的，我的媳妇是我的姑娘——她穿着白纱朝我走来的画面那样清晰。

我娘笑呵呵地，你不是想结婚了吗？我都看见你的梦啦！我算过了，你的格子太小，放不下城里的姑娘，所以回了趟乡下，找你大伯说了一个礼拜，让他领个乡下的姑娘来跟你结婚。

我从来没有这么愤怒过。我觉得过去一个月的思念和忍耐都喂了狗，所有的温馨和爱意都化作了灰尘，只有怒火正在燃烧。

为了迎接我娘住在我的脑壳里，我把一部分记忆封存起来了，现在我想起来了：我为什么要走呢？——因为我娘！

她早上起来剁菜喂鸡，砧板咚咚地响，吵醒了我的梦。我说，娘我困。她就叉着腰骂我，傻子，你不知道时间吗？

我知道啊，还很早，学校还没有开学。

但是我娘觉得时间已经到了，给我穿上衣服，背上书包，赶我出了门，去到教室里，开始读书。

中午大家带饭，我想吃一把辣子，可是我的饭盒里头却只有一些瓜菜。

我找我娘，让她第二日放些辣子。她扯着我的耳朵骂了一句，傻子，你不知道辣椒可以卖钱交学费的吗？

我知道，可我也只是想吃一把辣子。

她总是叫我傻子，我做的所有事情她都不喜欢。她剁菜时就顺手把我的想法也切得稀碎，喂给了门前的鸡，母鸡们咯咯叫着把脖子一仰，什么都没了。

我怕我娘，因为她是我娘，我换不掉，不能不爱，那——只能逃了！

我逃了许多年，只在过年的时候回家。忍不住内疚，只好买许多的特产回去看她，叫她娘。我看不上我娘，又内疚让她被丈夫抛弃后，又成了一个连儿子也留不住的可怜的女人。

可她不大跟我说话，就好像没我这个人。

七天一到，她站起来，还是拉着我的手带我离开。

我娘无法长久地怨怪我，因为我是她生下来的崽；我亦无法长久地记恨她，因为她是养大我的娘。我们疏远又关联，这一段扭曲的母子关系随着她的死亡才画上了句点。

她死了，灵魂无处歇息，我就只记得她是我娘了。我大方地敞开自己的脑子，娘，你附在我身上吧。

我醒悟到自己做了什么，朝着自己打了个嘴巴子：傻子。

我冲着我娘大声嚷嚷，这是我的脑子，你能住进去，是我不想你做了孤魂野鬼。

我娘早看透了我的伪装——我永远无法忘记一件事：我是她的儿子，她的！

她叉着腰，盛气凌人，在我脑壳里打我的脑子，骂，傻子！你就是个傻子！你一撅屁股，我就知道你要放什么口味的屁。我当然知道你在想什么——你想要老婆，我就去帮你求，你要的我都给你了，因为我是你娘。可是，你竟然觉得我要害你。

我不服气，因为她这个决定关系到我爱了许久的姑娘，心心念念，相思入梦。

我再次把住了自己的脑子，不让我娘动了。不让她清理，不让她打扫，不让她操控。我把所有的功能对她屏蔽了，她只是寄居在我的脑壳里的幽魂。

虽然我还是不忍心让她飘在外头，吵了许久，打开了脑壳让她住了进去。

我已经是我娘打造出来的，一个清白、正直、善良又勤劳的青年了。我有时会突然感知到我娘的脆弱，我看见她抱住自己，沉默着坐在我的脑壳的一角，脆弱得显而易见，我就会不忍心，想要跟她说话。

开口前，又想起了那个梦——我的姑娘穿着白色的婚纱朝着我走来。

我又硬起了心肠。我可以不买高价的肉，我可以不看马伊莲娜，我可以活成我娘的样子……唯一的愿望是，我想娶我心悦的姑娘。

我娘却看透了我的懦弱，面上装着可怜，内里无比强硬。

我们以攻击的姿态僵持。我的态度决绝，可是我的脑子是我娘生的，我能感觉到它想要顺从主人的情不自禁。我快撑不住了，只是不愿意妥协。

晚上睡觉，我共享了我娘的梦。

她梦见了我爹。

我第一次见到我爹，在梦里，他说，我出去打工挣钱，挣钱了给儿子交学费。

儿子，他叫我儿子！

我惊喜于听见这个温暖的称呼，却只能跟我娘一起目送他远去——他说是要去挣钱，可走的时候头都没有回，跟逃跑一样决绝。

我听见了我娘在哭，我也陪着流泪。

梦境再一次提醒我：我没有爹，只剩下娘了，而我娘，也只有我了。我心软得跟个孩子似的，用孩童的声音轻轻地喊她，娘——

她瞬间睁开眼睛，弹坐起来，摆出盘着腿、抱着手，居高临下地看我的姿势。她不愿意袒露脆弱，好像刚刚的眼泪都是我的错觉。她强硬地哼一声，喊我做什么？

娘，我不想娶老家的姑娘。

那你就单身吧。你个傻子，你什么都没有，如果不找老家的姑娘，就不会有老婆。那我也认了，我有个喜欢的姑娘，我只想娶她。

可她不愿意嫁你！你只是个傻子，还跟你爹一样心狠，除了村里的姑娘，谁会跟着你？

说完了这些，她又开始哭号。她坐在那里，如生前一样，捶打着她想象中的地面，一下又一下，哭得很惨，我的儿子犯傻了啊，他不听我的话了，他要跑啦！

我没有，我只能这样苍白地辩解着。

我害过你没有？我把所有的都给你了，我只希望你好，你哪怕是个傻子，我也希望你好。可是，你不信我，你看不上我给的，只想要走，你只知道走！

是啊，她是把所有的都给我了。

我反驳不了。

我出来读书，要学费。离开前一天晚上，我娘就带着我上了山。然后开始挖洞，挖开了九个洞，每个洞里头藏着一把钱，钱上沾着汗，臭烘烘的味道被泥土封存得完好无损。

她明知道我要离开她，还是直板板地说，拿去，读书去。

那是她好不容易抠搜下来的钱。别人的爹就算是很久才回来一次，但总是会回来的，至少会送钱。只有我爹没回来过。只靠我娘赚钱，钱攒得格外艰难。

临死前，她还在攒钱——因为那一个动作迟缓的扯树辣椒，她被雨水砸死在坑洞里。

出村子前，她可惜了一句辣椒，指挥我上了山，挖了十九个洞，每个洞里是卖一种粮得的钱。她攒的所有钱都让我带上了，一毛、两毛……一块、两块……自己一点不要。

她不睡墓地，委屈地挤在我的脑子里，只是为了不花我的钱。我的钱她不要，她攒的都给了我。

面对我娘的爱，我只能无奈地妥协，娘，我不跟你吵了。我们先见一见好不好？不说死了，只先见见面？

我娘同意了。

过了几日，我大伯扯着村里头的一个姑娘上了城里。

她有一条很粗的辫子。细细一看，不是粗，而是她的头发太长了，为了不让她过长的辫子拖到地上，她只好把辫子叠了三下绑在一块儿，这才有了一条粗粗的辫子，辫梢在她腰上晃荡。

我娘很满意，悄悄告诉我姑娘辫子的正确用法，你到时候把她的辫子解开了，系到门上或者灯上，这样她就能在房里做事，又不会跑掉。

可我不喜欢那样的长辫子，这样长，也不知道洗一次要费多长的时间。她的长相我也不喜欢，粗粗的皮肤，透着黄，就跟泥土人一样。我不喜欢。

可我娘已经开始谋划，要把她的辫子挂在哪里了。

她的态度被我大伯看穿了，他朝着我娘点点头，夸赞道，我就知道你会喜欢，这是我找到的辫子最长的姑娘，绝对好做事的。

我不知道那姑娘懂没懂他们的计划，她只是傻愣愣地坐着，笑着点头。

我怕了，透过长辫子姑娘的笑容，我看见了未来：家里会增加一群鸡崽子，它们早上吵闹着，说要吃东西，然后这个长辫子的姑娘接过了我娘递过去的刀，剁剁剁，剁碎了我的梦，喂出更多的鸡。

我决定逃跑。

第二天早上，我假意对我娘说，娘，你陪大伯说话，我先去上班了。晚上，我会买菜回来。

其实我准备逃跑，再不回来了。说话时我的双腿因为兴奋和紧张而颤抖，我安抚内心的歉疚，告诉自己，这个地方我不要了，留给我娘作为补偿。

可是，这个愿望也破灭了。

我娘凶猛地从我身后扑了上来，她熟练地钻进了我的脑壳里，击晕我的灵魂。

她在我的脑壳里狠厉地尖叫，你别想跑！你永远是我的，是我的乖儿子！我的！她的声音那样高亢，澎湃的力量瞬间湮灭了我的痕迹。

再然后，我成了我的母亲，没有了任何的力量。

我在母亲的操控下和那个大辫子的姑娘结了婚，穿上了新郎的西装。为了省钱，劣质的西装上还吊着线。

我木呆呆地站在镜子前，看着镜子里的男人。因为我的脑壳里装着我娘，她的岁月也染上了我的脸，皱纹快速地爬上了我的面。我在镜子里头看见了一张沧桑的脸——我爹的脸。

我娘一直操控着我，笑，说话，在热闹和喧嚣中走完婚礼的程序。

直到夜色渐浓，宾客尽皆散去。

她操纵着我站在床边。

姑娘的粗大辫子被拴在了吊灯上，晃晃悠悠。她穿着红衣，闭上眼睛，像是接受了命运的猪，被烤熟了放倒在了祭台，也就是我的睡眠单位上。

我娘操纵我的脑壳站在床边上，却没法让我勃起。

　　我娘骂了句，傻子。然后，还给我一半的位子，驱赶我的灵魂回去。

　　她到底让傻子俯下了身子，笑。

玫瑰色离婚

顾诚正坐在那里看手机呢，看久了，身子发酸，心情也烦躁。他老婆今晚有闺密聚会，提前三天跟他说好了，一定要穿好点等到九点半过去，跟接女王一样地把她接回来。顾诚被逼穿了一身板正的衣服，绷得难受，换了好几个姿势，更烦了。

今天天气不好，又是正常的工作日，可他闲得很。一个畏畏缩缩、不知男女的人走进来后，顾诚一转头，当作没看见。

顾诚在民政局坐了两年的班，见的人多了去了。在这个大城市里，来来往往的人多得很，老的少的，美的丑的，什么脾气古怪的都有。

虽说人人都懂要包容的道理，可审美是打小形成的，谁都有偏好。顾诚自觉年纪大了，消化不了这样不男不女的，好好一小伙子看着跟个娘们似的，不爽。

等了一会，那娘娘腔脸红安静地等在那里。顾诚不好意思了，左右看看，都没人，恐怕趁着来人少都借着上厕所的空当走开了。

他叹口气，抬起头，摆出专业的笑脸："先生，有什么我能为您做的吗？"他正眼看到这男孩儿，他说不上多美，不过极为清秀，大眼睛，翘鼻子，小嘴巴，皮肤瓷白，典型的男生女相。

说话的时候也让人出戏，那声音细得都要听不见了，他还支支吾吾，半天蹦出一句："我，我想离婚。"

"那您老婆来了吗？我们这里要夫妻两个人一起来才能办离婚。"顾诚嘴巴上客客气气的，心里把个诨名钉死在他身上：娘娘腔。

"她没来，没来，就我，我自己想跟她离婚。"那娘娘腔哆哆嗦嗦的，说话的声音都在打战，"我被家暴了。"

他委委屈屈地撸起了袖子，将自己的胳膊展示给顾诚看："同志，你看，她打我。"那是一块块被人拧出来的青紫，看上去很可怕。

只是，娘娘腔的表情太让人不舒服，这么点伤就要哭出来，顾诚心里吐槽：要我我也掐。

说明白了要两个人一起来才能办手续，但是娘娘腔就是夹缠不清，他哀求道："我不敢跟她说，我听说一个人也可以申请……"

顾诚点点头："我们这里办不了，像你遭遇了家暴，可以走法律程序申请解除婚姻关系，也可以去派出所或者居委会帮着调解。"

那个娘娘腔听了，愣了半晌。他慢慢缩回手，将衣袖放下来遮住胳膊，木呆呆地说："这样啊，那我再想想，再想想。多谢你啊，同志。"

说完，他站起来，跟个兔子一样地蹿了出去，马上就没影了。

娘娘腔冲出了民政局，又茫然了。他叫何健勇，个性却跟这个名字完全相反，听到派出所三个字，就开始心里抖。还说上诉，这听上去就是天大的事情——为了走进民政局，他已经忐忑三天了。

可是没办法，老婆简宁的脾气太大了，最近工作上又有点不顺心，不跟他说话已经是小事了，动起手来更是吓人。他心里委屈，却连个说话的人都没有，只能自己缩在床上，无声地哭，还要怕吵到简宁。

好不容易走进民政局，结果就得到这么一个残局，他要怎么办啊？

他正想着，那边简宁给他来了个电话："你到哪里去了？我叔叔特意来找你，你死哪儿去了？"

"我，我有点事。"

"快回去，别偷懒！"

"知道，知道了……简宁，你今晚回家吃饭吗？"

"不知道。"说完，她挂了电话。

何健勇颤抖着，觉得自己没用透了，他急匆匆地塞回了手机，赶回了做事的工厂。车间主任——简宁的叔叔随口说了声："回来得挺快啊。"

"不是主任您催我的吗？"

"我，没有啊……"他今天上午好像是接了侄女一个电话，她总打来关心自己丈夫。

何健勇没有追究，他问个好，就回到自己的位置上。他在电子厂做事，身边多是年轻的姑娘和大妈，两拨人隐约根据年龄形成了大致的圈子，谁也不会带上何健勇这个男人，私下又笑他——这男人太娘了。

何健勇习惯了，只埋头做自己的事。

这一批次工件不算赶，他们准点下了班。何健勇匆匆忙忙坐上公交，倒了三趟到家，在小区的门口买了菜，快速洗了，然后赶在七点半之前，将所有的准备工作做好。

两素一荤，没汤。

剩下的，只要放到锅里炒炒就能吃了，何健勇却不敢做。他畏畏缩缩地坐到了客厅里头，打开电视，调了几个台，也不知道要看什么。

他肚子别扭地叫了一声，催促着他要吃东西，可是何健勇也只是微微按了按它，便不说话了。他等在客厅里头，等到第一集电视剧播完，又打了个电话，被按掉了。

看来，简宁今天晚上是肯定不会回来了。

何健勇赶忙跳起来，他冲向厨房，给自己炒了两个素菜，最后关头，看着那盘肉，吞了吞口水，将它盖起来，放到了冰箱中间那一格。

他心里偷偷期盼着，明天简宁再不回家吃饭就好了。那么，这盘肉就能给他独吞了。这盘肉不算什么，谁也不会在意，只是它象征的是简宁的无上权威，简宁不发话，何健勇就不敢妄动。

一直折腾到晚上十点多，简宁还是没有回来。因为简宁吩咐过，她希望回家的时候能见到有人在等她，何健勇就不敢睡。他跪坐在沙发上，抱着沙发枕，脑袋一点一点地垂着，跟小鸡啄米一样。

现在已经进入秋日了，白天还不觉得，晚上的时候就真的显出了真实的季节该有的杀伤力，风里藏着尖刺，从小窗射进来，何健勇不由得瑟缩，用脆弱的枕头来抵御寒冷。

跪坐其实不舒服，但何健勇要的就是不舒服，这样他才不至于睡死过去。

他的忍耐是有效果的，过了一个小时，门口传来了声音，何健勇瞬间炸醒。只是，他的腿有些麻了，匆匆忙忙想往门口赶去，结果腿压根儿动弹不了，最后直接栽倒在了地上。

他撑起身子，大力抽动自己的脚，总算是颤颤巍巍地站了起来，肌肉酸麻，挪动时就好像行走在钉板上一样。

何健勇脸上依然固定着笑，他小心殷勤："你回来了？喝了很多酒吗？"

"知道你还不去给我热饭？有菜吗？"

"有，有。"

何健勇知道独享一盘肉的愿望是落空了。可他不敢失望，蠕进厨房从冰箱里拿出那一盘子肉和配菜，快手炒了一盘子菜。他腿上的僵硬和酥麻总算是逐渐消退了。

他将菜放到简宁的面前，简宁随口骂道："真慢。"

"嗯，嗯……"

"怎么都是肉啊？这么腻，大晚上的，你让我吃这个啊？你是不是猪脑子啊？不想事啊？啊？要你有什么用啊，没小菜吗？"

"没，没有，"何健勇委屈巴巴地说，"我是专门给你留的肉。"

"蠢！"简宁骂完，只是拨了几下筷子，然后将面前的盘子一推，洗漱去了。

简宁吃了夜宵睡不着觉，她捧着手机躺在床上一边刷一边嘿嘿地笑，各种声效和笑声一起炸过来，吵得边上的何健勇睡不着。可他只敢蜷缩在床边上，忍无可忍才从空调被底下扯住了人的衣角："简宁……"

简宁看都懒得看他，随口回答："别吵我，睡觉。"

何健勇听话地缩回身体，紧闭双眼，再怎么嘈杂也不敢说一句话，他不知道简宁是什么时候睡着的，他自己的梦都跟着声光色十分张扬，喧喧嚷嚷，不知道自己睡着没有。可是，何健勇依然准时在五六点爬起来，给依然睡着的简宁准备了早饭，然后去请她起床，自己才匆忙走人。

走到半途，接了家里一个电话，是小弟打来的，说是母亲最近身体又有点不好，让他放假回去一趟。这，怎么就不好了？是不是出了什么事？

何健勇立马慌了神。他脑子里盘旋着的都是问号：怎么办？要怎么办？他不知道啊，他赚的钱都上交给简宁了，花销都是由简宁分配的，要是母亲真的生了病，简宁会给他钱吗？如果简宁不给，他要怎么办？

何健勇想着，就觉得怕。只是，无论如何都得说。

何健勇盘算了好久，总算想清楚了：过一段时间就有中秋三天假了，拼上国庆的，怎么都能凑出个假期。简宁管不了，他必须回去。至于钱，思来想去，他都没胆子要……

何健勇战战兢兢地做了一桌子的菜，两荤三素，还加了个汤。幸好，今天简宁回来了，只是脸上的表情很不好看。

比起何健勇，简宁无疑要能干很多，她家里不算远，就是下面的县市的，家里父母都是可以拿城镇医保和退休金的人，大学毕业之后就留在了省城里头。简宁是做销售的，她拼得很，下班了有时候也会接外快，每月拿回来的工资何健勇也摸不准，只知道她厉害，平时给自己买包买衣服都很大方。

何健勇知道自己没本事，个性又软弱，有什么事情听话就是了。他平时都是靠老婆过日子，面对养活他这个废物的恩主，何健勇唯一能做的，只有祈求。

幸好，饲主是个通情达理的好人，听说是婆婆生病，她立马决定陪何健勇回家探亲。

何健勇开心得都要哭出来了，幸好国家没让他一个人过去把婚离了。若是真的分了手，没有简宁撑他，就留他一个人浑浑噩噩的，又傻，真离婚了，还不知道要怎么办。

因为受了这样一份恩泽，何健勇自觉地将简宁的待遇又给升了两个档次。再怎么被羞辱怨怼，想想自家母亲，都咬牙带笑顶住了。

决心下得容易，实际上艰难——简宁最近工作不大顺利，连着两个大单都没谈成，还被上司叫过去骂了一顿。她也想做个好人，只是念叨着给婆婆的医药费就气不顺，非要折腾她儿子。

看着电视，由着何健勇给她端了水果盘在边上喂着。一个不小心，吃了口坏的，呸地吐出来，还憋闷就顺手往何健勇的手臂上一拧，又绽开玫瑰色的绯红在他的手臂上。

何健勇脸上的笑已经被封冻在了初秋的微凉里。

好不容易忍到了国庆假期，避开第一天的高峰，人还是多，而且何健勇家里没有通高铁，只有个小的火车站，也不是都会停，两个人只能挤在人堆里。而且，在习惯了高铁之后，好不容易买到的特快票慢得有如漏气的老爷车，晃晃悠悠，时间都被这让人疲惫的速度拖得格外漫长。

车上的人多，各种味道混杂在一起，让人作呕。

简宁越加恼火。她坐在车上，颠簸着，气味又难闻，偏偏困在其中，无法动弹。而且何健勇昨天晚上忙着给他妈清东西，忘了帮她将最新的电视剧给下载下来，这里信号一般，居然连手机也看不了，更加绝望。

简宁心里不高兴，不愿意在外头喷火，但是她长期以来早就忘了在何健勇的身边隐忍脾气，于是一下一下隐秘地狠掐他的胳膊泻火。在无人看见的地方，何健勇的胳膊上殷红如血。

何健勇一切如常，好不容易撑到简宁睡着了，才轻轻松了口气。坐在火车上，酥麻如同蚂蚁一样，从简宁枕着的那个点开始爬散开去，滑下的微痒，让他的手臂打战。

何健勇依然坐着不动，他睁着眼睛，发呆到了家乡。

他的弟弟何键光开车过来接的他们。弟弟长得人高马大，只对简宁笑了笑："嫂子好。"然后点点头，直接从何健勇的手上抽走几个包，放到车子后头。

何健勇和简宁一起坐在后排，才上车就开始打听："妈怎么样了？"

"不大好。医生说不能做手术了，现在在床上养着。"何键光皱着眉头，他也操心这事。这里就是个小乡镇，他老婆在镇子上开了个小杂货店，家里还有几亩果园都给了他，日子过得去，但不算宽裕。

"不能做手术了？"何健勇一听就急了，"是不是去我那边看看？"

何键光当时就瞪起了眼珠子，跟牛一样，透过车子的反光镜瞪他哥："要你多事？"他打小就受宠，家里头有的都顾了何键光，自然这些事情也该他照料。何键光当然想到了这里的医疗条件不好，拉扯着他娘去了大姐住的城市里头看了病，挂了专家号的。明明他什么都做了，可是听何健勇这个废物的意思，是怪他还没照顾好娘了？

要不是这人好歹是家里的老二，老娘病得浑浑噩噩的也惦记着，谁还劳烦他过来啊？一棒子打下去都砸不出个屁来，看脸就知道是个没用的。

何健勇随便说的一句话，都会让何键光反应过度，感觉自己好像被鄙视了一样。没办法，何键光就是这么看不起他哥，毕竟他爹打小就是这么教他的。一个男人没点男人的样子，现在还靠着女人养活，连带着丢老何家的人。

何健勇被简单训斥了一句，不敢吭声了，只好缩着脖子，靠回去。他想着自己住省城，那边的医院是最好的，这才关心了一句，结果挨了数落。

他委委屈屈看了眼简宁，向她求助，可是这会儿人都快睡着了，似乎是没听见。

车子一拐弯，就往村子里开，这一路上要走半个多小时。现在村子里的路修得不错，水泥的，又宽又直，连着乡镇里头的一幢幢屋宇，看着很像样子。村里头看着已经有了电视上的欧美小镇的雏形，就是少了些开在花园里的花。

面对美景，何健勇却无心欣赏，他一心盼望着回家见自己的母亲。

等车子停到了一处小楼前头。何健勇第一次没有马上搀扶简宁，而是朝着母亲的房间冲去。

小楼是新修的，外面看着还不错，一进去，高阔的厅堂有些空，大早上的还没有开灯，整体灰蒙蒙的，很是阴暗。厅里蹲坐着一个老汉，应该是刚刚从地里回来，这会正在抽烟纳凉。

他听见脚步声，抬头，看见了自己弱鸡样的崽子，随口一哼，何健勇当即就停下了脚步，怯生生地，低头弯腰，弓着背说："爸。"

何老汉眼皮子都不撩他，站起来，走到大门口冲着正在提行李的儿媳妇笑笑："儿媳妇，你劳累了。"

何健勇知道，这就算是打招呼了。他头都不敢抬，踉踉跄跄跑进他娘的房间。刚刚何键光跟他说了，姐姐和姐夫明天才能回来，现在他们家里还有一摊子的事情，带着两个孩子，没那么多空。

何健勇推开门，见到了干枯在床上的母亲。房子的外头是欧美风格的小洋楼贴片，里头的装饰还是中国农村配套的粗陋。房里就吊着一盏孤零零的灯，下头放着一张木板床。

他娘躺在床上，面色蜡黄，嘴唇泛白。让人惊惶的是她的呼吸声，粗重又飘忽，一下子重重地吐出，可要仔细去辨认，声音又变得轻不可闻，似乎在下一刻就要消失了。

何健勇轻手轻脚地走过去，凑到了他娘的身边。他的手轻轻捏住了他娘的一个小指头，揉了揉："妈，我回来了。"

何妈妈睡得警醒，眼珠子开始转动，就是精神还差点，她一转头看见自己的儿子，自然的纵横的皱纹组合出一个模糊的笑。

何健勇的眼泪冲得快，挤到了眼眶边上。若不是他爹的气场罩着这栋屋宇，让他想起儿时那些因为感性而流下的眼泪，何健勇就忍不住了，毕竟，他早就记不清自己有多久没有见过母亲的笑脸了，或者说旁人对着他的真心的笑脸……

仔细看，会觉得何妈妈和何健勇长得很是相似。家里三姐弟，就老二像妈妈，一样白皙的皮肤，一双杏仁一样的眼睛，看着就觉得温和亲切。

母亲的手微微抬起来，扣住了何健勇的，只是没有力气，带着皱纹的掌心依然从何健勇的掌间滑落。母亲没有力气，只能靠着嘴巴一张一合让人辨认，似乎在说："你回来了。"

何健勇自然地笑出来了："娘，我回来了。"

透过母亲有些浑浊的瞳仁，何健勇看见了自己，十分亲切，让他明白，他到底是个有母亲的儿子——那是一个跟母亲太像的人。他们共享一种内缩的气质。母亲是因为疾病，她太憔悴了，生命力的丧失，支撑不起她的精气神。何健勇则是天生卑微，受人鄙薄，这样的人不会有气势。

简宁也走了进来，她站在何母的床边叫了声："婆婆。"

也许是受了懦弱无用的儿子的牵连，病重的何母不得不费力地客套："小宁，麻烦你回来了。"

"我应该要来看您的。"

不过，说了这么几个字，何母就说不出更多的话了，她闭上嘴，然后慢慢地合上眼睛，睡过去了。

两个人一起陪了一会，退出房间，下去吃饭。

大厅里冲进来两个脏兮兮的男孩，朝着简宁点点头后，扯住了何健勇的衣角："叔叔，玩具，玩具。"

"嗯，好……"何健勇勉强地笑笑，然后从口袋里摸出两个小小的玩具来。他不敢直接递给他们，小心地将小个的机器人抛开，丢到了地上："喏，掉了，去捡。"

看着自己衣摆的手印子，何健勇躲着搓了搓。他十分爱干净，受不得脏。他弟媳妇正好走进来看见了，这个爽利的女人不会像简宁那样掩饰，笑得大声："二哥你躲啥，两个小崽子。"

何键光在一边嗤笑，何老汉叼着烟："没出息的，从小就怕小崽子怕得跟鹌鹑仔似的，没出息！丢人！"

何老汉盼了好几年了，家里头就二崽子没得后了。不过老二一贯不中用，也不晓得行不行。

何健勇小时候见人就格外没种，有去过城里干活的朋友跟何老汉说："你这个崽子怕不是个飘飘吧。"何老汉瞪大了眼睛，越看自家那不争气的崽子越觉得像。

飘飘是啥子样，何老汉也没见过，就是自家这个崽子长得跟一般的男娃娃不一样，白净净，像个女娃子。这飘飘嘛，听着就发飘，应该是瘦弱的，女娃儿样子的。合起来，老二可能还真是个飘飘。

那他老何家，是不是就没得后啦？何老汉吓得衣服都汗透了，他湿答答地冲回家抬手就揍何健勇："你给我做个男娃儿，别整得这么娘们唧唧的，跟下头没屌一样，丢人。"

何健勇被打了一顿，咬着嘴唇不敢哭，怕他爹打得更厉害。他被打习惯了，也不问缘由。总不过是他爹想要让他做个男子汉，可他没法子，从来跑出去跟小孩儿滚一处，脏了，他就要先哭两声。

偷偷听村里老人议论，何家二崽子本该是个姑娘，就是孩子他娘怀着的时候多吃了两只鸡，让人的性别扭过来了，这才成了个有鸡的娘们儿。

何老汉发愁，他们老何家怕是要绝了根。晚上做了个梦，梦见他死了就一个坟，没人给他上香，没过两个月，爬满了草。

这梦太实在了，何老汉吓醒了。那个时候，计划生育抓得狠，他们那里好点儿，先生了丫头，后面还能生个崽子。可何健勇下头有玩意儿，占了国家让生的名额，不能再生了。

可是，何老汉愁了几天，还是在烟雾缭绕里跟老婆说："还是要生个男崽子。"老婆一向柔顺听话，简单点点头。一年后，何键光出生了，何老汉总算是放下心来。

他再不敢随手把小孩子像播种撒到泥地里头去自由生长，怕染上了女娃娃的气。何老汉带着自家小崽子到太阳底下暴晒，晒得黑不拉儿，翻来覆去地说当男孩该怎样怎样。

为什么要这样，何老汉也说不清。反正就按照千百年来的标准，一条条要求何键光。

何老汉满意极了，抱着小儿子贴了两下。

果然，小儿子从小到大都可以，长大了很快就娶了媳妇给他生了两个孙崽子。何健勇倒是比他想的行，读完了高中，去了城里，还娶回家一个城里姑娘。

挺好，挺好，这就比想的好了，至少不是个飘飘。

就是，到了现在还没能下个崽子。可是何老汉又不好意思要求儿媳妇，自己这么个儿子就已经委屈人家了。

可是，他又忍不住有点心酸，老婆子眼看着都要没了，还没抱上老二的孙子。何老汉只好去瞪何健勇，看见这个没出息的，他老头子还在操心他的大事，他就跟妇人一起缩在一边择菜，没囊没气没屌用。

何健勇感觉到了，但是他低下头，回避掉了父亲的视线。

习惯了，除了他妈、他姐偶尔会给他一点沉默的温情，何健勇就没有过对于温暖的记忆。所以，他从小就怕男的，特别是男孩子，见到了就恨不得缩起来。

何健勇有时候觉得他可能是生错了地方。在城里头看电视，何健勇看见好些跟他类似的男人，不过是长得精致漂亮些。他们的境遇跟何健勇的完全不一样，站在光影里头，下面的女生组成了人潮，疯狂嘶吼他们的名字。

一块屏幕将世界切割开。何健勇无助地站在屏幕外头，却没有女人接受他。

这个时候出现的简宁是一个真正的勇士，接受了何健勇。她性格强势，觉得何健勇白白嫩嫩的跟兔子一样好拿捏。

她那个时候刚跟之前的男朋友分了手，撕心裂肺，痛苦万分。大专就开始谈的前男友本来说好了一起奋斗的，不知道是不是忍不了她的脾气，临时跑了。受挫的简宁觉得何健勇十分治愈，心里喜欢。

何健勇几乎是迫不及待地答应了，有人要他什么都行。

刚刚在一块儿的时候，简宁很喜欢笑嘻嘻地轻轻揪着他的耳朵，把人拉近，然后把玩着他的头发。在简宁手指的搅动中，何健勇闭着眼睛，藏住自己快要忍不住的热泪。

两个人结了婚，慢慢地一起过，简宁被纵容得越来越粗暴了，从一开始的揉搓到了后来的掐和拧。最开始她还会随口道歉，等过了一段，她道歉已经说腻了，动手成了家常便饭。

何健勇不会反抗，他就算一时闷着生气，过后就没事了。谁叫他没用，又想被人要。

那一次去民政局之前，何健勇被掐出来了血。他蹦出了离婚的念头，积攒了三天的勇气才走进去。

不过，没成功，也就忘了。

大家一起吃过饭，何健勇自告奋勇地去给母亲喂饭，只是母亲的身体太过虚弱了，吃了两口就吃不下了。他在床边陪着，难得宁静。

简宁平时习惯了晚睡，爱热闹，不是出去玩，就是拿着手机刷。这会儿，到了农村，家里又没网，不知道做什么。她忍了一会就暴躁起来，坐卧不安，最后爬上楼，凑到何健勇的耳朵边上喝令："走，陪我散步去。"

何健勇不愿意动，就低声哀求："我想陪陪我妈。"

简宁直接伸手，在何健勇的胳膊上拧了一下，转身就走。何健勇只能跟上。

第二天，大姐被姐夫送来了，姐夫下午就离开了，说是单位里头正在值班。没人拦着，毕竟大侄子现在还在他们居住的城市里头补课，要升初中了，抓得紧。

弟妹点点头，她看了看自己生的两个，没太明白读初中有什么要抓紧的，国家都包下来了，钱都不要出多少。只嘀咕城里人矫情。简宁却明白，现在养孩子压力大，为此她还私底下跟何健勇说过，不愿意要。

何健勇自然是没有反对的资格，他沉默。

看过了母亲，一群人坐在一楼打牌。简宁记不清规则，不想打了，扯了何健勇出门去转。

这边的田里头还是有些人耕种的，这一片水土好，长的东西不错。有经济头脑的公司过来跟他们签了收购协议，收益还算可以，也留得下人。

田间的种植跟老一代的不大一样，颇为精细，开始引进了机械。

说话间一台庞然大物开过来，停在何健勇的边上，车窗里头探头出来一个人，居高临下地看他一眼，狐疑地说："你是小鸡公啊？"

何健勇的身体一震，他很久没听过这个名字了。

从小学到初中，何健勇有过不少外号，最常见的就是这一个。农村里大部分的公鸡都养不大，早早杀了吃。男孩子看何健勇文文弱弱，就笑他是小鸡公。

何健勇不擅长抵抗，他最开始还煞白着脸，辩解说不是，回去跟他爹讲，他爹抽他，恨不得在家里也这么喊他。后来不晓得又是听了哪个的劝，说是崽子已经这个样子了，你再喊，到时候下头的那玩意儿都喊没了。

何老汉权衡了一下，觉得有还是比没有的好，这才不跟着起哄了。只是，何健勇跟他哭诉的时候，他的态度永远只有一个："那你揍回去！"

何健勇当然揍不回去，他只好忍着，忍到了小学毕业。他们这里的初中没什么选择，何健勇的成绩也不过是普通，去不了更好的地方——所以，又跟以前的很多同学接着做同学，绰号也跟过来了。

他以前做过一个梦，他在昏黄的教室里被同学们推搡，被排挤，人人都长了一张鸡嘴，絮絮叨叨，朝着他边啄边叫——"小鸡公，小鸡公，小鸡公"……

何健勇被叫得怕死了读书。他勉强坐在教室里头也是自己一个人佝着，不跟人说话，不跟人交流。反正，跟人说话了肯定没好事。甚至，回想起自己的求学时光，第一反应就是——疼。

听到这个熟悉的称呼，被简宁扯了一把，何健勇才惶恐抬头，看见那人顶着一张憨厚的带笑的脸面："回来了呀。你是小鸡公吧，我记不得你本名了。"

边上站着自己老婆，何健勇听着这个绰号越发无地自容。若说年纪小，这个绰号不过是对他的生命发出的恶意诅咒，到了现在，都是大人了，这个称呼包含的恶意也就更加深刻。

何健勇是个男人，虽然很多人不把他当成一个男人，但是他从小的时候所有人还是会把男人该有的教育告诉他。作为一个应该要面子、要自尊的男人，站在老婆的边上，被这样称呼，何健勇身子不得不发抖了。

可是发抖也不会有反应，他仍旧低着头，期期艾艾，支支吾吾。

简宁看他没出息的样子，嗤笑一声，不想跟他联系起来。何健勇立马找到了脱身的借口，他冲着老同学点点头，贴在简宁身后。

走出两百米，身后没了人，简宁回头，望着何健勇笑嘻嘻地说："原来，你以前叫小鸡公啊！"

"别说。"何健勇瞬间要爆炸了，他从未想过这个儿时极度耻辱的称呼会被自己的老婆给随口叫出来，他感觉自己的气血上涌，第一次气红了脸。

"怎么，你跟我吼什么？小鸡公！"简宁跟前，何健勇一直都是跪着的，她看见何健勇的抵抗，第一时间的反应就是愤怒。

她的愤怒宣泄出来，跟刀子一样，扎在了何健勇的身上。

何健勇颤抖着，脸色通红，眼睛里头都充了血，他张嘴还是那两个字："别说。"

简宁轻蔑地一笑，压根儿懒得理他，一个人走了。

何健勇蹲在地上，他缓缓地吐出一口气，借着胸腔和腿紧密地贴在一处来感知自己的存在。

认识简宁之前，何健勇不知道女人的话也会这么可怕。他娘和他姐，都是温和的人，怕他爹和姐夫怕得跟什么一样，他娘小时候还护过何健勇两次，被他爹连着一起揍了。

虽然打人不对，但是男女做夫妻，该是男强女弱才正常，偏偏到了他们家，一切颠倒了——还不是因为，他不像个男人。

何健勇做不成正常男人，可是他的心里最不想承认的也是——他不是个男人。

别人说就算了，可是这种讥讽和恶意，从他自己的老婆嘴里说出来，仿佛就是在这句嘲笑被用刀子刻了出来，还给批了个戳。

何健勇越发难受，他感觉到了自己的胃液的翻滚，一下又一下，带着酸水刺激他的喉管，想吐。

简宁回头，远远地高喊："小鸡公！走了！"

何健勇机械式地起身，他跟在简宁的后头，一言不发。

下午，何健勇在简宁午睡时去了他娘那里，坐在他娘的边上，把脸靠在母亲的掌心里头，上头有着皱纹的掌心刺挠出干燥的微痒。

母亲病了，恒常的温暖正在缓慢流逝。

何健勇靠在柔软的掌心中，忍不住流下泪来。他惯于遮掩，在他爹的房子里头格外擅长。别的事情伪装不出来，撑着不哭总是做得到的，只有母亲的掌心让他有点支撑，到底落下了几滴眼泪。

他娘被何健勇的眼泪惊醒了，掀起眼皮看他，勉强地问："怎么了？"

"妈，我想离婚……"

何妈妈瞬间着急了，她无力的手钩住了儿子的头发，发出了急促的短音，很想要说些什么，但是没有足够的力气，只能单调地重复："不，不，不行……"

何妈妈急了，她不知道发生了什么，只知道儿子一定不可以离婚。像他这样的，若是离了婚，怎么生活？他生下来，本该是一辈子打光棍的命，好不容易有个女人看上他了，为什么要离婚？

何健勇捞起自己的袖子，偷偷给妈妈看："你看，简宁掐的，疼……"

何妈妈扫了一眼，她隐约看见几个红色的点，更让她害怕的还是何健勇的白嫩底色。她的崽太白嫩了，白嫩得没一点男子汉气概，所以才老是被人欺负，连老头子看了都想打，现在连老婆都能对他动手了，他就是不中用的。

虽然病了，老太太的思维依然清晰，她费力地去钩何健勇的手指头，急切地重复："不，不行……"

何健勇哪里还敢继续抗辩，他送出自己的手指头给母亲去阻止。

何健勇难过地想着：离不掉了吧。连最是疼爱他的母亲都觉得，他这样没用，一定离不开简宁，那就肯定离不掉了。

可他还是觉得难过，难过又不知道该怎么办，只好委委屈屈地说："妈，我疼。"

说了个疼字，心里头所积聚的那些不能说出口的愤怒和难过终于找到了出口，它们倾泻而出，那些难过有陈旧的，有崭新的，有的和简宁有关，有的和她无关，它们不讲道理地疯狂冲撞。

何健勇无能地趴伏在母亲的身上，蹭蹭脑袋，像孩子一样流泪。

母亲温柔地摸摸他，更多的也做不了了。可是若要听她的答案，依然是坚定的不字。

何健勇站起身子，走出来，看见了站在门口的简宁。她一脸冰霜，目光跟刀子一样扎在何健勇身上："怎么？你要离婚？"

何健勇不敢说话了，他连摇头都不敢，就这么木头一样地站着。简宁的声音更大了："何健勇，你是不是要离婚？"

何健勇摇摇头，又点点头，最后又摇摇头。

简宁冷哼一声走了，直接回家去了。这会儿走，等到了家，已经是晚上了，可是简宁执意要走。她这样生气，何健勇的家里人哪里能看着，他们再怎么打骂他，不过是希望他能好，所以也被打包一起送走去追求自己的幸福了。

两个人一起回去，一个在前，一个在后，永远差了一米多，怎么也走不近。

火车的旅程也被拉得漫长。他们票买得很急，只有一个座位，当然给了简宁。何健勇护在她的边上，不时小心翼翼地从上方窥视着简宁的面色，依然是阴霾重重。

回到了家里，简宁依然拒绝和何健勇对话，她甚至一度企图将何健勇关在门外。只是被他挤了进来，窝到沙发上，睡到了客厅里。

何健勇自动延续了之前的生活习惯，早起做饭，下班收拾，将简宁伺候得周到体贴，只是不开口。不是不想说话，只是他没用，不知道能说什么。道歉吗？有一点吧，简宁不是伤害他最深的，只是找个出口发泄。不过，他又不想道歉，他真真切切地想过离婚，受过伤害，想要离开。

他有无数的话想说，但是所有的这些话又都被习惯性地闷在心里，搅成了一锅混沌，沉降到沉默的表象之下。

他们在这片沉默的战场上无声地对抗。

最后是简宁先忍不住了——她很早下班，吃饭到一半噼里啪啦将手上的东西一砸，何健勇条件反射地站起来，站到一边，老老实实，跟罚站一样。

"为什么想离婚？你有什么不满吗？嗯？"

"疼……"何健勇有无数想说的借口，最后期期艾艾地挽起袖子，露出胳膊上玫瑰花一样散落着的掐痕。

简宁不跟他说话，但是心里头有气，用掐和拧替代了语言发泄在何健勇身上。这一段时间，他身上的伤痕不减反多。

"就这个？"简宁怒了，她一脚踢到了何健勇的身上，

"你这都受不了，果然不是个男人！"

何健勇不说话了，她直指重心：他不是个男人。

简宁还在继续："你以为我不知道？你天生就是没种的男人，你同学揍你，你弟弟揍你，你爸也揍你，所有人都揍你！为什么啊？因为你不是个男人！你没种对他们撒气，所以你就找我，因为这点伤，你找我！这算打吗？这算疼吗？"

"不，不算……"其实都算，可是何健勇只敢在心里抱怨，一被逼问，条件反射就否认了。

是啊，何健勇从小被人不当男人，被人揍。简宁比起来算什么呢，心情好的时候还会给他一点别扭的温柔。

何健勇已经得了便宜，凭什么离开简宁？他有万千的理由，好像又都不够分量，最后说出一条最无足轻重又难以辩驳的："孩子，想要孩子……"

"孩子？你凭什么让女人帮你生孩子？你算男人吗？你靠我养着，靠我吃饭，还想我帮你生孩子？"

"不，不想……"

"那你凭什么想要孩子？"

"我爸，我爸老说就我没有……"

"那怪你啊！何健勇，你没种！你不算个男人，凭什么有孩子！"简宁愤怒地吼叫着。

她起初看中何健勇是因为他长得可爱，好操控，不管她说什么，他什么都不敢反驳，听话得很。不费钱不费事，只要没事摸摸他，他就能露出可怜巴巴的，就好像狗一样的表情出来。

结果，这样乖巧的何健勇，居然胆敢跟她说离婚？控诉她对他不好，还得寸进尺想要她生个孩子？简直是放肆！简宁愤怒到了极点，她推搡着何健勇，又拧了好几下，将人推出了门外还冲着外头的夜色大吼："滚！"

何健勇乖顺地被推走了，站在秋日的夜风里，一片茫然。他也蒙了，他被吼得一脑门的官司，都忘了自己为什么想离婚。明明最让他难受的并不是简宁，他受到的折磨太多，简宁算不上什么。

那为什么想要离婚呢？

因为疼啊，他龇着牙，摸上了刚刚被抓出来的伤口，好像破了点口子，没出血，但是疼。

何健勇漫无目的地走着。这会儿还早，城市里的灯光都还好亮，他四处闲逛，走到了灯光沉寂，一家家店铺关上了门。他没走多远，再十几分钟就能回家，可他就是不敢回去，不敢回去面对简宁。

最后，他看见二十四小时都会亮着的灯，白晃晃的。蓝底白字，简洁明了：×××街道派出所。

何健勇想起来，上次他被简宁打了，跑去了领证的民政局。那个工作人员客气地告诉他，想要离婚申请可以去找警察的⋯⋯

他在门口站了好一会儿，看得出了神。最后是个路过的酒鬼撞了他一下，让何健勇朝着派出所摔了一步，他才机械地迈着步子，走了进去。

值班的都是男警察，脸上的表情也算不上愉快。何健勇本能地瑟缩着，直到被拉着坐下，还是没有声响。等到民警问了好几次，他才憋出了一句话："我想离婚。"

"哦，有什么问题吗？"

何健勇展示了一下自己的伤口："被家暴了。"

民警理解地点点头，不过还是告诉他，这样的伤算不上家暴。但是如果出现了问题，可以帮着他调解，建议他回去好好跟简宁说。一个年纪大一点的、略微和善点的还提出，现在可以陪他回去。

带警察回去？

何健勇吓得连连摇头，身子抖得其他人都看得见。

"那您也可以向居委会或者妇联求助，请他们的工作人员出面帮您调解。"估计是经验老到，普通人都觉得找警察是大事，老警察又提出来另外的建议，希望用温和些的手段来化解矛盾。

何健勇哆嗦着说了谢谢，逃跑一样地出了门。他不知道是不是自己的错觉，听见了身后的民警们的笑声，他们嗤笑着何健勇："什么人啊，那点伤口还跑出来说家暴……不男不女的……"

何健勇心里难过，他捂上了自己的耳朵，又转身走了。他也不知道要去哪里，要去找谁。最后转悠了好久，走到了三更半夜。

三更半夜的街道，很安静，人都没了，就他一个，孤零零的，瑟缩着，哆嗦着，走在风里。

好不容易撞见了一个人，应该是警察，他看何健勇可怜巴巴的，走过来问："你在做什么？"

"我，我想找妇联。"

"妇联？"

警察皱了皱眉头，好歹给他指了路，还想问问何健勇到底是什么事，但是人一下子蹿了出去，躲开了。

去妇联做什么？离婚？不知道啊……他没有目的，没有能力，稀里糊涂地活着然后莫名其妙地爆发，冲动地站在妇联门口，他依然茫然又懦弱。

天眼看着都要白了，何健勇不断地想：该不该去上班？还是要在这里找妇联的帮忙？

他不知道，只是犹豫着，等到晨曦将妇联的招牌从黑夜里头唤醒，看着刺眼的"妇联"两个字，怎么想只能想到妇女，他这一生最害怕的标签。所有人都试图将"妇女"这两个字，蘸上耻辱的酱料，做成何健勇的内馅。

可是，他不是个女人啊，他一生想要否认掉的就是这个标签。他所有的悲剧不都是源于这两个字吗？如今，他要站在这里，向挂着"妇联"的机构进行求助？多可笑啊，他多可笑啊……

何健勇蹲下来，将脸埋住，哭出声来。

明明的小娇妻

一开始，万霖对邹明远没什么感觉，他只是电视上长得好看的选秀明星，因为脸才获得巨大的人气，进而引发了不少争议。

万霖听过这个名字，多的不知道。毕竟她已经有足够多的事情要烦恼，比如说，没有朋友。

万霖的母亲在万霖高一读了一个半学期时换了工作。夫妻俩商量过后，全家一起换到新的城市生活。万霖不得不中途转学，两校的教学进度不一样，她也挤不进任何的圈子里头。大家对她都很友善，只是不亲密。毕竟他们已经形成了相对稳定的小圈子，不会为了区区一个万霖而打破。

万霖没有人说话，只好依赖从前的友谊，遇到任何一点小事就给以前的学校的朋友夏珈发信息。夏珈初中就是她的同学了，分别时说一定会想万霖。两人好像有说不完的话，只是有时候碰到严厉的老师，谈话不时会被夏珈中断。

万霖在夏珈说了"等会"之后，手还是会放在课桌下头捏着手机，没有震动也要拿出来检查一下。

她的意愿并不能缩短真实的距离。

夏珈喜欢说班上同学的八卦，隔了这么远，万霖听到了也没有实感。她只能干瘪地附和她哈哈地笑。这样的情绪瞒不住朋友，夏珈也就失去了转述的乐趣，两个人之间的冷淡不断地滋长。

　　万霖的痛苦无人共享。父母在适应新的城市的工作岗位，他们没那么多时间照顾万霖，只会泛泛地说：你要主动一点交朋友啊……多专注学习啊……

　　万霖忍受不了被排斥在外的生涩和别扭，过去融洽的时光在她脑海里增添了美妙的色彩滤镜，诱惑她不断地试图折回过去有夏珈在身边的时光。想象越美好，冷酷的现实就越显得残酷……

　　这时，夏珈喜欢上了邹明远。她没跟万霖说，但是万霖在偷偷查看夏珈的朋友圈、QQ空间和微博过程中看见了大量邹明远的照片。夏珈疯狂地感叹：他有多么多么可爱！万霖知道夏珈一直是个热情的追星少女，不过，她之前都是混的韩圈，第一次看她这样疯狂地迷恋一个本土的男星。

　　旁人看到的是追星少女的疯狂，万霖看到的却是亲近朋友的机会，她迫不及待地在夏珈的朋友圈下留言：嗯，我也喜欢他，真的是好帅啊。

　　夏珈果然开始在微信里跟万霖滔滔不绝地说起了邹明远。万霖一边写作业一边幸福地听着夏珈的声音，很快就熟练掌握了邹明远的出生年月日和生平大事记。

　　不过，万霖怕自己重蹈覆辙，让夏珈看出来自己不了解邹明远，到时候两人又开始冷淡。她开始没事在网上查找有关邹明远的资料，听他选秀唱的每一首歌，看他跳的那几段舞蹈，好像邹明远真的令她心动一样。

　　高一结束，放暑假的时候，选秀节目走到了大决赛的时候。

　　万霖跟所有的粉丝一起守在电视机前。

　　坦白说，邹明远的表现很一般，他本来就没有舞蹈的底子，勉强在参赛后被训练了两个多月，可还是不好看。纵然，他已经努力展现了最好的自己。

万霖不会听唱歌技巧，但是微博上那些厉害的分析她都分神看了，都说邹明远不过是唱口水歌的水平啊。是吗？也许吧，转音、音域什么的她都搞不明白，不过邹明远唱歌的时候她都能分神玩手机，这就可以说明问题了吧……

不过，夏珈砸过来一连串的表情包和简单的叫嚷：好好听好好听！啊啊啊啊啊，真的是超级好听，我又爱上他了！

万霖热情地用文字附和：

嗯嗯。

是啊是啊，刚刚那一句唱得超级感人！

啊啊啊，我好喜欢那个音，苏死了，我爱他！

她很清楚自己究竟喜欢的是什么。比赛结束，邹明远没有得到前三，他最后成了第四。万霖凭良心认为：挺公正的。

可是夏珈给万霖发了长段的语音，她的尖叫声几乎要刺破万霖的耳膜：为什么啊？究竟是为什么啊？我觉得有黑幕啊！等等，我去群里听听姐姐的消息，等会儿告诉你。

万霖没说什么，她看着屏幕上那个成为冠军的男孩儿，他有点腼腆，戴了一副眼镜，文文静静，他长得仅仅算是清秀，但歌确实好听多了，虽然舞蹈也一般。

万霖没有发语音，她打字：是啊是啊，太不公平了。你要是打听到了什么消息就告诉我，我没有加群。

这里说的群是邹明远的粉丝群，是用来在比赛期间为邹明远打榜拉票的，里面有不少的人。夏珈当时提过要拉万霖进去，可是万霖以怕爸妈干涉为由拒绝了。

万霖是怕自己露怯。她算是喜欢邹明远，听了夏珈的介绍，确实觉得他值得粉。只是吧，她的喜欢多是伪装，在粉丝群里恐怕就会暴露出她的虚伪。

万霖抱着电视枕，看着电视里的邹明远。他隐藏情绪的功夫修炼不到家，失落暴露出来，尚且剔透、干净的眼睛隐隐藏着泪花，嘴角下拉。

万霖觉得自己这会儿反而喜欢了他一些，真实又脆弱的好看男孩儿，谁不喜欢呢？

过了几天，万霖收到了夏珈的尖叫的语音：邹明远会去万霖所在城市的商场里头商演。万霖查了一下，是这边的大型商业综合体开业五周年，准备热闹热闹，不只请了邹明远，还有另外的一个当红男星会来。

下一条语音里，夏珈又沮丧了：她想过来，不过被父母带出去旅游了。

万霖笑着说她去，全程帮她录像。

晚上七点半才会开始的商演，万霖中午吃完饭就赶过去了。她随意逛了逛，就站到了搭好的台子前头。

下午五点多的时候邹明远的粉丝团来了，她们都穿着印了有"明天有你，一路远行"的口号的官方应援服，叽叽喳喳地在那里布置。

万霖没有应援服，她也无意去搭话。

正等着呢，那边有商场的负责人过来了，说是本来约好要来的大咖上午还在拍戏的，下午请假去飞机场，却碰到航班误点。今天赶不过来了，邹明远也被堵在路上了。所以活动临时改到了明天晚上。

这种事情也没有办法吧，只能是走人了。商场负责人道着歉，将人送走了。粉丝团的姑娘们跑得辛苦，有两个想要闹的，都被领头的一个姑娘安抚了："别闹别闹，到时候商场觉得我们电灯的素质差，对明明的印象不好。"

电灯泡是邹明远的粉丝名称。邹明远的粉丝们在集思广益给自己想外号时，有个粉丝就说"明灯"好，明灯不仅跟名字有关系，还有很好的寓意。但是许多粉丝都觉得有点别扭，太书面语了。有人就说干脆叫电灯泡算了，简称电灯，寓意也好——她们会将他走过的每一个黑夜照得亮如白昼。

姑娘们听领头的粉头姐姐一说，就安静下来，跟着走了，还一个个真真假假地跟商场的负责人说谢谢。

万霖站在一边看着直笑，她觉得这些姑娘挺可爱的，而且这种简单地讨好的方式也非常有意思。她没急着走，找了个地方坐着给夏珈汇报状况。不过，明天晚上她要补课，不能过来了……

夏珈遗憾地唉唉两句，但是很快就谈起了旅游。

因为这个商业综合体离万霖家有点远，她难得来，就想多逛逛。

万霖吃吃逛逛后，又背着包回到了舞台边上，已经是八点了。这个时候她却看见了一个扣着帽子、戴着口罩的男人站在舞台前。

这一段时间跟着夏珈看照片也看得熟悉了——"邹明远?!"

那个人迅速转头，定位到万霖，朝着她比了个"嘘"的手势。

这是，让她不要声张的意思吗？万霖点点头，然后看着邹明远朝她走来。

他仅仅露出了好看的眉眼，那双眼睛就像粉丝形容的那样，星光流转，光彩夺目。

邹明远笑着问她："你是小灯泡吗？"他的声音也很

好听。

万霖的脑子蒙了，她没有料想过这样的场景，不知道用什么形容词才能恰如其分地表达，也不像小说里说的：脑子里冒出各种意向——譬如说泛着花瓣的流水之类的。她就是……蒙了，只会傻傻地点头。

"这样啊，那不好意思啊，只能请你明天过来了。今天，我堵车在路上的时候，好像听说刘前辈的飞机也延误了，所以活动就改期了。"

"可我明天要上补习班，可能来不了啊……"大概是邹明远说话的态度太温柔了吧，好声好气地跟她解释究竟发生了什么事情，所以万霖也就自然地回话。原本她没觉得遗憾，可是站在邹明远的身前，想到明天来不了，万霖开始沮丧。

"这样啊……"邹明远想了想，他朝着万霖指了个暗处，"我们去那边，那里人少一点。我给你签名吧。"

"好。"

邹明远和隔了两米的经纪人都跟在她的后头。邹明远在角落里摘下口罩："你还小啊，别这么晚跑过来啊，特别你还是个女孩子，要早点回去的，不然不安全啦。你读几年级啊？"

"高二了……"其实邹明远也挺小的，他才大四呢，本科是学传媒的。但是万霖在他面前一直都乖乖地听话。

"这样啊，那是不是要考会考什么的？"邹明远随口念叨了一句，鼓励道"好好加油啊"。

万霖还没有说话呢，邹明远先朝她伸出手："好了，把照片给我吧。"

"照片？"

"你们不是都会打印照片让我签名的吗？"邹明远还是好脾气地回答着。在他的笑容里，万霖越发地局促，她觉得自己跟个傻子一样。她居然还敢当面说喜欢他，不愧疚吗——面对这么和善的邹明远，却手脑空空的，什么也没有准备。

万霖羞怯地摸出一个印着花的小本子，声音扭捏："在这上面签个名，行吗？"

初高中门口的文具店里最喜欢卖的就是这样的，万霖想着要签字，还特意挑了个好看的。她没经验，不知道要打印照片。而夏珈大大咧咧，也没想过要叮嘱万霖这些常见的套路。

邹明远有些为难："这个啊……不行吧。李哥，我能签吗？"他朝着经纪人扬了扬本子。

经纪人扫了一眼，走过来跟万霖说："小妹妹，对不起啊，我们公司规定不能在非高清的照片上签名。下次吧，下次你再来看明远，带好打印的照片，他肯定会签的。"

万霖低下头，愧疚得不敢说话了。又是邹明远笑起来打破沉默，他顺手揉了把万霖的头发，然后摸到李哥的口袋里："咦，这不是还有两张吗？为难小姑娘做什么，人家要好好读书的，小妹妹难得来一次呢。"

经纪人李哥板着脸说了两句："你老是这样。先是闹着要来看看舞台，现在又这么对粉丝……到时候人人都找你。"他摇摇头不说了，转头对万霖叮咛："小妹妹，这事别说出去啊。"

万霖感动得眼泛泪花，拼命点头，表示自己一定会很听话的。

等拿到一张照片，万霖朝着两个人鞠躬九十度以上，只有这个动作才能表现出她的狂喜。但是看看手上的照片，万霖又有些为难，她转向了看着好说话的邹明远："明明哥，特别不好意思，能不能请你再给我一张？我知道我很过分，但是我的朋友也是你的粉丝，我想给她带一张。"

邹明远笑笑，真的又给她签了一张，送到了万霖手上："行了吧？早点回家，注意安全，小女孩晚上少一个人出门。"

"好的。"万霖点点头，她走两步，又跑回来："你一定要加油啊！我以后一定会继续支持你的，一定！"

邹明远笑着答应了，又戴上了口罩。他跟李哥一起看了看舞台，也不知道后来还去了哪里。

万霖坐在回家的地铁上，不住地把玩手上的两张照片。不经意地抬起眼，地铁的窗户玻璃上映着一个眉开眼笑的女孩儿——她的眼睛好像是两个愉悦的月牙儿倒扣着，脸颊上也泛起了红粉，满满的欢快飘荡在上头。她隐约还从女孩儿的脸上看见了一排字：邹明远真好啊。

真是太好了，长得帅，就跟电视里看到的一模一样。他人也好，这么红的大明星，居然会对她这样温柔。而且，今晚都没有活动了，还会提前来熟悉一下舞台，确保自己的表演质量。这样的偶像也太宝藏了吧。

万霖涌起一种强烈的冲动：她要将今夜的回忆珍而重之，并展现给世界，摆在高高的台子上，让所有的人羡慕敬仰，都去热爱邹明远。

太喜欢了啊，以至于万霖细细看着照片，舍不得的情绪开始滋长：两张照片都有就好了，哪张都舍不得给夏珈啊。

这个念头一冒出来，万霖率先吓了一跳。她自转学以后，一直孤独，从来都觉得朋友是这个世界上最宝贵的。怎么会有这么过分的念头？这样太对不起好朋友夏珈了。只是，看着照片上对着她一直微笑着的邹明远，万霖真心舍不得。

最后，友情战胜了私欲，她总算选出一张略微不那么喜欢的照片给夏珈寄去，然后让夏珈将她拉到了群里。

群里有上百个小姑娘，她们聚集排着队对万霖表示了热烈的欢迎。

万霖不懂规矩，笨拙地一个个说谢谢你们，你好。之后，她将自己的经历分享了一遍，在收到惊叹后又安静了回去。

第二天晚上补课时，万霖将手机藏在课桌下，看着群里有去了的姑娘不断地发出现场的照片。

为了掩饰，她用一只手撑着头，遮住自己的笑咧开的嘴——没办法啊，看着模糊的邹明远的照片，她就想到了自己昨晚跟他的梦幻偶遇，心里的幸福不断地升腾，化作一个个小泡泡，在口腔里爆开，冲咧了嘴角，眼睛又成了倒扣的月牙儿。

啊，明明，明明怎么会这么可爱呢！

万霖的喜欢安静却不单薄。

她买了个很喜欢的相框，将邹明远的签名照片放进去，摆在桌子上，这样可以天天看着。她还觉得有些不满足，于是又上淘宝买一堆好看的，粉丝印出来的带着邹明远头像的文具、亚克力牌和胸章。

这一场倾慕于无声间滋长得繁茂葱郁，万霖醒悟到的时候，她的生活已经逐渐被邹明远侵蚀了。她的本子上印着邹明远，笔上是邹明远的Q图，买了邹明远的粉丝会会服，还有各种杂七杂八的小东西。为了能用上自己很喜欢的一幅照片，很久没有包过书的她，重新用上了包书纸。

万霖逐渐习惯了，每天睁开眼的第一件事，就是查看跟邹明远有关的咨询。她在微博上关注了邹明远、他的公司、他的经纪人、他的圈内好友，还有几个消息很灵通的粉丝小姐姐。下课了也会检查一下QQ群、贴吧，看看除了问候之外，会不会有邹明远的更多消息。她存了无数张邹明远的图片，一打开手机相册，全是他。

反正，万霖比她原来料想的更加喜欢他，这喜欢究竟是什么时候深化的，她也说不清楚。反正她在学校也没有朋友，这种遥远的倾慕无须避忌，无人置喙，反而是她每日安静的小幸福。

不过，万霖也没有长久地安静下去，她发现，群里说话冒头的人开始少了。

后来，万霖才知道邹明远过得不算很好。毕竟他才在选秀上得了第四名，前面三个人的人气和实力都比邹明远要好。

按照规则，所有参赛选手都要签约选秀的主办公司，公司都承诺要好好经营。可是资源有限，只得了第四名的邹明远分得的就少了。公司没有好好经营他的打算，只会派他去走穴唱歌，赚快钱。

群里的一些懂行的人说：可能是想看看他的人气究竟如何，再考虑后续的运作吧。

万霖那时不懂这些。她不像夏珈那么活泼，是个安静性子。对她来说，能够天天看到邹明远就是幸福了，事业、经营、前途等还是太过遥远和高深的名词。她看待事物只会从私人角度出发，在旁人抨击经纪人李哥太弱势时，还会隐秘地想：上次见面的时候，邹明远的经纪人对他挺好的，两个人的关系也不错。于是内心还诞生了一种无知的骄傲：你们都在乱说吧，邹明远过得很好呢。

幸好她保持了沉默，这才没有卷入纷争。很快，她也意识到不对劲了。

邹明远没有新的作品和通告出来，只是不断地走穴消耗人气，人群因为他的外貌聚拢而来，又会轻易地随着热浪滚过被冲走。

娱乐圈每天有那么多的新闻，今天××恋爱，明天××长胖……数不清的焦点在微博热搜榜上挤挤攘攘，它们嘈杂着，高喊着，争夺着网民们只能维持不到一分钟、读完100多字的注意力。

邹明远被挤下去了，他太久没有出现在新闻版面里了。

群里的姑娘们很多时候已经没有办法提供新的咨询、新的照片、新的物料……好多天，她们都只能够消沉于重复的日常。

对于这样的状况，万霖有些难过。她给夏珈发了消息。

万：为什么现在这么冷清了啊？

夏：嗯？你说什么？

万：电灯泡群啊……感觉好多人现在都不在了。

夏：正常的吧。说起来明明也是惨，公司不给力，给他的资源那么差！靠之！

万霖沉默，她从前觉得对于一个高二的女生来说，公司和事业之类的太复杂了。群里有粉丝姐姐说如今的影视圈格局：音乐市场萎缩，什么娱乐明星和专业人员之间的冲突和风评啊，甚至还有公司里的股权分配……万霖只会偷偷地听得目瞪口呆，她不知道那些神仙一样的小姐姐们怎么就凭着白纸黑字看上去非常严肃的新闻分析出了公司内部的派系斗争以及邹明远在其中的委屈的沉浮。

既然弄不懂，那就忽略吧——神仙那么多，那就交给她们去操心吧，她就跟在后头给邹明远加油就好了。

实际上，没有这么简单。她作为一个小小的粉丝的幸福和福利，也被那些相隔遥远的人事影响到了。

身边的同好不断地减少，越来越少的人跟她一起为同一张好看的照片尖叫，是不是长期下去，邹明远的人气进一步减弱，拿到更差的资源……最后，就会查无此人？

万霖开始慌张，她不想那个温柔地笑着的好看小哥哥就这样不见了。她转过头，看着桌子上的邹明远的照片，心里无限委屈：他明明那么好，为什么那些人看不到呢？

夏珈突然发过来一条微信：我最近有了一个新的墙头，叫作云江，名字都很有气质是不是？他是唱民谣的……她兴致勃勃地说起了新的偶像，万霖只觉得身上发冷：之前还那么喜欢邹明远的——说得那样热烈，好像全世界最喜欢他，结果，这么快就变心了吗？

万霖分辨不出，她是不是把夏珈在她转学后逐渐表现出的疏远和隐约透露出来的不在意也混淆在了愤懑里。

万霖一直在不停地追逐曾经的美好，她将自己包裹在名曰"过去"的茧中，做着从前的梦。如今，她还停在旧日的光景里裹足不前，被世界抛下。

夏珈不是。她一直是个活泼爱闹的姑娘，她的目光朝着前方，朋友也很多。离开了一个叫作万霖的朋友又怎么样呢？生活那样新鲜欢快，还有许多的美妙的事情和刺激在等着她。

所有的这些，万霖都明白啊，只是难免有些为自己心酸、嫉恨。如今，这一份心情之上又叠加了一份名为"邹明远"的委屈——说着会喜欢的人，轻易又不喜欢了。她和邹明远都委屈地被命运卷裹着，抛在了身后，身前的那个背影具象叫作夏珈，和其他的早两个月尖叫着喜欢的姑娘们，她们身上同时兼具了朋友和粉丝的属性。

最后，这两个属性被一个更强势的标签覆盖——"背叛者"。而万霖和邹明远被绑定在了一起，他们共享一份小女孩所排演的"委屈"。

不管这样的委屈是多么私人的情绪，邹明远在万霖的心中不再高高在上，他是受尽委屈和欺辱的殉道者，比万霖崇高，但是感情趋同。

万霖对夏珈自然地生出了一股怨气，她在夏珈的身上戳上一个词语：凉薄。

她不想凉薄，不想在这个时候放弃邹明远，她看着邹明远的照片说：她不爱你，她们不爱你，我来爱你！

万霖关掉了和夏珈的对话框，从"早安"和"晚安"开始，顶着"水落在林间"的ID在群里踊跃发言……

粉丝群逐渐安静了，坚持冒头出来说话的人越来越少。这样的安静会消弭掉许多人的热情，却因为沉痛的虐感将一些人更深切地捆绑在一起。

万霖认识了另一个被"捆绑"住的姑娘，她的网名叫作"余笙都是你"，发言总是温柔。万霖自然没有跟人见过面，也不记得是群里面一起说话的时候，哪一句话触动了神经，或者只是单纯地被分派到了一个抢数据的组，然后熟悉起来。

万霖和余笙互相加了好友。

那个时候，邹明远被传出得罪了公司的高层，已经被雪藏了的消息。虽然群里会有大粉站出来辟谣和安抚粉丝，但是邹明远露面的时候越来越少。小粉丝们觉察到了不对劲，她们以前信奉的大粉似乎都是公司派来引导话题的职业粉丝。坚定的小粉丝们悄默默建了新群，这个过程中又损失了不少人，她们被虐得越发虚弱，更组织不起力量去跟公司抗辩。

万霖已经高三了，她和夏珈的关系已经淡了。

她的功课很忙，不能再像之前那样，每天长时间花在登录微博，在邹明远的微博下面早晚问候，为他刷出更好看的数据来打榜了。

可是万霖已经放不下了，作为忠实粉丝，就算是眼睛都要睁不开，非要父母叫上三四次才能慢慢爬起来，她也要挤时间在邹明远的超话打卡，查看他的消息。

终于，事情闹了三个月之后，邹明远发出一条微博，宣布跟公司的理念不合，现在和经纪人一起解约了。

这个消息出来以后，公司先声夺人，买了一大波通稿，全网开始黑邹明远忘恩负义。许多不明真相的人和水军跟着在邹明远的超话广场和微博下面不断地辱骂。

粉丝群里又有不少人被骂得退出了，职粉更早离场。剩下的粉丝们经历了数波打击，组织松散，难以控评。

万霖在微博上辩驳了两句，被追着骂了几十条。她年纪小，又是柔软安静的性子，哪里经受过这样的恶意，吓得差点删号了。可是，她想起邹明远那张很好看的脸，温柔的笑，还有她下过的决心：坚持爱他。万霖不敢放弃，她咬着牙，坚持了下来。

坦白说，每天听到的都是糟糕的消息，能坚持下来很不容易。但是邹明远似乎没有察觉恶评一样，他过得很好，悠悠闲闲的，不时出来吃个饭，或者去朋友那里玩一下乐器，贴在网上的永远是怡然自得的微笑，笑容里分明就是说：我还好。

看着他的笑脸，万霖更加不敢放弃。万霖越发觉得自己喜欢上了一个很好的人，强大又温柔，她委屈着他的委屈，为着她心里柔软干净的少年抵抗着无限恶意的世界的攻击。她慢慢淬炼出一层坚硬的铠甲，不是为了保护自己，而是为了他。

只是，她不知道跟谁可以说话，身边没有人是她的同好，夏珈早就爬墙不知道去了哪里，一边的列表里面，有许多粉丝碍于曾经的情谊，名字还固定在群列表里，却落成了灰。

世界可怕，前路孤独之时，万霖和余笙第一次通了电话，万霖打过去的——在上晚自习的时候。

高三了，所有的学生可以自愿在放学后晚自习到晚上十点多。虽然不时有老师来班上照看，但总的来说，管理较松。

万霖溜了出去，躲在无灯的操场的一角，只看得见暗色更深的摇曳的树影，她给余笙打了个电话。电话通了，余笙叫她水水，万霖叫她鱼鱼，都是网络上互相取的昵称。两个姑娘确认了彼此的身份后，就捧着手机哭出声来。

她们不知道，自己喜欢的明明为什么会这样被冤枉，过得这样委屈……

两个人互相打气：绝对不会放弃，陪他一直一直到最后。没有人知道最后有多远，不过那个时候说的话都是情真意切、斗志昂扬的。她们咬牙切齿，以自己所有的勇气和激情发誓：陪着邹明远一起与世界对抗，直到永远。

虽然不知道那个最后的终结在哪里，但是谁说的时候都以为喜欢是一辈子的事。就好像是对方的网名——余笙都是你，总以为名字代表人心，叫作永恒，就能固守到最后。

为了抵抗网络上的恶意，万霖作为一个高三的学生都抽出时间写东西了。她时间不多，也没有什么特长，就写各种小软文来宣传邹明远。邹明远从前的那些物料和视频她不知道翻来覆去看了多少遍，随随便便就能说出哪一个视频的第几分钟有什么亮点。

不知不觉，万霖早就不是之前的菜鸟了，她已经开始明白转音、高音、音域等专业名词的意思。邹明远的专业水准不好吹，毕竟，他一开始的卖点就是脸，最多是音色好。

但是，作为宣传，话不能够这样说。万霖开始吹嘘邹明远的进步。

比如说较劲济城商演。那天下了雨，露天的舞台，话筒出现了问题他还在坚持演唱，而且他很早就赶到了……有去了现场的小伙伴们录回来的邹明远排演的模糊视频。

万霖说邹明远一直一直都想要将最好的状态奉献给观众，这么多状况，他还是努力维持住了音准。

她在小软文里搭配上两张动图，说曾经在某首歌中，邹明远有一个字一直唱不上去，勉强飙出高音声音会抖。但是，在济城商演中，邹明远完成了那个高音。

虽然水平上没有办法跟顶尖的几位音乐人比，但是邹明远一直都在努力，他从未有一日放弃打磨自己的努力。

在写软文的结尾时，万霖自己被感动哭了：

我的文字并不算多好，我没有办法描摹出邹明远万分之一的美好。但是我在一次次的回味中总是能够品味到他的不放弃，所以我跟在他的身后，不能放弃，不愿放弃。

万霖的文字水准一般，但是对于普通的小粉丝来说，还是够用的。她不断地写着，不断地写着，慢慢地也进步成了圈子里的小有名气的粉丝。

她的技法不算好，但是胜在真诚。因为她也是从不懂成长到懂，所有学到的知识都是在追逐邹明远的过程中慢慢掌握的，所以理解旁人的想法，能够让人明白。

终于，在万霖高考还差两个月的时候，邹明远迎来了转机。

不知道是哪一位圈里人或是朋友牵线，让他签了圈里一家很有名望的经纪公司，新公司还将他们即将开拍的一部古装剧的男二号的角色给了邹明远。

天降大饼，把所有人砸得晕头转向。

收到消息的那天晚上，万霖和余笙偷偷打了一个晚上的电话。她们欢庆着坚持了将近一年的时间收获的巨大胜利。这个世界终究还是承认了邹明远，它将邹明远早就应该被授予的荣耀加诸他的身上。

她们心目中最好的邹明远一定会越来越好，哪怕前有荆棘，他也注定会越过。她们无比真诚地相信，邹明远有一天会成为娱乐圈最闪耀的星。

邹明远和新公司签约之后，发了一条微博感谢新公司的赏识，期望会合作愉快。

然后，他发了第二条微博：谢谢一直爱我的你们，你们就是黑夜中亮起的一盏盏可爱电灯泡，在我迷茫的时候驱散了所有黑暗。比心/

万霖看到这样的一条微博，她觉得自己这一年所有的付出都值得了，眼眶湿润。

要高考啦，如今的邹明远似乎走出了低潮，稍微离开两个月，为自己的前途认真地投入吧。在贴吧发了告别帖，万霖暂时离开了，她甚至没有再跟余笙联系。

万霖的成绩一直很稳定，父母也没给她太多压力。按照她目前的成绩，考上一本早没希望了，但是二本拼一拼是可能的，到时候去国外读研究生镀一层金就是了。

万霖轻松上阵，发挥得比平时还要好些，如愿考上本地一所二本商学院。因为成绩比预想的好，专业还能挑个热门的。

彻底放松下来的万霖，花了更多的时间支持邹明远。

她再次出现在贴吧，不少还记得她的姑娘们跑上来，说：水水，你终于回来了，好想你啊。

不管她们的想念在两个月中占据了几分几秒，这些欢迎的发言读起来都是温暖的，就像是洒到了藤蔓之上的水。

名字叫作牵绊的藤蔓在这些温暖和湿润的浇灌下越发粗长，最后将人和粉丝集合层层叠叠包裹住，在柔软的藤蔓的呼吸之间，感知到粉丝共有的幸福。

不过，才一段时间没有来，这个圈子出现了诸多的改变。

邹明远的粉丝开始了和钟云的粉丝的全面掐架。钟云和邹明远同个选秀比赛出道，他是第三名。本来邹的死忠粉丝就各种不服气，阴谋论钟云是动用了见不得光的手段，这才得到了好名次。

如今老公司宣布钟云也要拍摄电视剧了。同样是古装剧，还是男主，只是配置差一点，打擂台意味十足。在公司的刻意引导下，两边的粉丝都开始对对方的存在感觉恶心。她们聚集起来，不断地攻讦对方。

今天这边骂钟云演唱难听，明天那边说邹明远品位垃圾……然后慢慢地，已经发展到了攻击对方的人品道德，好似要缠斗至不死不休。

万霖对钟云的印象不深，听了群里的小姑娘们乱七八糟地科普和抱怨总算是想起来了。但是她性格绵软，自认没有战斗力，所以相对而言并不激动，只是嗯了两声接着写她的科普小文章，保持着和平主义者的岁月静好。

原公司确实是看不惯邹明远，刻意赶工，让钟云的电视剧抢先一步上映，赶上了暑假结束之前的最后一波空档。虽然评分一般，但是轻喜剧的风格还是吸收了一大波中小学生粉丝，热度颇高。

万霖看了几眼，钟云的演技确实一般，但是故事还挺有趣的，他的扮相也好，依靠讨喜的角色和整体的氛围，获得热度并不难理解。只是，万霖不喜欢这类风格，更激进的同好姐妹则都憋着一口气，对于钟云的热度非常不服气，她们将这一部剧评价得一文不值。

最后，万霖随意地在微博上评价：为了和邹明远的新剧打擂台，制作有点粗糙。但是，女主不错，故事也很可爱。

她的点评中规中矩，就是抒发感想罢了。然后万霖就将这件事抛在了脑后。

差不多十月份的时候，万霖因为大学开学的军训晒黑的皮肤都差不多养白了，邹明远的第一部电视剧开播了。

之前追的是舞台表演，现在换成了电视剧，万霖的经验不足。她先学习了群里、贴吧里和微博上的大粉发出来的各种数据教程，学着为邹明远刷点击量和播放量。

邹明远的表演并不出众，但是扮相明显压过了钟云一头，毕竟他原本就是靠着颜值在选秀里获取了极高的人气的。这个角色也不复杂，就是模板化的极受欢迎的男二类型，他的深情无悔、俊美无俦都让屏幕前的无数少女心碎。

这个故事本身优秀，也或许是资本想要炒作男二吧，将邹明远的这个角色写得极好，风评远远盖过了男主。男主成了无辜的炮灰，无数的少女恨不得冲进电视取女主而代之，然后替她选择那个温柔的男二。

随着剧集的播放，邹明远的风评和人气被绑在了火箭上飞速向上蹿升，成了全民热点。

万霖当然很开心。大一的功课又不紧张，于是她花费了许多的时间创作跟剧集有关的段子，放到了微博上。

钟云的粉丝眼见邹明远的热度攀升，当然不会服气。

邹明远在这部剧中的表情转换过程中的图被刻意截出来，做成了丑图满世界传播。因为男主的魅力被掩盖，女主因为选择男主也挨了骂，剧中男女主的粉丝同样被拉拢起来，一起对邹明远进行辱骂。

粉丝在引导下，脑内演绎出了各种故事，说邹明远如何如何和资方勾结，才得以出演这部剧。还说他恶意拉踩同事，买通营销号造成自己虚火的假象，等等。她们对邹明远的人品和演技进行了全方位的质疑。

路人可能只会随便打开一个新闻看一眼，或者干脆忽略。毕竟，每天发生的事情那么多，谁会在意邹明远究竟如何呢？留下一个他很红但有争议的印象，后续也不会多关注，他们从来都没有为明星花过一分钱，以前没有以后也不会。

可是，粉丝却为这些争执增加了无数的内涵，她们天天盯着邹明远的微博广场，没日没夜地做数据、打榜。每一天，她们也许要在百度、微博等地方搜索邹明远这个名字上百次，还不算其他的关键词"明明""邹邹"……她们的时间都奉献给了邹明远，所有和他有关的小事都演变成大事。

那些零碎又恶毒的字符从她们的双眼入侵，被神经谱成宏大组曲，在脑海里反复播放，直到挤占了其他思绪和情感的存在空间。

于是这个世界在电灯泡们的心里被简单划分成两个：一个恶意针对邹明远，一个是对邹明远友善的。恶意的都归于虚假的，友善的都属于真诚；整个世界的中心自然是邹明远，他如同分界线，如同神明，是判断真实和虚假、友善和恶意的绝对法则，他执掌世界，高高在上。

万霖算不上粉头，但是也有相当多的小粉丝关注了她。于是她曾经发出来的剧评微博被钟云的粉丝们翻了出来，放到微博上被骂了一遍又一遍。对方的粉丝拿她做了靶子，说电灯泡刻意不提他家钟云，恶意差评。

万霖就这样被卷入到了旋涡里头，她其实还算中立的评价都化作了利器，被对家持着伤到了她自己。

在围绕着邹明远所建立的封闭小世界中，万霖被铺天盖地没有来由的恶意针对了。小姑娘经不起事，这点小小的愁苦又被放大成了无穷。

善意的电灯泡们会保护她吗？不会的。不少的电灯泡站出来说：这是伪粉吧，我们家的粉丝怎么会去看钟云演的电视剧？要么就是个路人。毒云不要不承认，邹明远就是更有魅力，更吸引路人。

云朵是钟云的粉丝的自称，毒云是对家给钟云的粉丝的黑称。

于是，她又被一部分同好当成了路人。万霖看到这一类评价的一瞬间，气到笑出来了。

她曾陪着邹明远走过那些最艰难的岁月而不放弃，那些新加入的粉丝凭什么否定她呢？

不过，情感是有偏向性的，这么长时间的付出和共有的名号，让万霖短暂生气一会儿，然后将自己全数的愤怒砸向了毒云们。

跟余笙哭过一场之后，万霖彻底舍弃了用了几年的微博账号，重新申请了一个追星专用微博号——明明的小娇妻。

万霖自此彻底地斩断了自己作为普通人的理智，将自己完完全全和邹明远绑定在了一起。

她当然不是邹明远的小娇妻，她跟他没有实质上的关系，虽然会笑着跟熟人说：是啊，我老公是邹明远啊。

但是，内心里，万霖很明白：她和邹明远现在、将来都不会有任何的关系。

只是，因为很喜欢，因为很愤怒，她将自己完全归入了邹明远的这一边。

余笙问她："怎么了？不是一直都在用水落到林间这个网名吗？都用了十几年了。"

"嗯……没办法啊，为了明明嘛。"过了一会，万霖惆怅地说，"我那个微博号上有好多的同学啊，我爸妈甚至都关注了的。天天跟毒云吵架，他们会担心的。我还是专门弄个追明明哥吧。"

"也是。"余笙没说什么了。现在轮到她要高考了，她待在群里的时间少了很多。

万霖开始改变自己的行事风格，逼自己变得伶牙俐齿，开启为邹明远战斗的人生。

以前还好，邹明远不过是个小明星，就算是想要为他花钱也不知道花什么。但是现在不一样了，邹明远迅速蹿红，他有了巨大的商业价值，不断地推出了新的代言，也拍了好几本杂志封面。

以前不知道，真的加到这个圈子里头才明白，没有钱根本就粉不下去。

万霖的父母宠她，每个月给她较多的零用钱自由支配，但是并不让她浪费，不会她讨要就多给。万霖发现，她必须节约过日子了，还得去校外打工，不然就没有足够的钱来买买买。

比如，公司发布行程：邹明远要拍四大时尚杂志封面之一。粉丝都会被科普到：这说明他的商业价值和时尚价值被认可了，销量非常重要。若是能破销量纪录，那么邹明远就可能得到更多的资源。

既然要调动粉丝们的购买积极性，大粉自然要做表率，买得更多。

杂志店买一本都要二十块，一般的小粉丝是两本起步，像是多一点的都是买十本的。万霖想了想，买二十本，这就四百块了，杂志还不包邮。这一下子就花掉了父母每月给她的钱的四分之一。

除了基本生活开销外，万霖还要买邹明远接的代言产品。邹明远长得好看，女粉丝非常多，有化妆品商家就请了他做代言，这一品牌明明不是万霖惯用的，她依然花钱将这一家的口红的每个色号都集齐了。

就为了拿到小票到微博上去晒单，晒两次。一份发在自己的微博，方便自我认证铁粉的身份，号召小粉丝购买；另一份发在产品官宣邹明远为代言人的微博下面，向资方证明邹明远的市场价值。

并不是所有大粉都花了这么多，她们有别的方法赚回来。比如说，去现场拍摄一些独家照片，回来可以卖；会画画的可以设计一些相关周边图画，向小粉丝进行贩售……

这些，万霖都做不到。她说是忠实粉丝，结果一直没机会去探班，拍不到任何独家照片。她也不会画画。文字？她这样的水准并不能变现。

万霖只能这样苦熬着，出钱出力。

邹明远之于万霖，是开在山巅之上的绝世名花，他一抬头，即可望见世界。万霖被限制在山脚，她担忧着邹明远受雨打风吹，希望他看见世间种种璀璨，只好用自己柔弱的身体呵护他，供养他——只求他给自己一点梦，一点他所见世界有她的梦。

她自愿心折，将所有都供奉给干净明朗的少年。

万霖的少年一直在攀爬更高的山峰，他在新的一年里又拍了两部剧，差不多两三个月进一个组，接下来演的都是男一号了。他以超高的人气拿到了足够好的资源。

之后，邹明远应该会更红吧，会有更多的人喜欢他，只是，她们都不会是陪着他走过来的人，虽然她们都表现得非常热情。只是，热情所带来的并不只是好事，还有纷争。

在追星活动成规模的今天，各大社交平台都推出了相应的业务，它们花费心思创造出各种有公信力或者灌水多的榜单。榜单上的排名是可以通过粉丝的活跃来排的，听起来很多榜单不需要花钱，只要点击—发送—评论—点赞等常规操作就可以了，它们只是在大量地细碎地谋杀时间。

有什么关系呢？

粉丝不觉亏损，她们自我感动于自己的辛勤劳动能够换来自己的偶像的人气证明，让他的未来光明璀璨，煌煌如日，引人膜拜——不信，看看那些榜单啊，我的偶像排了个不错的名次啊。

这样的热情对于明星和经纪公司来说同样是急需的，他们需要这些证明，向市场发出宣告：我可以创造出经济价值，有大量的人会为他买单。

明星们在榜单上的拼杀无比惨烈，粉丝之间的争斗也是如火如荼。

很多粉丝也是在激情中坚持，可是，总有人静下心来，发现自己的爱不足以支持下去了。

比如说，余笙都是你。

有一天晚上，万霖接到了余笙发来的信息：水水，我准备退圈了。

水：怎么了，发生了什么事？

余：太累了，她们每天都在吵架。

余：你知道的，我不擅长吵架。

水：那你别跟她们一起吵啊，每天收收照片，打打榜就好，这样不行吗？

万霖当然知道部分粉丝很讨厌。

虽然每一次吵架，各个明星的粉群都会不假思索地袒护自家，说这不是真的粉丝，是低粉、是双担（同时粉两个明星），等等，并指责对方有问题，强行归因于对家的粉丝先来撩人、使手段、骂人太狠……实际上，每家都心知肚明：从来没有一家粉丝能够无一例外地做到她们向外标榜的有序、善良、有素质。这些美好的品质，从来不是一个陷于无序行动中的群体的共有面目。

所有的群体成员都不会承认她们中间大多数人聚集起来的时候，会被热过头的疯狂粉碎掉理智，所有被文明的生活磨炼出来的文雅表达都会在争吵中失去，她们或多或少会成为自己所指责的癫狂无理者。

她们自然地疯狂，她们无知觉地谩骂，她们都觉得自己正义地捍卫自己的群体利益。一直维持着冷淡的、疏离和文雅的面孔，反而无法融入这个群体中。

余笙会觉得累，很正常。而且，她的疲惫还包含无法言说的孤独。若是抱怨，其他粉丝会笑眯眯地说：没有吧，我们家都是可爱的小仙女啊，很乖的，又不是对家的粉丝。最多就那么几个啦，别计较啊。

万霖对着自己的朋友，不会推诿，她单纯地舍不得余笙离开。

她们的感情不一样，在邹明远最难熬，走的人最多的时候，她们一直都在，相互支撑。她们的不放弃里，有对方给予的力量。可是，如今，这个特殊的朋友居然要走了？

万霖试图挽留她，她打了很多电话，但是余笙一直没有回复。

过了很久，余笙终于回复了：

一是我觉得自己变得很可怕。因为邹明远，我已经没有自己的生活了，每天花的时间和钱都很多，太累了。

二是我意识到自己没那么喜欢邹明远了。

这句话让万霖停了下来，如果是因为没有那么喜欢了，那再怎么劝说都是没有意义的。

可是，怎么会呢？明明之前那么喜欢，喜欢到说了一辈子。如今，才两年，怎么就不喜欢了呢？为什么就不喜欢了呢？

余笙说，她喜欢上邹明远是因为他的歌。

邹明远的音色不错，虽然不会多少技巧，但是音准还可以。邹明远最打动余笙的是他的认真和执着，他的水平虽然不够，但是一直在进步。他或许不是最好的，但是一定会是更好的那一个。看着这样努力的邹明远，余笙觉得非常心动。

可是，邹明远不唱歌了啊。

他现在只会在各个采访里说着："我想要做一个很好的演员。"他说这些话的表情，跟他曾经说想要做一个歌手时一样真诚。

很多粉丝兴高采烈地叫他"邹演员"。可是余笙却觉得心里的什么东西一点点崩裂了——是她曾经竖立起来的"邹歌手"的塑像吗？

余笙理智上知道，对于邹明远来说，演戏才是最好的出路。但是，那不是余笙的初心。

她为邹明远付出了很多，付出的那些收不回来了，切割也舍不得。她一直在和时间对垒，终于岁月将她的喜欢耗干了……她舍得离开了。

余笙退群了。从此以后，邹明远的粉丝永远少了一个人。好些人的列表里也没有了她的痕迹。她唯一没有删去的，是那个叫作万霖的朋友。

余笙本来就安静，她不爱吵架，没太多存在感，她的离去没人关注和挽留。只有万霖在私聊里提问：我们还会是朋友吧？

——会，一直都是朋友。

只是，万霖的生活里充斥着邹明远，离开了这个人，她们俩还可以每天讨论什么呢？

渐渐地，两个人说话也少了。就是在某些时候，万霖会看着邹明远的消息，为余笙想一下：如果邹明远还会唱歌多好啊。

可是，现在她不敢说出来了。

在这个群体里是不太能够容纳不同的声音的，哪怕是在

QQ群里，说一句质疑的话，都有可能会被怀疑粉丝的身份。

这倒不是说粉丝们真的这么齐心，而是粉丝发展到如今，群里的人的身份并不单纯。有众多非本群体的粉丝潜伏在里头，官方的非官方的都有。她们随时可能截出不利于邹明远的对话，然后制造出新的论战热点。

类似的事情在粉圈里发生过几次。

虽然没有在邹明远的粉丝群里爆过，但是所有的粉丝都自觉警惕，在非核心或者信赖的朋友共同组建的小群里，说话也相对谨慎起来。类似于，不喜欢如今的邹明远的发展路线这样的话是肯定不能说的，不仅不能说，而且还应该自觉转发半官方性质的，由粉头发下来的洗脑包：邹明远的选择无比正确，他就是天生的演员。

总而言之，粉丝最好不要对偶像的事业指手画脚。

特别是邹明远，他的新东家很有些控制粉丝的手段。好几次指挥着粉丝进行全网有名的论战，甚至是主动挑起纷争。所以他们公司安排在粉丝群里的官方人士也多。

在余笙离开以后，万霖在电灯泡们的闪耀和光亮中陷入了无处倾诉的窘境。

她骗不了自己，好多次她也快坚持不下去了，在退圈脱粉的边缘试探。但是，她困于自己给自己设定的目标，要退出却做不到。粉圈里那些追着她的女孩儿，也让她舍不得，纵然不是余笙那样交心的朋友，总也是熟悉的人啊。她们给她温暖，给她光环，给她的所有的虚幻的崇拜，都让人舍不得。

而且，看着屏幕那边的邹明远，万霖就更加舍不下。在她的心里，他们是一起在一段黑暗的时光里并肩走过的人，单方面的纠葛是实实在在存在过的。

她总觉得那个少年如此明朗，他正代替她看着早想望见的天空，他们并不是没有联系的。若是，她都走了，只剩下那些新加入的、没有陪他攀爬的、只会惹事的粉丝，他要怎么办呢？

万霖盼着邹明远好，永远的，真诚的。

她现在拥有的一系列社交小号，都有了统一的名字：明明的小娇妻。肉麻又亲密，她在网上毫无芥蒂地为邹明远征战，却向周遭的人隐瞒了自己的ID。毕竟，这个名字隐含着一种她不会承认的隐约的羞耻感，只能喧嚣于网络。

万霖又多熬了两年，陪着邹明远成了当红炸子鸡，做了群星中最闪亮的那一颗。

一切，都向着好的方向发展。在邹明远好的时候，在欢呼声里，万霖那种隐约的想要离开的躁动就会平息下来，她稳稳地支持着邹明远，好像从未想过离开，永远不会离开。

而且，邹明远甚至又开始唱歌了。他时不时地上台唱新剧的片头、片尾曲。他说自己依然没有完全放弃唱歌这个梦想，还找了人学习。

万霖刚刚购买了两百多张邹明远刚刚发行的电子专辑，循环听着听着，听到麻木，失去了感知。她的脑中却在挣扎，要不要跟余笙聊一聊呢？她是最希望邹明远唱歌的。

她最后还是孤单地循环播放那两百多张同样的专辑，没有发信息。也许是为了给自己留一点虚幻的愿景，而真相她早已明了：走了的人已经走了，要再次回来陷进去，大约很难。

这几年，万霖遇到了不少新入坑的可爱的姑娘，也总会在大大小小的风波之后送走一些曾经的老人。

她们大多是说累了，被误会了，被这个圈子折磨够了，就还是远远地支持明明吧。也有些人最后成了邹明远的黑子，转过头开始传播他真真假假的黑料。

粉圈总是纷纷扰扰，只有站在那里的明星是不变的。也不能这么说，粉丝对明星还是有作用的。虽然，作用力很小。

粉丝看上去能够给明星们创造一些不错的数据，被用来说服资方——这个偶像产品背后有市场价值。实际上，资方真的会相信吗？粉丝只是被这么告知着，然后前赴后继地创造着更大的数字奇迹。

有些明星，特别是偶像，可能会根据粉丝的反应调整、完善自己的人设，然后迎来送往粉丝群体，扩大影响力。

粉丝和明星，就保持在这种纠缠的状态里，好像有关，好像无关，若有似无的强相关性。

这样的关系总会有些迷惑性。明星会不断地说：我很爱我的粉丝们。经纪公司会说：粉丝们是非常重要的。

在这样的你来我往之间，粉丝偶尔也会产生自己很重要的错觉。

万霖也是，她一开始没那么相信，现在也劝别人说：别把这些话太当一回事。可实际上，她在重复了千万次的谎言里，逐渐对这句话深信不疑，将自己和邹明远绑定在了一起。

在她大三那一年，三月十二日，一个没什么特别的日子，邹明远突然发了一张健身的照片，说自己正在举铁。然后@了一位关系不错的歌手，说自己正在为了他的演唱会而努力。

这一条微博顿时就在邹明远的粉丝群里炸裂了。

所有人都在议论，邹明远是不是要去舞台上表演了？

其实，今时今日，在音乐市场如此低迷的时候，邹明远很难开演唱会了。但是，借着嘉宾的身份站上舞台，那是很有可能的！

太棒了，邹明远又有舞台表演啦！

欢呼声中，万霖立时下定了决心，无论如何都要去看看邹明远的这一场演唱会，她想要去听邹明远唱歌。

作为歌手的邹明远，对于万霖同样有着不同寻常的意义。譬如说，她被夏珈带着入坑，去现场遇见了邹明远，还有余笙……

万霖的追星历程中的许多重要时刻和人，都和邹明远的歌声联系起来。

为了去看这一场演唱会，万霖开始攒钱，她要抢到第一排的票，站在离邹明远最近的地方，去听他唱一首歌。那不仅仅是万霖在听歌，在她的心里，也是一场和余笙一起近距离看的演唱会，是她们曾有的梦想。

她几乎是关注了所有相关的人的微博，捕捉任何一点的风吹草动。甚至连那个城市的场馆的调灯光的个人微博都被翻了出来，然后看看能不能从他的日常中找到蛛丝马迹。

课余的时间，她更忙了。她打了几份零工，想尽力多攒一点钱。

现在清楚了，这个歌手朋友正在进行全国巡演，每一站邀请了不同的嘉宾助唱，确定会请邹明远的只有海市那一站。万霖并不在海市读书，去那里看演唱会要考虑的东西很多，除了票钱，还有路费和食宿费，哪一样都不算少。

万霖不得不努力打工攒钱，还想方设法从父母那里弄钱……最后勉勉强强筹措到六千块钱。

买了一千多演唱会门票，来回的飞机票就花了两三千，在那边的酒店，找了个近的好一点的酒店，再加上林林总总做的应援物品：灯牌，易拉宝，等等。

万霖翘了两天的课，在早上五点多起来，赶往机场。没办法，七点多的航班是最便宜的。她肩上扛着许许多多的东西，勒到肩膀红肿，一路叮叮当当的。她为了去见邹明远一面，已经筹备了许久，什么都想带上。

这些东西，是她喜欢了他五年的见证，这么漫长的时间，从低迷到高峰，她一直陪着邹明远，不离不弃。

这样漫长的时间，她失去很多，得到很多，邹明远在这些得到和失去之间已经结成了她生命中的一个部分，真实又虚幻。真实在于他真切地影响了她的人生，不光是情绪，许多人也是因为邹明远才走进她的生活。甚至是邹明远本身，也成了她的信仰，她仰望着这个人，做着他带来的一场梦。但是，邹明远始终是虚幻的。她只在很久以前见过邹明远一次，漫长的时间终于将唯一的真实的接触也熬成了虚妄。

万霖想要再去看一看，这一面之后，她或许会放下，或许会更坚定，总要让自己真真切切，站在邹明远的对面，再看他一次吧。

她等在机场里，在邹明远的粉丝群里发了一张照片：我要去海市看演唱会了。时间太早了，这个点，还没有人起床吧，照片发出去十分钟，没有一个人回复的。

七点整，上了飞机，她睡着了。

等到落了地，站在明亮的海市机场里，万霖拖着沉重的行李，上了地铁。没办法，她的预算并不够，而这座城市又太大。

等到将自己的大包小包都拽进地铁里头，万霖舒了一口气，她打开了自己的QQ群。

里面先跳出来的是无数个哭脸。有人尝试着劝慰她们，可是这些消息转瞬又被汹涌的眼泪表情所吞没——

万霖爬上了微博，一看：邹明远被拍到了。

狗仔拍到他交了女朋友，是圈里一个小明星，不算红，风评也不怎么样，演戏多年观众缘依然很差。

她们都喜欢的邹明远，都觉得那个笑起来很干净的，似乎会永远干净下去的好看的男孩子，在热闹喧嚣的海市街头，在迷离的灯影里，叼着一根烟，肩膀上挎着那个姑娘，烟火气熏油了他干净的脸。

狗仔队发出来的照片永远不够高清，有一个古怪又扭曲的视角，一个红圈，圈出来的是两个人。

若是登上微博，很快就能找到两个人的动态的视频。

粉丝静默，她们的否认都被现实所击垮了，无法反击，连绝望的心情都找不到恰当语言表达。

不知道别的人是什么打算——万霖哭了。

她靠着地铁上的柱子站着，随着那一个个排着队从群里的对话框里跳出来的哭泣的脸，她绝望地哭了，肩上的东西发出了乒乒乓乓的碰撞声，好像是什么碎掉了。

万霖的哭声惊动了很多的人，许多人围过来问她："小妹妹，你怎么了？"

万霖摇摇头，说不出话来。她羞于跟旁人解释自己的心情，也不知道要怎么开口。她无比清楚地知道，在这个世界上，批评追星少女是无比正确的。没有人想要理解她们的疯狂和热烈，她此时的心碎，若是说出来只会被当作是玩笑。他们会安慰她，然后转身就骂她神经病。

万霖没有办法解释这样的一种心情，她无法说明自己究竟有多难受，自己呵护着的，心里念叨着的，花费了巨大精力的，耗费了漫长的时间宝贝着的人啊，就这样破碎了吗？从她虚妄的幻想中离去，走出了她的生命，这一切如此难以倾诉，但是让她伤透了心。

万霖自认理智，她理智上明白，邹明远不是她的，也不是她们中任何一个粉丝的，他有自己的人生，他总有一天会和她们分别，各自过自己的日子。所谓明明的小娇妻，所谓的共走一段路，所谓……不过是客套的发言还有网络上的数据堆砌，那是经纪公司、明星、社交媒体一起给她们营造出来的一个美丽的幻觉。

她们安住在梦里，放任自己被欺骗，在小世界中快乐。

可如今隔着梦的那一层纱，被无情地撕碎了。

站在撕碎的创口面前，走到了通往现实世界的窗口，心在那一个瞬间被挤轧碾碎，万霖忍不住地号啕大哭，哭到停不下来。她被热心人扯着，迷迷糊糊地送到了地铁的安保人员处。

万霖能够感觉到，有好几双手扯着她，他们关切地问她怎么了，万霖只是摇摇头。

最后被逼急了，她只能艰难地挤出了一句贴切的话来遮羞，她说："我失恋了。"

我——失——恋——了！

悭吝

在林米的记忆中，母亲是一个极为悭吝的人。

所以，他的生活也跟着十分紧促，好像生活一直是关在一个紧缩的盒子里的，留给他的，呼吸可用的空间竟然也是十分之稀薄的。

母亲生病了，林米这才从外地赶回来。他坐在床边上，探头去看母亲，隐约觉得自己不大敢认，印象中的母亲是这个模样的吗？

蜡黄倒是一直如此，她一贯吝啬，生活在这个年代的人，居然还是靠着淘米水洗一把脸就算了的。

悭吝刻在了母亲的骨子里头，挥之不去。

林米没有别的选择，他是单亲家庭的孩子，不知道原因是什么，反正从小没有父亲，他只能跟母亲生活在一起。他的生活因为母亲的过度节俭，是一片苍凉的灰色。

他一直有种隐秘的、不曾说出来的怨怼，那就是他的母亲是戕害了他的人生、耽误了他的前景的罪人。

林米早早察觉出了不对劲，在读书之后，就努力地逃离了母亲，跟母亲分开来生活，除了过年过节的时候会见上一面，就只买些东西回来送给自己的母亲。

算起来，又不知道是多久没有见过了。

林米接到医院的通知，赶到医院的时候，一度不敢认，他不确定，躺在床上的那个人究竟是不是他的母亲。

那个女人的肤色倒是蜡黄，黄到微微有点黑，显出一种脏污的感觉，就跟从前想的一样。她的面容远比年龄要苍老，苍老得难以辨认。

不过，林米看着她，总觉得这个挂着他母亲的名字的女人有些变了样子，她的腮帮子反而显得宽绰了许多，有些方，似乎是生出了另外的两张嘴来，跟着嘴巴的开合颤动。

她的面容如此坚硬，是的，坚硬。脸上的皱纹似乎是烙刻的去不掉的痕迹。

她长时间地闭着眼睛，似乎连睁眼看看他都觉得是多余的。

林米有些犹豫，他迟疑地走过去，对着病床上的女人喊了一声："阿娘。"没有回音，她现在已经吝啬到话都不愿意跟他说了。

林米对了对医院的床脚上的牌子，上面写的名字确实是林阿水，是他母亲的名字。

林阿水的生命快到尽头了，没什么太严重的毛病，就是衰老，衰老到哪里都有问题，已经要支持不下去了。

这样的一副身体没可能抢救回来了。只是林阿水很长一段时间都没有跟林米联系，除了接收到林米从远方寄给她的快递，林米并不知道母亲更多的消息。

有时候，他自己经济紧张了，他就不会给母亲寄东西，林阿水也从来没有联系他抱怨什么。似乎活在这个世界上已经是太过于辛苦的事情，为了节约自己的体力，她给自己设置了一个封闭式的茧，她在里头，吝啬地保有体力，延长自己的生命。

如今，茧破了，她摔了出来，不得不面向死亡。她唯一的儿子被召唤回来，送她出殡。

　　林米没想过年不过四五十岁的人就已经衰老成了这样，对于这样的母亲，林米无所适从。

　　再怎么不适应，也得要适应，林米放下了东西，回了一趟家。家依然在他出生以来一直住着的那个筒子楼里，楼道破旧、昏暗。说起来，历史也算不上太久远，可也许是承载了太多人的岁月，里头的空气都被染上了霉灰的味道。

　　林阿水的家在三楼，林米离开，有几年都找了借口没有回来了。他有些迟疑地找出钥匙，开了门，迎面而来就是一些灰尘。

　　林米侧过头，咳了几声，然后走进去。

　　里面堆满了各种乱七八糟的东西，地面上就放着好几个空瓶子，被一根绳子串了起来，密密麻麻排列着，只留出了一条窄窄的路。

　　其实，房间应该是十分空阔的，毕竟这里基本没有摆放太多的家具，但是零零碎碎堆放着的垃圾将这个房间的空间占据了，它们散发出来的味道也将空气染得格外恶心。

　　林米原本有些愧疚和伤心的心绪在这种气味中消失掉了，他的胃液翻涌，差点没有吐出来。

　　林阿水是有工作的。她没读过多少书，没办法找到有技术含量的工作。林阿水只好做手工工作，每一件东西恐怕只能赚到几毛钱。

　　林阿水就算是没日没夜地做类似的工作，她也养不活自己和儿子，于是林阿水选择了收垃圾。

　　收垃圾是一种补充，她将垃圾收回来，弄得整整齐齐，然后集中起来卖掉，换来一些钱。

　　这个工作仅凭林阿水一个人不够，林米也得不断地从外头捡拾垃圾。一个易拉罐卖多少钱，一个废纸箱能卖多少钱，林米清清楚楚。

小一点的时候，林米还没有发展出自尊心，他被母亲驱使着去做捡拾垃圾的工作。但是这样的工作好像天然带着气味的印记，会在人的身上留下味道。

林米被同学们取笑："哈哈哈，林米是个捡破烂的，捡破烂的。"所有的人都说，不要嘲笑做底层工作的人，但是实际上，没有人看得起穷人。他们都觉得这些人身上带着一种洗刷不去的穷酸味。

林米被笑得抬不起头来，他开始厌恶自己的母亲，但是无力反抗冷淡的林阿水，只能在晚上，偷偷遮着脸出门，随便找回来一些东西交差。然后，他打一桶水，将自己的身体擦上一遍又一遍。

但是，最可怕的还不是小时候的嘲笑和遭遇，而是林米尽力抵抗却依然被烙上了林阿水的印记。

林米出去求学的时候总会忍不住地过度省钱。读大学的时候林米也交到了一个女朋友，那是他的第一个女朋友，感情很好，很喜欢。

女朋友也是县城里出来的，并不花哨，简单的一点小礼物就能够哄得她非常开心，看着林米笑上一天。跟她在一起，林米觉得十分开心，但是他的内心深处总是免不掉一种冰凉的沾沾自喜：这个女朋友实在是太好了，她不仅不贪婪，还总是俭省，为我省去了不少的麻烦。

这样的思考和想法如此地自私和凉薄，好像是冰雕的锋刃藏在他的心里头，被温热的肉包裹着。外人看不见，可是林米自己知道，不能剖开，剖开后看见的可能就是冻成了紫色的僵硬的肉块，冷硬。

林米时时刻刻觉得，童年时代那种不得不出门去捡垃圾的恶臭还围绕在他的身上，久久散不掉，他总有一种想要冲到卫生间里洗澡的冲动。

他们两个没有走到最后，闹崩的原因就是周年礼物。林米倒是知道，一定要给女朋友送情人节和生日的礼物，但是他对周年礼物是真的没有概念的。

等到女朋友忍无可忍地直接提及，甚至是伸出手讨要的时候，林米这才恍然大悟，要去给女朋友送东西啊。

他听见这个吩咐的第一感觉就是麻烦。哪里有这么多的礼物要送呢？两个人好好在一起，好好读书，毕业之后好好找一份工作不好吗？

林米那个时候没有那么穷，虽然不知道林阿水究竟是怎么做到的，但是她总是给了林米足够的生活费。林米自己也喜欢攒钱，他不喜欢花，只是不断地不断地省钱和攒钱。

虽然许多的学长学姐都说过，让他们不要盲目地找工作，出去发传单之类的，对未来没什么帮助。林米点点头，听听就算了，但是他一点没有停下。他让自己在外头劳累和奔忙，汲汲营营，攒下上百块就存到银行里头，感觉些微安心了一点。

林米当时点点头说了好，一转头在内心盘算着，是不是有什么办法能够将这些礼物给赖掉。想了许久，终于还是内心里藏着的正念探出了头：这个女朋友挺好的，她不吵不闹，不要求过多的陪伴，若是她离开了，林米你会后悔的。

是的，这才是最真实的想法，但是花钱的时候还是觉得非常难受。他想着要买礼物，但是心里头却始终觉得有点不甘心，最后买了一朵不那么光鲜的玫瑰，赶在最后一刻出现在了女朋友的面前。

他带着一种刻意的低级的精明。他说自己格外忙碌，今天十分辛苦，最后，只抢到了这一朵玫瑰。他指望着用这样的小手段来以情动人，用最低的价格来留住自己的女朋友。

林米的心思被揭穿了，那个女孩儿终于忍无可忍，说出了分手。

林米看着姑娘慢慢走远的背影，他长时间麻木，思考着躲避的一颗心，终于缓缓地生出痛来。他张了张口，想要挽回那个姑娘，可已经是无可挽回了。

那几天，林米每天都花很长时间在寝室里头洗澡，他闻到了自己身上那种洗刷不去的令人恶心的味道，令人目眩。他惶恐地搓着身上的皮肤，将那些地方擦得通红，红到有些发亮。

他站在淋浴的蓬头下，似乎是哭了。

那个时候，是真的痛恨林阿水啊，他若不是有这样的一个母亲，怎么会有这样不堪的人生呢？林米尝试逃离，他离开了很远，试图用拉开的距离来隔开母亲的影响力，变成一个跟林阿水有所不一样的人。

但是他失败了。他依然生活在那个局促的箱子里头，四面都是间隔，他困坐其中，无法动弹。

站在母亲的房子的这一堆废品中间，林米被母亲的生病所搅扰的恨意，又开始慢慢地复苏。他是恨母亲的，恨她生出他之后又给了他这样一个不堪的人生。

林米最后还是走进了应该是母亲卧室的小房间。里面堆叠着满满当当的箱子，大大小小，墙壁上居然还挂着早已过时的日历。上面的数字已经一天天画了叉，停留在昨日被送到医院去为止。

林米一眼都不想看，他从老旧的柜子里头捡出了几件母亲的衣服，准备送到医院里头去给母亲进行换洗。

可是提着包裹赶到了医院里头，却看见了坐起来的母亲，她背靠着身后的枕头。林米进来的时候，母亲目光沉沉地看了一眼。她的目光没有过久地停留，几乎只是闪了一下，就又微微地合上眼了。

林米坐到了她的身边，喊了一声："妈。"

母亲没有回话，她安静着，似乎是回应了。林米准备放下东西，去买一点食物过来，母亲突兀地开了口："我要出院。"

"妈，你生病了。"

"我要死了，"母亲牛头不对马嘴地打断了林米的话，她又横插了一句，"我要出院。"

"你出什么医院啊？你都病成这样了。"

"我要出院。"母亲再次重复道，她宣告完成了，就颤颤巍巍地掀开被子，试图要离开。

林米有些躲闪，这是他多年以来的习惯，他不喜欢触碰自己的母亲，害怕那些诡异的味道会更加浓烈。他的闪避并没有伤害到自己的母亲，她的周身似乎被罩上了一层看不见的防护罩，母亲在其中，封闭、自主，她过着自己的生活。林米也没有拦住母亲的决议出院。

医生看着蜡黄的瘦弱又干枯的母亲，责备的眼神扫过躲闪在身后的儿子，话里话外满是挤对。她觉得这又是一个为了金钱放弃了父母的不孝子。

林米傻愣愣地提着他给母亲收拾出来的包裹，还有他赶回来给自己准备的包裹，一手一个，默默地跟在母亲的身后。

母亲站在公共汽车站牌的前面，抬头看了看站牌，然后沉默地登上了一辆车。她凭着自己的面孔，不需要交纳任何的费用，没有人怀疑她还不到申领老年证的年限。

公共汽车的座位有限，林米没有座位，他站得离母亲一米远，不会贴着，但是若有需要就可以跨过去的地步。

母亲不去喊他，不帮他收一下行李，只是看着外头。她苍老的面孔和远去的风景在玻璃上交叠在了一起，似乎光景在她的脸上快速逝去。

林米看着玻璃上的母亲的脸，却不敢直视。这么多年了，他心里的郁结绊住了他的步伐，让他站在隔了一段时间的原地，没有动弹。

母亲坐到了火车站，她下了车，林米跟在后头。

现在城市里都有了高铁站，传说中开得过快的高铁已经逐渐成为国人出行的主流。虽然人人都知道，城市里还躺着一个老旧的火车站，但是关注的人似乎不多了。

真到了火车站，才发现人还是很多，他们大多拿着红蓝白的塑胶袋挤在火车站的门口。一眼看过去，最抢眼的就是带着风格特征描述的袋子。

母亲从这一丛丛的红蓝白包中穿梭而过，林米跟着她，站到了买票窗口。看着冗长的队伍，林米终于拉住了母亲："你要去哪里？"

"灵山。"

林米从来没有听过这个名字，他怀疑地看了母亲一眼，掏出自己的手机，问清楚是哪两个字。输入之后，居然真的有这个地方，离这里似乎不太远，只要坐四五个小时的绿皮火车，不过每天只有一趟车。今天的火车在黄昏的时候开。

林米买好了两张票。买票的时候，才想起自己似乎已经把母亲的身份证号忘了——他们实在是太久没有交流过了。

两个人融入了红白蓝塑胶袋的人群之中，放下了手上的包裹。他们找不到位置，林米放下了行李，让母亲能够坐下来歇歇气。

他局促地站在旁边，试图让自己跟母亲不大一样。他犹豫着问："灵山是什么地方？"母亲没有回答，林米接着问："那您总得说说去那里是做什么吧？"

"去死。"母亲冷硬地说着，两个字，冷冰冰的，跟子弹一样，打在林米身上，打出来两个窟窿。

林米懒得跟她计较了，离开去买了两份吃的，摆到母亲面前，然后陪着她等。

等到落日的昏黄不急不缓地铺开在天空，将天地晕染成了橙黄，绿色的火车慢悠悠地朝前开。

林米和母亲并排坐着，他的对面和脚边坐着许多不认识的人。都折腾了一天，身上散发着汗味，这些汗水混合在了一处，冲到了林米的鼻子里头，逼得他朝着靠窗坐的母亲靠近了些。

母亲的身上意外地没有什么味道。没有垃圾的味道，没有衰老的味道，干干净净的，或者，是天然的亲子关系将母亲的气味漂清了，林米似乎缓缓地感受到了一缕悠悠的暖香。那种味道算不上多好闻，可是比起其他的，就是让林米想要靠近。

他贴着母亲，感觉到母亲的头不自觉地贴到了林米的肩膀上。

林米侧过头，看了一眼母亲，她真的老了，折腾了一天，拖着病体终于没有了体力继续倔强。闭上了眼睛暂时睡过去的母亲似乎变得柔和了。

林米的记忆中，这算是第一次跟母亲一起去旅游。

甚至，也是这么多年的贫瘠的生活中，极少有的温情时刻。林米终于开始思考，这么多年，他痛恨着林阿水，终究是因为林阿水的悭吝毁灭了他的人生，让他变得抠抠搜搜，身上带着极为明显的小气的标志。

他不受欢迎，处处碰壁，却又改不掉那习气。这种烙印让他十分讨厌林阿水。

但是这一刻，在周遭的一切嘈杂中，林阿水只是无意识地倒在了他的身上，她身上的味道散出来将林米包裹住，天然地唤醒了他早已忘却的某些记忆。

但是在林米的清晰的记忆中，他找不到自己有和母亲如此亲密的时刻。

当这一刻如此别扭又清晰地降临到他的身边的时候，林米才发现——他对林阿水最为不满的是，她在感情上对唯一的儿子如此吝啬。

他渴望着拥抱，渴望着温暖，渴望着和他的母亲在一起。

林米觉得自己有了流眼泪的冲动，只是他将头抵上了椅背，看着单调的火车的天花板，那一点昏暗的灯光，随着眼皮的缓慢开合，闪闪烁烁。

灵山站到了。

没等林米摇醒母亲，她就自己起来了。她没有带镜子，就用手理了理头发，整整齐齐地梳好，将身上的衣服整理一遍。

母亲站起来，不看自己的儿子，就这么朝着外头走去。

这是一个小站，站台上无比的空阔，没有人要上来，下车的似乎也只有林米和母亲。

林米心里有种怪异的感觉：是不是只有他们才能发现灵

山呢？中国这么多的人口，这么多的车站，不该只有他们两个孤零零地站在这里。

但是他的想法无处倾诉，毕竟母亲用表情拒绝了跟他说话。

两个人走出了车站，林米正想要问母亲怎么走。突然看见了一个老人，穿着白色的T恤和寻常的大裤衩，站在了母亲的面前："你来了？"

母亲点点头，还是没有说话。

老人抬起头看看林米，冲着他咧嘴一笑，然后转过身："那走吧。"

林米一头雾水，默默地跟上。

老人开着一辆城市里早已经消失了踪迹的面包车，载着林米和他的母亲，然后向着山上驶去。

灵山车站被高耸的山脉包围住，单薄的车轮子歪歪扭扭地滚上了山峰，向着密林深处行去，也许是老人熟知林中神秘的小路，也许是周边的树木自动让开了道路。

林米好奇地看着四周，母亲却沉默着。她的目光直直向前，手紧紧地扭曲在一起，可是她的身体似乎在一点点地坍塌，变得柔软，撑不起身上的衣服了。

面包车慢慢地开着，开到了泉水的边上，泉水连接着山溪，在月色下涌动着金灿灿的光芒。似乎有鱼在其中沉浮着，身上的鳞片反射着月光，这才构建出了这样的景致。

老人停下车，对着母亲说："你准备好了吗？"

母亲点点头，她依然吝啬着自己的语言，慢慢地滑下了面包车，盘坐到了水边。

林米莫名其妙地跟着，模仿着母亲的姿势，同样地盘坐着。

老人笑笑："差不多到时间了，你有什么想说的话还是跟他说清楚吧。"

"什么到时间了？要说清楚什么？"林米诧异地追问，今天发生的事情实在是太过于诡异，他不知道究竟发生了什么，只是这话怎么听怎么觉得不祥。

母亲没有说话，她张了张嘴。她多年没有认真跟林米说过话了，到了这个时候依然不知道要怎么开口才好。

还是老人家叹口气帮了她——

林米的父亲在他刚出生不过几个月的时候就抛下了他们母子，那个筒子楼里的房子是给母亲的赡养费。这之后，男人就消失了，再也找不到了。

母亲抱着小儿子，很快就花费光了剩下的一点点积蓄，却没有办法赚到更多的钱，眼看着就要过不下去了。

那个时候的母亲，差点抱着林米跳下了河。她给儿子取名叫作林米，米，是饭，她想要儿子能有饭吃，不会挨饿，再怎么难受，至少能够活下去。

这个时候，母亲遇见了老者，她和老者做出了交换："我愿意交出身上的一部分能量，让我的孩子活下去吧。"

这是母亲的悭吝的全部秘密。她的所有一切都被转换成了一连串做减法的数值，所有的举动都会消耗掉她的能量，以至于损耗生命。

林米有些颤抖，他看着自己的母亲，不知道要说什么。

他痛恨了林阿水许多许多年，他生命里既定的沉重都来自母亲疏离的阴影，沉痛又冰凉，在他的心里种下了一座尖锐的冰峰。

如今却好像有一轮暖阳被种下，他心里的冰山消解，化作了融融的暖水，拍打着冰封的心脏，心跳的节奏变得异常清楚：

"怦怦，怦怦怦。"

母亲终于开了口，她的身上爬满了一种僵硬的银灰。她悭客了太久，久到忘了要说什么话。第一次看着眼前的儿子，第一次语音温柔："好好活着吧。"

语音刚落，山间起了一阵风，盘旋的风吹过，裹卷起了话语的尾音，在林米的周遭绕了三圈。

林米在风中不得不闭上了眼睛，他听见了一声清脆的"扑通"，他张开了怀抱，闭着眼睛顺着声音响起的地方扑过去，惊起了一摊山溪。

有一个滑溜溜的身体从他的指缝间溜走了。

他的母亲化作了一条鱼。

老人说，这种鱼有个名字，叫悭客。

丧钟不再悲鸣

安城的正中是一座山，不高，山上有唯一一座庙。庙里有口大钟，声音洪大，千年不绝。

黄庭瑜坐在家里头看书，不时咳嗽几声，侧耳听着，皱起了眉头："这次数不对，最近这钟声响得太频繁了。"

钟声响起，意味着安城有人离世。一命一声，送亡者前去轮回。

小城安宁而祥和，似乎从有历史起，生活被定格成平和状态，不知阴霾。老人们自然也长长久久地活着，几乎都将死亡遗忘了。直到钟声极偶尔发出悠长的哀叹：又有一人走了，又有一人走了……

听着钟声，黄庭瑜总有一种感觉——

出事了！

只是，她只能枯坐在家，无能为力。

因为打小身体不好，黄庭瑜一直没有外出工作过。她只能看书，看多了，便构建出对世界有些美妙又不确定的幻想，将一切美好堆叠其中。

黄庭瑜希望自己可以做一点什么。

但是，她只能坐在窗口，惆怅地咳嗽几声，更多的也就无能为力了。世界是众人的世界，有悲欢并离合；却只是黄庭瑜的窗中一景，隔了层玻璃，美丽又脆弱。

　　也许是黄庭瑜所拥有的世界太过于纤细了，所以她对周遭能够感知到的信息格外敏感，任何一点细节都不会错过。

　　像是山上的钟声，比往常的几个月中似乎多响了好几次。钟鸣时虽然洪亮，却又很快消散了，没在了人世间的喧嚣里。

　　黄庭瑜直觉出事了，只是她不知道该怎么办。

　　她连自己都救不了，难道真的出了事情，她能够去帮助别人吗？别逗了。而且，谁信会出事呢？世界本就如此，好像是一节列车，运行在"富有""平静""安和"几个车站之间。

　　黄庭瑜的父亲是这个小城市的副市长，他总是在外头奔波；黄庭瑜的母亲是一个舞蹈老师，平时也总是忙碌。两个人都还要抽出心神来爱护这个女儿。

　　黄庭瑜时常通过父母来了解这个世界。她问父亲："最近发生了什么特别的事情吗？"

　　父亲想了想，最后微笑着说："没什么特别的，不过是山上的花儿开了，虽然不会说话，可是一朵又一朵地连着，铺成一片，颜色鲜艳，很好看。等到周末放假了，我带你去看看吧？"

　　黄庭瑜点点头，说好，她又接着追问："真的没有吗？我总觉得最近山上的钟响得有些频繁。"

　　父亲摇摇头："是吗？我没有注意，我的工作不需要盯着城市的死亡人数。明天，我去帮你查查看吧？"

　　"差不多了啊，吃饭。"为了维护身材，已经放下了筷子的母亲拍了拍桌子，"阿瑜，你一个小姑娘为什么要关注这些不开心的东西呢？小孩子心思太多，不好。"

　　母亲的想法总是温和又保守，她从不觉得小孩儿，特别是女孩应该涉足这些东西。也有可能，只是因为她心爱的独生女儿是个病弱的小姑娘，在母亲心里，随便一阵风都能使得她颤动起来。

黄庭瑜在母亲的注视下闭上了嘴，只是在桌下偷偷拉住了父亲的衣角，晃了晃。父女两个好像接头一样，对视一眼，表面归于平静地扒饭。

这些事情也没什么大不了的。父亲第二天想起了女儿的嘱托，带回来一个卷轴——由它站在黄庭瑜的面前，一板一眼报出过去三年每个月的死亡人数。

黄庭瑜道了谢，请卷轴留下纸本，想回房核算——果然，是有些不对劲啊。这座城市里居住的人口并不多，只有十五万人左右。因为医学发达，每个月死亡的人数并不多，过去的两年里，差不多每个月也只有三四个人罢了。

可是，这两个月里，钟声响了十七八次。

总数上看不太明显，为死亡悲鸣的钟声转瞬就被吞没而去，没有人细数死亡人数不知缘由地翻倍了。

不对劲啊，只是，黄庭瑜没有更多的办法，不得不坐困在房间里，焦虑地看着外面。

周末的时候，父母如约带着黄庭瑜出门看了一次花。坐着飞毯回家的时候，一家人停在了街角的蓬松松面包店，面包店的房子被甜甜的香震得一晃一晃的，勾着人驻足。

黄庭瑜一家路过这里，总是要驻足买一块蛋糕的。只是，原来的店主变了。

曾经在这里卖蛋糕的是一个跟面包一样蓬松松的大婶，如今站着的，却是她擀面杖一样细长的儿子，他的两撇眉毛耷拉下来，显得有些忧郁。

果酱也陪着他悲伤，有一种难言的涩意。

黄父关心地问了一句："你怎么看上去这么难过？"

"我的母亲上周消失了，我找了她三天，但是没有一点线索。最后，警察在一周后，通过保存在市政中心的生命晶石，判定了母亲的死亡……"他说到这里，哀切地哭了起来。

安城的每一个人在出生之后就会有一颗生命晶石，被刻成星星的样子，挂在天上。不过，大家并不知道自己的生命晶石是哪一颗，出事之后，要去警局，由警方查到所属生命晶石的坐标，查看对方的状态。

蛋糕房子受不了他的眼泪，变得软绵绵的，最后坍塌成带有香气的软绵绵的蛋糕被，覆盖在店主的身上。

黄庭瑜看着被包住的新店主，心跳如鼓：她从来没有想过，她所关注的死亡和伤痛，会发生在她的身边，就在她认识的人身上。

越发在意了。

黄庭瑜在父母上班后，她出了门，先在街市上买了一束温柔的花，它们会唱安慰人的歌曲。黄庭瑜慢慢地晃到蛋糕店前，将花束带给了蛋糕店那悲伤的儿子："节哀顺变。"

儿子接过了花束，他被眼泪挡住了双眼，没有认出黄庭瑜，有些局促地问道："谢谢，不过您是？"

"我住在附近，经常买你家的蛋糕吃，很好吃……"

"谢谢。"

"能不能带我去你家看看？"黄庭瑜突兀地说着，只是才说出来，脸上就飞起了一层薄薄的红粉色的云，声若蚊蝇地说，"对不住啊，我就是想去您母亲那里看看，我喜欢她的蛋糕。"

这样的说辞很明显打动了新店主，眼前这个娇娇弱弱的小姑娘，头发都因为缺乏足够的营养，微微发黄，她一看就没有危险和恶意。她呈现出来的必是最诚挚的善意，让店家的儿子感动得稀里哗啦的。

他的眼泪将眼前的面粉都泡开来，溅起一个又一个的面粉泡泡。他干脆关上了店门，然后带着黄庭瑜去了店后没多远的一个小房子里头。

房子里依然闻得到前头飘来的蛋糕的香气，好似被绵密的糕点包裹住，空气都带着甜味。

黄庭瑜的目光梭巡许久，问道："之前，你说你母亲消失了？有什么古怪的征兆吗？"

"没有。那天隔壁小镇有一个农业市集，那里产出的梅子酸酸甜甜的，若是能够腌渍一段时间，最后放到糕点上进行点缀——不少没胃口的老人家会很喜欢。为了抢到最好的梅子，我一大早就出了门。妈妈说她身体不大舒服，想要在家里躺一躺，所以应该是没有出门的。

"等我回家之后，我没发现任何的异常，门窗都关着，看上去很正常。可是我转了一圈，都没有找到人。我不知道是怎么回事，晚上都没有等到人，就去找了警察。警察立案后，帮着找了很久，都没有消息。过了一周，可以去查看生命晶石了，警察找到存放妈妈的生命晶石的地方，只发现了一堆碎屑。"

说完，新店主——米杰又有些忍不住了，心里头的悲伤涌到了脸上来。黄庭瑜和他到底是两个不同的人，虽然有着人类共有的同理心，但是情绪到底是没有办法联通起来。

她不安地低下头，觉得自己为了打探消息而冒充好心人跑到人家家里来，打扰逝者的亲人是一件很过分的事情。她固然带着天然的悲悯，但更多的是探索的好奇。她那点面向所有人分发的同情与友善，面对着真正伤心的人的时候，被衬托成虚伪和刻意。

黄庭瑜觉得自己好像被架在名为"道德"的火炉上炙烤，身上不自觉就出水了。黄庭瑜的身体一直都不好，过于瘦弱，身体里储存的水分自然就不够，过于干瘪的皮肤还受不得热，只要温度一高就会溢出大量的水分。

正哭泣的米杰停下了，他惊恐地看着面色发黄、不断流汗的黄庭瑜，慌了手脚："你，你怎么了？"

"冰块，给我一点冰块。"黄庭瑜艰难地说着。她的身体瘦弱，经常会有这样的情形发生，自然知道要怎样才能缓解。

安城的夏天总是那么炎热，于是每一户都会在地下挖一个冰窖，在里面储存满满一房间的冰块。这样，在等待冰块慢慢消融的酷暑里，房间的温度也会跟着降下来，在秋天慢慢排出去，滋润花园。然后，在冬天快要过去的时候，市民们会再一次加水冻上一冰窖的冰块。

此时是春末，冰块依然还是冰块。若是拿上分冰块的工具，随时能够拿出一些冰块来。主人家很快地下了楼，他拿起放在厨房里的铲子，打开了通往冰窖的门。

才打开门，男人尖叫了一声，那声音里满是痛苦和恐惧，痛苦的尖叫声惊动了黄庭瑜。只是，她此刻已经瘫在沙发上了。

可是在尖叫之后，声音转成了哭声。那惨烈的哭号让黄庭瑜没有办法等待。她掏出了口袋里藏着的羽毛通信器，吹了一口气，羽毛化作了小鸟，朝着父亲的办公地点飞去。

再等了一会儿，还没人来。黄庭瑜忍受着疼痛，就着身上的水，如同一条游鱼一般朝着声音源前进。这家冰窖入口正对着的墙上有一扇高高的窗户，从那里漏进了阳光，照亮了里头的事物。

黄庭瑜艰难地侧身看去，看见了底下模糊的景色，刚刚下去的房主佝偻着身子，抱着什么东西正痛苦地嘶鸣着。

从黄庭瑜的视角，她看不出来对方抱着的是什么。

黄庭瑜勉强支撑起上半的身体，她闷声喊着："您还好吗？"

没有人回答她，她细弱的关切被极响亮的悲鸣给冲碎了，一点不剩。

父亲很快到了，他见到了陌生的房子，看见传信的白羽鸟在那里盘旋，担心地叫来了警察。当他们一起冲入房间之后，救起了已经缺水到难以呼吸的黄庭瑜和正在悲泣的房主。

黄庭瑜躺在父亲的臂弯里头，被紧急抱到了冰窖的冰上，她隐约见到了米杰抱着的东西——或者说是人。一个蜷缩着的人，被冻成了一尊冰雕。

是他们认识的，米杰死去的母亲，曾经的蛋糕店店主。

她胖胖的身体此时看上去就像一个硕大的冰球。

这骇人的景象让虚弱的黄庭瑜忍受不了，彻底晕死了过去。等她的灵魂飘回到身体里，顶开了眼睛，看见的是母亲担忧的脸。母亲的眼泪一滴接一滴地滑落，落到了黄庭瑜的脸上，滚出几道交错的痕迹，润湿了一整片。

黄庭瑜眨了眨眼睛，抬起手，跟母亲的手交握在了一起。优雅的母亲，蓦然迸发出巨大的能量，将心爱的女儿紧紧拥在了怀里："阿瑜，妈妈吓坏了，妈妈真的吓坏了。"刚刚离开房间准备休息一会的父亲听见声音又冲回了房间，跟妻女拥在了一起。

这之后，父母更紧张黄庭瑜了，她之前的小小冒险将父母吓得够呛，现在轻易都不让黄庭瑜出门了。黄庭瑜躺在家里，听新闻报道后续：警察根据她这次历险所发现的，调查破获了五六起失踪案件，死者都是在冰窖里找到的。

死者有老人，有青少年，男的，女的……

他们没什么共同点，只除了因为人们无法理解的原因，被神不知鬼不觉地搬运到冰窖里冻成了冰雕，直至死去。

是某个精神有问题的凶手吗？也许吧，现在人们都这么传说。

黄庭瑜不确定，只是，山上又响起了一声钟响，悠悠扬扬。虽然四周嘈杂，黄庭瑜还是捕捉到了。

还是有人死去啊，明明现在全城戒严，在这种情况下真的有这么一个凶手可以闯进别人的家里行凶吗？黄庭瑜十分怀疑。

她虽然长久地困坐在家里，总是坐在窗口看外头的世界，但是这不代表黄庭瑜是个傻瓜。相反，体弱让她多了许多时间去思考，她偏偏还有个聪明的头脑。

黄庭瑜没有办法出门调查，只好看书。

冰冻、无伤、冻死……伤人的手法如此奇特，若不是人为，肯定能找到相关的线索吧？

黄庭瑜看完了家里的书，依然没有找到任何的消息，所以乘坐着小飞毯去了城市里的图书馆。

在千万个书架之间，黄庭瑜从一本厚重的植物大全中找到了线索：火艳花。

火艳花，生长在极南之地的一种奇花，落地即开花，极易存活。该花喜热，颜色鲜艳，如同火烧，因此而得名。若沾上其花粉，会有烧灼感，皮肤感觉刺痛，好像被火烧一样。只有翠玉鸟能以火艳花花籽为食，而不受损害。

这样的一种奇花当然不会生活在安城，只是随着气候的改变，黄庭瑜依稀记得，这个城市里也有翠玉鸟迁居而来。

她查阅了城市里的动物、植物志，均没有相关记载。但是查了一下报纸，看见了相关的报道。

那么，火艳花会不会随之而来呢？

这样接着往下推断，人若是沾到了其上的花粉，身上的皮肤就会灼热发烫，那么刺激之下是否会躲到冰窖里去呢？

可能，当然是可能的。突然感觉身上起火一样，会想到去冰窖里滚一圈是十分自然的，恰巧这个城市里，家家户户都有冰窖。只是人在冰窖里面待久了，就不一定能够出来了。

只是，以上仅仅是推测，这些推测符合逻辑，却不是事实。火艳花太稀少了，这个城市里的人大都没有听说过，自然不会与之关联起来。

黄庭瑜查到了，她觉得这很可能是真相，然后将这件事转告给父亲。父亲只是大笑着摸了摸她的头："是吗？阿瑜真是聪明，这样的事都知道。"

黄庭瑜看出来了，父亲没准备去调查，不过是夸奖她几句罢了。她看上去十分失落，眉眼有些耷拉："爸爸，不能够去查一查吗？"

"听上去很有道理，但是没有人在城里见过火艳花啊，翠玉鸟虽然有，但数量不多。"父亲摸一摸她的头，简单地解释道，"爸爸不负责这些事。"

父亲欣慰：女儿是个单纯又柔弱的小姑娘，她看到的世界总是明净又澄澈的。她想出来的解释，都是这样美妙的，带着童话一样的色彩。

父亲自然没有将这件事当真。毕竟，火艳花传过来，伤害到人需要同时达成各种各样的条件，这实在是过于巧合了。而且，安城与极南之地之间隔了一片海洋，而且安城南面并不靠海。之前也没有人报道过皮肤灼热的病例。女儿的解释怎么可能呢？父亲想一想，就将黄庭瑜的话抛在了脑后。

但是，事情总不会就这样莫名其妙地解决了，警察们加班了一个星期，动员了城市里所有会说话的植物，也没有找到传言中的可怕凶手的任何线索。

同时，没有人死去。

那么，就不用这样紧张了吧？再怎么离奇的悬案，也会随着时间而消解恐惧的感染力，没有太多市民再讨论这些恐怖的案例了，他们还要过自己的生活，忙碌和生计将生命的钟声吞没得干干净净。

除了失去亲人的那些伤痛者，只有黄庭瑜还会坐在窗前胆战心惊。

可黄庭瑜又听见一声钟响，声音那样的清晰，好像是死亡靠近的声音。她似乎见到阴暗的死亡之神，在黑色的云雾涌动中飘过，然后将生命轻轻收割而去。

离开的，是无声的叹息；留下的，是悲伤的痛哭。最可悲的，大概是这个城市里只剩下一个人会坐在窗口听生命消逝的足音。

父亲还是很忙碌，因为安城最近正在筹备一个烟火节。烟火是几个老画师勾画出来的，会顺着火花冲到天上，然后一点点顺着术法的笔画，点亮，放大。

据父亲的描绘，到时候整个城市的上空都会开出五颜六色的花来，和铺满一个城市，学会了合唱的花朵相映成趣。当晚，山上的寺庙里同样会响钟，不过和死亡无关，只为了祝福。

祝福和死亡最终会汇聚为同样的声音在城市中心响起。

所有的人关注的都是即将到来的盛大庆典，为此，死亡的悲鸣就更加显得刺耳了。

只有黄庭瑜还当真，将童话般的推断当作真实。这也不奇怪，她还只是一个少女，被困在房间里，砌了书作围墙。书页上说一切生命都是平等而神圣的，为此可以将其他的事物都牺牲掉，黄庭瑜就当了真。

但是，其他人的生活并不是书本。脆弱的书页并不能够完全书写出世界隐藏的那些不能说明的真相。那些离去的人很重要吗？若是提问，所有人都会回答是。但是他们的名字都没有几个人会认真地记住。

他们沦落成了城市里的怪谈的背景，更多的人谈论的是那个还没有被抓住的虚构出来的犯人，人们在想象中为他添加了一对邪恶的吊梢眼，看起来贼眉鼠目，嘴角毁了容，所以总是用口罩遮住。是的，这是一位恐怖的医生，在某次医疗事故中他被毁了容，还被赶出了医院。阴暗的医生开始报复社会，手里拿着一个针筒，将安眠药注射到对方的身体里，然后将人丢到冰窖中去。恐怕，他的手也不是真的，而是可以伸缩的机械臂。这样，才能够拿着针筒飞跃过围墙，准确袭击到他人。

人们料想会是这样的一个故事。关于这个人的来历和去处都设想出了众多版本，受害人成了被遗忘的背景板。

虽然，从来没有人找到过这样形容的人，可是故事刺激啊。

可是恐怖的医生也不能带来更大的刺激了。人们将注意力转向了烟花会，这次盛会已经准备三年了，全市的市民都期待着它能够为这座城市带来美好的名声，吸引来诸多的游客，给这座城市带来许多的收益。

这些美好和绚烂，才是未来应该把握住的。

黄庭瑜看着那些忙碌的人，只觉得那种愤怒在胸腔里头横冲直撞。她的世界被冷漠和忽视所打碎，现实似乎跟她从书本上读到的，然后想象出来的完全不一样。

透过她所关心的一隅，她得以窥见未来得及参见的世界的真实，对比曾经，都是残忍。她心目中最温情的父亲都成了对她的世界施暴的人中的一员，对她的信仰施加伤害。个体大多漠然且健忘，他们只想保存自己的利益。没有人自动将意愿分成个人和集体的，然后将集体的那一部分高高举起，如同黑夜里的火炬一样。

人们大多盘算着自己内心的那点小小的欢畅和愁苦，然后凭着自己的想法过着生活，用忙碌将周遭的人忽视过去。偶尔停驻，也仅仅是片刻罢了。

黄庭瑜又收集了两声钟响，终于还是坐不住了。她等不下去了，这里有什么可怕的事情发生。也许是火艳花，也许是别的，但是肯定是非常可怕的。她不喜欢真实的世界，可仍要做些什么。

黄庭瑜再次哀求自己的父亲，希望他能够偷偷地将这一段时间的死亡名单和具体的资料拿回来让她看一看。这个要求太过分了，父亲马上就拒绝了。

黄庭瑜哀求了许久，父亲也没有答应。毕竟这涉及许多人的隐私，而且黄庭瑜也不应该再涉及其中了。

是吗？所以，要怎么开始调查呢？

黄庭瑜气喘吁吁地拿出了家里收藏的巨大的地图。她将巨大的卷轴滚开来，看见了投影在空中的山川和流水，抬起手似乎就能够触摸到温柔的水花。

这些地方，看着都十分陌生。就连她居住了快二十年的小城市，看上去也是陌生的。城市的高山看上去不过是个荒谬的土丘。

要找什么呢？黄庭瑜也不是很清楚。

她轻轻说了声："火艳花。"地图没有一点儿反应。她换了一个词："极南之地。"

山川流水快速地从她眼前飞掠而过，停在了一片火红的地方，那里的一切似乎都在燃烧着。只是地图的投影，看上去有些模糊和失真、放大了也不知道的红色究竟是流淌的熔岩，还是说生长着一片片火红的火艳花。

找到了，之后呢？黄庭瑜想了想，让地图缩小了些，她的手指画出了一条线，从极南之地一直连接到了自己所在的小城。

极南之地包括周围的很大一片土地，都是没有住人的，流着火的荒漠勾连起海洋，中间点缀着数个岛屿，直到海峡的这边，翻过两座荒山就到了安市。

安市离海洋很近，东边有两个角落，如同钩子一样勾连住了海洋和沙滩。

从地图上看，黄庭瑜的推断有些道理。

那么城市里的怪事，确实和火艳花有关系吗？

不知道啊，根本没有办法证实。就连最宠爱她的父母，也不愿意听她的。

黄庭瑜有些茫然了。

这个时候有几只飞鸟衔着包裹飞了过来，它们在窗前唱了几节乐律，然后又转身飞走了。

黄庭瑜走到了门口，将包裹抱进了房间里。这几只鸟儿，黄庭瑜是认识的——那是两个街口之外的菜场派来的，总是为买菜的人送菜回来。

看看时间，确实也快到母亲下班的时间了。黄庭瑜拿着剪刀，将包裹拆开来，让蔬菜们能够透透气，可以更好地保持新鲜。

今天黄母买回来的菜里，有两条鱼。被水球裹着，还在里头自在地游动。

黄庭瑜爱看这些能够活动的东西，哪种都好，它们那样活跃，带着她所没有的生气以及活力，她看着总有些羡慕。

她的手指头伸进了水团里头，轻轻碰了碰鱼尾。等抽出来的时候，存了浓烈的腥气，这味道冲进了鼻子里头，让她有种想要呕吐的冲动。

也许是太刺激了，黄庭瑜突然之间有灵光闪过——海边还有几个小小的渔村。若是从地理位置上看，就坐落于南边海峡和安城之间。

若是翠玉鸟真的带着火艳花的种子穿过了大海，那么一定会先到达安城以南的那几个小渔村吧？城市里找不到线索，若是去渔村找呢？

按道理来说是这样，可若是渔村里头发生了这样可怕的事情，早就应该被报道出来了。现在都没有听过任何的传闻，那里是风平浪静的。

黄庭瑜心里有些犯难，事情不符合逻辑，但是她着急的心跳又催促着她去那里探一探。

凭着她一个人的力量一定是去不了的，毕竟，黄庭瑜身体极差。

想了几天，黄庭瑜出门找了人。她只认识一个人会对此有兴趣——蛋糕店老板的儿子米杰。只有逝者的家属才能够保持恒心去追踪每一点微小的可能性。

米杰听了黄庭瑜的话，静默了很久。他身后腌渍好的果子们都不耐烦地跳起来了，发出噼噼剥剥的声音，好像在跳脚了，他这才点点头："我跟你一起去看看。"

只有亲自去过，用眼睛划去这个可能性，才会安心吧。

他们没有挑在黄庭瑜的父母都休息的周末，找了个忙碌的周二出了门。不过一两个小时，就已经靠着打着补丁的陈旧飞毯飞到了海边的村子里。

那里的渔民正在打鱼。

黄庭瑜四处看看，没有看见火艳花状的花朵，找了村民打听，也没有发现类似的症状。

说不清楚自己到底是开心多还是失落更多，黄庭瑜查探一圈后，偷偷地叹了一口气……

不过，时间还早，他们早上八点就出了门，现在连中午都没有到。

有渔民给他们指出了去另一条村子的路。

两个人再次上路，这次路程更短，三十分钟就到了。

这个村子看上去要萧条许多。第一个村子是开阔的，前后无山，面对着大海，开阔疏朗，怎么看怎么怡人。可是这个村子却好像是在从两侧的山坳挤出来的一条缝隙里，中间穿过一条通往大海的小河。

虽然山壁不算陡峭，可是那种被群山围攻的地势，让景色扣上一层压抑。

两个人，在村子找了找，发现这里的植物长得很少，光秃秃的，看着更是压抑了。

因为黄庭瑜的提议，他们一直没有下地，一直是坐在飞毯上看的。蛋糕店的飞毯用了快十年了，缝补了好几次，虽然飞得还不错，但是能量漏得快。

这会儿飞毯已经发出了低鸣，速度减慢，似乎就要飞不动了。

要找个地方充充能量啊。

两个人下了地走，飞毯慢慢跟在身后，可以少些损耗。走到了村子里头。按照探访上个村子的经验，这个时间点，村子里头几乎没留人，差不多所有人都在海边上劳作，基座色彩沉闷的村居显得格外安静。

没办法，只能去海边上找人。

不过，海边也没有他们预想的那么多人，海岸线上挂着几十个渔民，他们散落在辽阔的海洋上，便只能用零星来形容。看上去，他们的年纪都有点大了。

蛋糕店的新老板远远喊了一声："您好，能不能去您哪一位的家里充一充飞毯的能量？"

他这话喊了三遍，终于有人回应。一个看上去四十多岁的女人站了起来，她理了理衣服，将袖子放下来，扯下袖套，丢进了身边漂着的大竹篓里头，然后拽着浮在海波上的竹篓子往岸边走。

快要走到跟前了，女人马上扯下了自己的裤脚，哪怕经过海水冲击，裤管不得不软绵绵地紧贴在腿上，湿了一片。

站到黄庭瑜两个人的身前，她混浊的眼睛上上下下看了一遍。她的皮肤晒得发黑，好像是烤煳了的法棍面包，裹了一层僵硬的外壳，笑起来都很难受，花了许多力气，才艰难地晃了晃嘴角。

她的声音也很粗糙，缓慢地问道："什么事？"

"哦，是这样的，我们想打听一点事情，所以才从安城过来看看。谁知道飞毯没有能量了，想去您家里充点能量，您看行吗？"

黄庭瑜有些不安，这个女人的竹篓子还空着大半，甚至可以说是全空的。一米多高的瘦长竹篓子看上去没什么东西。一堆不知道是什么的小鱼鲜盖着两只袖套，不耐烦地拱得袖套不时动一下，又动一下。

渔民们都有自己的渔场，日常就是靠打鱼过活了。这位大姐的篓子这么空，一看就是收成不好，还要被他们耽误时间，这就更糟糕了。

她从口袋里偷偷摸出几张纸币来，也不知道多了还是少了，攥在手里，心中衡量：这样直不愣登地给出去会不会让大姐觉得尴尬，又会不会给一边的米杰造成压力——显得他过于抠搜了？

黄庭瑜还没琢磨明白，那女人已经干脆利落地转了身，开始朝前带路，显然是同意了他们的要求，黄庭瑜只好又把纸币塞回口袋里。

走在路上，黄庭瑜就开始打听了："请问一下，这个村子里，最近有什么怪病吗？"

那个女人没有说话，她的耳朵似乎不大好用，总是很久很久才会回答，这会儿，她大概是又一次没有捕捉到问题。黄庭瑜只好再问了一次，话没说完，那个女人就开始回答了："最近？早就有了。"

虽然还没有打听到具体的特定的症状，黄庭瑜已经霎时听出了一头一脸的汗，她紧张得呼吸也开始急促了。这是不是他们要找的线索呢？是不是很快就要打听出来了？

内心涌动着不可言说的兴奋，黄庭瑜依然绷着脸，维持着同情的表情，喃喃地说："啊，真是可怜。"她伸出手稳住了一边已经开始激动的蛋糕店店主的儿子，接着打听，

"是不是有发热的症状啊？你们是因为这个疾病，村里的人才这么少吗？"

女人还没有回答，山上响起了一声微弱的钟声，就好像那钟也生了病，发出声音还要带几声咳嗽，听上去就觉得凄凉。

女人依然没有反应，没有回答，也没有听到山上的钟响，她只是缓慢地走着，走路的姿势十分古怪。

快要看到自家的房子了，她才慢慢地说："发热？有吧，应该有。"

她回答得很不确定，对于钟声则一直没有给出反应来。

这里的钟声还有不一样的意思吗？黄庭瑜看了看腕上的钟表，刚刚响钟的时间正好是中午十二点，也许是报时用的钟声呢？

"人少？人一直在少，越来越少。"女人说完后，皱起了眉头，叹了口气。

她介绍自己姓宋，叫宋咸，就是这边土生土长的渔民。宋咸虽然反应有些迟缓，但是人很好。她看时间到了这个点，提出下厨房给两个人做饭，做的，自然就是鱼。

她在厨房边煮鱼汤，边缓慢地叙述。黄庭瑜终于听到了她找寻多日的故事——是的，她一直都没有错，早早地推出了真相。

火艳花确实被传过来了，那每天响起的，刚刚被捕捉到的正好是这里的丧钟。据宋咸说，最多的时候，一天死了三个人，在那之后，山上的丧钟一天只会响一次了——只要这一天，有人结束了生命。

"这么下去，不应该早就有人报道了吗？难道没有人关注这里有人丧生吗？"黄庭瑜的眉头皱了起来，她从来没听过这样的事情，只觉得故事荒诞到可怕。她只是刚刚从窗口探出头来，就已然窥测到了黑暗的深渊——她幻想中的世界还会好吗？

大概是不会了，宋咸等待了很久，终于慢慢地说："嗯？为什么要报？这里死的人，太多了。"

"太多了？这一段时间死了这么多人都没有人关注？"黄庭瑜觉得世界正在暴走，一边的米杰也觉得残酷，只是他到底听过太多的故事，表现出来更加淡定。犹豫了一会儿，安抚性地拍拍黄庭瑜的身子。

闪亮的小姑娘看上去太激动了，就好像一只正被架在火上烤着的火鸡。她的口中喷出了热热的气，烟雾缭绕的，感觉十分可怕。米杰有些发愁，他隐约想起了曾经在家里看见过的黄庭瑜，那样瘦弱，瘦弱到站不起来，还在地上留下游鱼一样游走过的痕迹。

他替她紧张起来了，就忘记了愤怒。到底，一个是好心带他寻找母亲死亡真相的小姑娘，一个不过是另一场悲剧的陌生主角，他们在新老板的心中，地位是不一样的。

黄庭瑜没有感觉到小老板的忧心，她只记得愤怒。为什么呢？为什么没有一个人听见过这样的丧钟声？明明，只要坐在窗前，安静一会儿，就能清晰听见钟声和其下的呜咽。可是呢？没有人在意。

之前在城市里，没有人在意死亡数字的攀升；发现之后，没有人认真地寻找真相；等到了这里，连死亡都不被在意。

这不是她幻想中的世界，这不是她从书本中读取到的世界——残忍、冷漠，没有柔软的人性，只有冰凉的遗忘。悲伤的荒漠在世界铺开，没人在其中流下眼泪。

"这一段时间？不是，很久了……"宋咸迟钝地捕捉到了声音。她有些奇怪，不大能接上小姑娘的思路。

这个村子里的人生病很久了。

村子的四周都是山脉，景色贫瘠，就连风的流动都被锁住了，虽然靠着一片海，但是一直是个穷村子。村子穷就算了，大概是空气流动都太贫瘠，这里几年前开始，莫名其妙开始流行一种病。病的人越来越多，离开的人也就跟着多了，剩下的人是走不到别处去的。

丧钟，大概是从那个时候开始，几天就要响一次或几次。后来，统一缩短为一声。

一开始还是有人管的，只是上头来的医疗队努力了两个月，还是没找到病因和治疗办法，习惯了死亡后，也就学会了放弃。医疗队来了然后就走了。反正，只要离开了这个村子，就不会有人生病，那么搬走就行了，浪费这么多时间治疗它做什么呢？没有人敢说出这种话，仅仅在行动中无言地表述出来。

只有这里的丧钟还在忠于职守，在死人的那一天响上一次，虽然还有些偷工减料，没有确切地报出人数，但这已是唯一还会响起的声音。

黄庭瑜听到这里，已经哭了出来，她的身体也开始哭泣，大团大团的水从瘦小的身体里流出来，好像被意外打开的水坝，冲出了一阵阵山洪。

米杰着急了，他背起了轻得跟羽毛一样的黄庭瑜："怎么办？要怎么办？这里有冰吗？"

宋咸没来得及反应，她的回话有些慢。转瞬间，米杰背起黄庭瑜冲向了大海。他朝着那一片碧蓝冲去，背后的黄庭瑜没力气，什么也扣不住。她的胳膊被米杰拽着，但是身体被甩得放飞去了空中，看上去好像是一个正在脱水的风筝。

到了海边，她被甩起来，掷进了大海里头，波浪涌动着，将她的身体泡涨起来，托在了水面上。流出的水又被海水堵上，她沉浮在那里，好似一条将死的鱼。

眼泪还在不停地往下砸，她哭得那样伤心。一个善良的小姑娘自然能够跟周围的世界共鸣，她又温柔甜蜜，纸做的心上还裹了厚厚一层蜂蜜。她坐在窗里，一切都温柔可亲，当她跃出了窗外，所有的一切又开始崩塌，甜品一样的心脏被碾得支离破碎。

她站在破裂的边缘，任由体内的水大量地涌出，从她出现裂缝的身体中涌出，跟世界的海洋搅扰在了一起，好像在和这个世界共情。

宋咸姗姗来迟。她的反应迟缓，后知后觉地意识到不对劲，慢慢悠悠地追过来，面对此情此景只会发愣。蛋糕店的小老板已经跟着冲进了海水里头，他伸手去堵，却没有作用。

还是同样劳作的渔民们有了反应，旁边的一个人慢悠悠地拉起了一边的竹篓，丢出去，将黄庭瑜网到了篓子里，然后扯着篓子往岸上去。

黄庭瑜的眼泪被沙子堵住了，只是身体上的水堵不住，看得人十分焦急。一边的渔夫慢吞吞地看了好一会，蓦地从竹篓子里头捡出来一只小小的八爪鱼。八爪鱼将自己打开来，好像一朵花，开在她的身体上，一个水眼堵住了。

更多的八爪鱼被抛了出来，贴在黄庭瑜的身上。而她，躺在众人中间，眼神空洞地看着天空，半晌没有说话，似乎真正伤心的是她。

"身体发热了吗？"宋咸远远地问她。

"不是，我没有……"黄庭瑜磕磕巴巴地说着，她此刻正在哭泣，所以话说得断断续续。

如今，无论如何黄庭瑜都应该要回家了，毕竟她的身体状况十分糟糕了。黄庭瑜最终放出了羽毛小鸟，联系父母来接她。

在等待的过程之中，她终于听完了整个的故事：近半年来，不少人会觉得身体突然发热。只是他们多是做渔民的工作，每天都在水里头泡着，热极了，就整个人沉下去。也有渔民曾经看见过红色的花。

越听他们描述越觉得罪魁祸首正是火艳花。这种花借助着翠玉鸟的携带，从海浪的另一边的极南之地过来，它们落在这山间，生长，伤到了人。只是，这里情况特殊，所以并没有引起足够多的人的注意。

黄庭瑜更加难受了，属于死亡的花肆意地开到了这个小渔村，居然连注意都没有人注意。可见，平日里的生活该是多么可怕啊！

黄庭瑜的心里头堵得发慌。她艰难地抬起手，握住了一开始结识的宋咸的手："大姐，帮我做证，帮我做证。只要你出去做证，我就一定会找人来救你们的，我让他们来治你们的病。"

是的，虽然身体上动弹不得，开花的八爪鱼还懒洋洋地吸附在黄庭瑜的身上，但是黄庭瑜的脑子还是好的。她想出了办法。

她定要将这件事揭露出来，最好能够上法庭，找个很好的律师代替村民们打官司，对相关部门进行控诉和索赔。

黄庭瑜的父亲好歹是安城的副市长，对于城市的运作或多或少都提到过。黄庭瑜还没想好具体要怎么操作，但已有了主意。

她要证明自己所推测的正是事实，她要找人来帮助这些可怜的居民。

宋咸答应了，她不大明白黄庭瑜所说的做证指的是什么，只是听到可以让人来治病，那做什么都是可以的。她迟钝地朝着被父母一起接走的黄庭瑜的飞毯摇了摇手。

没有人会拒绝这个善良的小姑娘，毕竟她如此瘦弱，生命的乐章似乎随时就要演绎到休止符处，仅能演唱断断续续的歌。更何况，她还善良、温暖又有礼貌。

黄庭瑜确定了做法之后，她开始搜查资料，然后找人帮助。一开始，没有人听她说话，一个也没有，她也没有气馁。

她拖着病弱的身体走到了街头，拿着一朵喇叭花。她将搜集到的资料展示出来，贴出找到的受害者的照片，温温柔柔地叙述着这件可怕的事。

她说着说着，说到手上的喇叭花都枯萎了。

山上的钟总会适时地响一次，街道在那一刻的静谧里放大了黄庭瑜的声音——

人们会停下来，听这个小姑娘的叙述，听她说一个个攸关生命的故事。

于是，在上法庭之前，黄庭瑜的推测和她本人都已经引发了热议，许多人开始讨论火艳花和不正常的死亡。这种死亡的方式是如此诡异，远比恐怖医生更悄无声息。这样防不胜防的死亡，终于让市民们开始害怕死亡带来的安静。

人们开始帮助黄庭瑜，帮助她找到更多的证据。就算做不到什么的，也会为黄庭瑜制作一条横幅，写上她的名字，向那些不相信的人"宣战"，让她成为一个曼妙的符号。

在开庭的那一天，大量民众坐在了旁听席里。还有大量的媒体记者，他们将摄像机对准了黄庭瑜——

她的身体十分差劲，因为害怕她又一次脱水，家里人给她定制了一个大水缸，将她安放在里头，她被推上了法庭。

她的目光正直，依然端端正正地坐着，似乎没有发觉自己身处尴尬之中，周边的人都对她发出了嗤笑。

黄庭瑜忽略这些目光，她用一种燃烧的姿态对所有人进行了演讲："我们所应该关注的是生命的逝去。在过去的时间里我们追名逐利，忙忙碌碌，直接忘记了最根本的东西——生命。

"我们从不曾暂停下脚步去倾听一下城市里的丧钟的声音。它明明会清晰地响起，带来我们的身边人离开的噩耗。每一个钟声响起，难道不是宣告着一个人，一个家庭痛苦的哀鸣吗？但是我们习惯忽视，习惯冷漠，好像死亡是一件特别寻常的普通的事情。

"不应该是这样的！我们既然号称拥有文明，就一定要学会尊重生命，尊重自己的、同类的，甚至尊重与我们同样沐浴阳光、共享空气的一切生命！"

黄庭瑜坐在水缸里头，但是用演讲的口气，将这几句演说讲得掷地有声。法庭静默了一刻，然后炸响了雷鸣一般的掌声。

法官问她有没有证据的时候，黄庭瑜点点头。

有不少人给予了黄庭瑜帮助，其中一个人在进行了一系列的复杂计算后，他在城市的角落里发现了火艳花，甚至挖了冰块罩子将它们保存起来，它们此刻就在法庭上，散发着危险的气息。

等到火艳花和采集火艳花的照片被传出来之后，黄庭瑜的人证，也就是宋咸被请了上来。

宋咸第一次来到这样的场合，她穿着黄庭瑜送她的得体的衣服，这会儿扭捏地拽了拽自己的衣角，身体很有些僵硬。

一整个小渔村的人得病后反应都很缓慢，宋咸已经算是较好的了。

法官请宋咸慢慢地叙述。她没有经验，没什么重点地从早几年的莫名疾病开始说起，然后说到了最近半年有关火艳花的故事，只讲了两三句，毕竟所知不多。

宋咸的反应虽然很慢，但是叙述的时间线十分清晰。

大法官听了证词之后，心里头已经相信了大半，只是，他又一次询问："为什么从来没有人上报过火艳花的事件？按照你们的证词，半年多前，村民们就会时不时地感觉身体灼热、发烫，怎么从来没有类似的病例报告？"

宋咸听了提问，看上去是想了很久，其实不过是迟迟接收到了消息。她听到问话后，缓缓拉起了自己的衣袖："没去报，没医生，没在意。"

这句话没有人懂，直到众人伸长脖子看见宋咸一点点拉起的衣袖。浓烈的鱼腥气一开始不过只有一点，少了衣服的遮盖后，立刻冲起。所有人都闻到了，坐在前排的人甚至伸出头去看，只看见一排排整齐的鱼鳞陈列在她的手臂上。

媒体的记录设备猛烈地抖动，收录了一声声惊呼和感叹，然后又飞快地移开了。修养不如人的设备们已经呕吐起来。

黄庭瑜隐晦地堵住了嘴巴，她将脸埋进了水里，想起了在那个小村庄里宋咸跟她说的话："嗯？为什么要报？这里死的人，太多了。"他们天天泡在海里，不知道什么时候染上的怪病，身上长满了鳞片，似乎马上就要变成水里的游鱼。

这样可怕的病症，让他们没有人敢穿短衣短裤，个个穿着长袖和长裤，遮掩着，又因为行动迟缓等诸多原因，不得不在海边上继续艰难地求活。

火艳花？很可怕吗？更加可怕的疾病早已在这里徘徊许久了。

黄庭瑜的水缸里鼓出一个又一个的水泡泡，翻涌着的水泡吸引了所有人的注意力，大家都知道，藏在里头的好心少女又一次哭了。有人坐在两边，高高举起了白色的双翼。

那是黄庭瑜的支持者们为她打造的标志，他们做不了更多的事情，只能将这些带到了法庭上。若这里不是法庭，大概他们会高喊出声，但是如今只能克制，克制着的汹涌情绪让他们颤动着手上的翅膀，陪着黄庭瑜流下了眼泪。

在场的媒体也将镜头重新对准了缸中的少女，她艰难地向上浮动，将自己的脸浮在了水面上，周边都是滚动的水泡——她又难过了。

可是，不要紧，黄庭瑜艰难地从肺里发出最用力的呐喊："救——他——们！"

所有人都跟着哭了："救救他们""太可怜了""帮帮这些人"……他们跟着黄庭瑜放肆地大喊着。

汹涌的语言下面有人们直面苦难自然流下的眼泪，更有眼见到这样的善良的女孩被感动的泪水。

悲愤的语言中，还夹杂着不少的赞美，它们被同情插上了翅膀，纷纷飞起来，飞到了法官的判决书上，自然也有的潜进了水里，将瘦弱的黄庭瑜一圈圈围住。她在善良的赞美中停下了出水，苍白着脸，坚定地说："我们一定要救助生命啊！"

救助生命成了庭审的主题。法官宣判，政府承诺会全力铲除火艳花，保护全市市民的身体健康。自然，也会派出医疗专家去海边的小渔村诊治村民们的怪病。

庭审结束，黄庭瑜勉强地带着惨白的笑容从水里站了起来，她湿漉漉地伸出手，握住了宋咸的双手："加油！一定要活下去！"闪光灯亮起，灯光对准了这个瘦弱的，却堪称英雄的少女。

黄庭瑜笑了，她成功了，她所有的预测都实现了，她真正地成了英雄。她的手掌碰触到了宋咸，摸到了隐藏在衣服下头的鳞片，规整的起伏；光滑又坎坷，感觉让人不适。

可是黄庭瑜都撑住了，她内心澎湃的激情和喜悦将她想要呕吐的欲望死死顶住，不露出任何的破绽——这是她成为都市的英雄的瞬间，一个仁爱的、爱护生命的英雄。人们一次次高高举起了洁白的双翼，为她做了永恒的背景，一切都收录进了音响，烙成了城市永恒的温暖记忆。

这个地方的人们高呼起了少女的名字，一个个字符缠住了她的身体，将她的脸也勒红了。绯红的一张脸点缀在苍白的底色上，反而将她化妆成了正常人的模样。

黄庭瑜的战斗还没有结束，远远没有。

她一次次地站出来，走过大街小巷，安抚每一声山顶上的丧钟鸣响。在旁人为她驾驶的飞毯之上，怜悯地看着一个又一个的人。

"小渔村的丧钟，还在响吗？"成为英雄的黄庭瑜偶尔会想想这个问题，然后问身边的助理。

"不知道啊，我帮您问问吧，晚一点告诉您。"助理虔诚地回答，他热切地看着身边瘦弱的少女，语气恭敬。

"好，那晚一点告诉我。"

等到了更深的夜晚，忙碌了一天的黄庭瑜即将入睡了——城市为了感谢这个英勇的少女，在城市中心的山上，建了一座单面玻璃做的房子，永远澄澈。那儿有用每天打来的泉水铺就的地面。

为了表彰她的功绩，玻璃房子的周围，种上了花高价无害处理过的火艳花，它们保留了最鲜艳的色泽，却不会伤人，在重重黑夜里，也会发出耀眼的光。所有人一抬头就可以看见他们的英雄。

少女在房间里也可以清晰地透过玻璃望见——已为她臣服的理想世界：平和，善良。

黄庭瑜在那里接到了助理的报信小鸟，上面罗列出几条：

1.因为经费不足，渔村的怪病的研究又被搁置了；

2.明天上午要进行一场关于捍卫生命的演讲；

3.明天中午约好了要和隔壁城市的市长用餐；

4.中午可以午睡一个小时，两点的时候要接受自传作家的采访，争取写完第三章；

5.下午四点要去探访蓝色火艳花的花圃，看看最新品种的无害火艳花的生长状况；

6.晚上去剧组，客串一个小小的角色。

黄庭瑜看了一眼——真是太忙了。不过她必须承担起来啊，这都是为了她的理想世界啊。

一切都这样美好、平和和安宁。

黄庭瑜临睡前，再看了眼已经宁静下来的安城。丧钟就在不远处，为了她保持着安静，一动不动，不再响起。

物语症

李珊做了个梦。

梦里她躺在一条河里，河水是纯黑色的黏液。

无缘无故地，她觉得很害怕。她想研究出这水为什么是黑的。若是知道了，就不会这样害怕了吧？

可是她在梦里头，动作又不能控制，味道也闻不出，躲又躲不开，只能泡着。大概是污染吧？那就要庆幸她闻不到味道了。

她木呆呆地任由黑水没过了她的足踝，本该没有触感的，偏偏犯恶心。

李珊在梦里头都被吓出了一身冷汗，差不多快醒过来时，才注意到自己两手空空。这有什么好在意的？她在梦里怎么又蠢又无聊的，不会躲避，只知道注意这些无聊的细节。

够了，她真是够够的了。这是快要醒了吧？才会边做梦边用脑子思考些有的没的。

果然，她在下一个瞬间睁开眼睛，迷蒙中就听见新买的床在跟她说话："小丫头，你出了太多汗，弄得我黏糊糊的，记得给我洗啊。"

李珊白了它一眼，才买回来一天，就已经会说话了吗？会不会跟她熟得太快了？还有，小丫头又是什么称呼？虽然是二手货，可是年纪再怎么也不能比她大吧？真是不讲伦理道德的床垫。

不过，她懒得说，半侧过头，看向外头的天，半黑不白的——这个天色，时间太早了吧？

平时李珊总是睡不醒，要靠闹钟自己弹起来吵上几次才会睁眼，这日居然这么早就自己醒了。

李珊很久没见过这时的天空了，她试图找回睡意，却失败了，就干脆地爬了起来。起身时还记得把被子掀开，让空气把她睡出来的汗风干掉。

才搬进来一天呢，她才不想马上洗床单。

李珊踩着拖鞋站到了窗前，往外看。所有的东西都被遮天蔽日的灰霾给遮住了，美景都朦胧了。

她这会儿有点后悔了——H市生活不容易，她不该为了想在这个迷宫一样的公寓里头租个有窗户的单间每月多出两百块——没意义啊。别说正常日子没时间看风景了，这会儿起来了，也望不见啊。

这两百块，亏了呀……

李珊努力地寻找，试图辨认出风景，将自己多花的两百给挣回来，结果只望见了一盏灯，看着远，偏偏亮得好像正开在眼前。

这是什么？

她的灯泡很是精明地劝告她："我若是你，定会去拜访一下。"

"怎么说？"

"同是灯泡，我自然看得出来，这灯，不一般啊。"

"这么远，你看得出什么来？"

"正是因为远啊。你也不想想，大家都是家用LED灯，虽然型号我无从分辨，可是这灯远远照着，居然有近在咫尺的效果。啧啧，真是不一般哪。我若是你，定要去探一探。"

"神经，"李珊瞥它一眼，翻衣柜去了，"我还要去上班呢。再说了，我不是灯，没法子跟它学习如何点亮自己。"

"你莫想抗拒命运啊！雾霾中的一点灯，亮起了，你便迟早会遇到。"

李珊跟这盏灯不是很熟，她是昨天才搬过来的。第一次跟它说话，发现这灯很有做神棍的潜质，说话老腔老调的。

李珊受够了合租，之前租的单间边上住了一对小情侣，不知道怎么就那么有精力，下了班还能天天翻来倒去，声音吵得人都蒙了。单身红脸狗李珊快被羞熟了，慌忙捧着"怦怦"跳的小心脏蒙头睡。

李珊打电话跟同事丽莎吐槽，丽莎干脆利落地劝她搬家："再怎么也要自己独门独户住啊，安全又可靠。"

丽莎这话说的，真是太不过脑了吧。

李珊被刺激得不轻，沉默着不去理她。这是没租过房子不知道H市的房价有多高吧？要知道，她毕业那会就想有个独门独户的房子，假单间也行啊……现实是压根儿租不起啊。

可是，才挂了电话，外头那姑娘又传来一阵高亢的尖叫，然后就是嘿嘿哈哈的娇笑——还是搬吧。

幸好，新找到的这个房间并不贵，紧凑的空间里还挤了张小台子，能放个电磁炉做饭。

也算是独门独户了啊，进步很大，挺好。

李珊快手快脚地从衣柜里挑出一套正装，熟练地扯掉了袖口的一根线。

她现在在一家公司里做会计，钱不多又无聊，还得天天加班，衣服都没时间去买。淘宝买回来的这一身正装并不合身，看着比实价便宜，也只能忍。

李珊扯了一下衣服，戴上口罩出了门，走进冷风里就是一个哆嗦。

H市是个南方城市，供暖自是没有，因此格外冻人。她不得不在腰腹上贴了三块暖宝宝，依然觉得自己快冻僵了，几乎又要一头扎回房间去。虽然这个小单间也不暖，可多少能比外头强啊。

街上卖鸡蛋灌饼的大爷倒是勤劳，冷得厉害，时间又早，却已经站在外头不知道多久了。看到她，咧嘴一笑："姑娘，来一个饼？"

"嗯，来一个吧。"李珊盯着摊子紧张思考：要不加配料？加吧，好歹搬了家，总要庆祝的。"大爷，再加根肠。"

等拿到了灌饼，她抱着塑料袋，用手将饼捂得严严实实，借着食物温暖自己的手。

在霾中跋涉了几百米，她居然看见了一个闪亮招牌，只一眼她就知道了：亮成这样，绝对跟之前看见的灯是一家的。

她打量了一下招牌，意识到她新认识的那盏灯还真有点门道，她和这家果然有缘分：奇形怪症诊所。上边的广告词是：不是怪胎别进来。

李珊好奇，朝着店里看，正好撞见诊所门打开，走出个老汉来。他精瘦，背有点驼，嘴里叼根烟，烟飘进空气里，让周遭的空气更浑浊了，整个人藏在雾色里。

老花镜帮着老汉迅速定位到李珊，他友好地朝着她招了招手。

李珊感叹着果然不一般，这么不清楚的环境，还能看见他咧开的嘴里露出的两排黄牙在闪光。她几乎就要转头找他说话了，犹豫一刻，转头向地铁走去：算了吧，还得上班呢。之前没试过往这边去上班，不知道要多少时间，耽搁不起。不加班的时候，再过去看看。

她这么想着，只不过撞上了天天加班的日子，没排出空档来。

这一段时间，她每晚都重复做那个噩梦：黑水袭来，没过她的脚踝。她觉得恶心，觉得郁闷，可是动都不能动。

在天刚亮的时候睁开眼睛，她的床嫌弃地哼哼两声，还晃了几下表示抗议。她摸一摸床单，叹口气：真得洗了，让它湿了这么多天，李珊自己都忍不下去。

又看到窗外那盏明晃晃的灯——得去那里看看。

她终于得到了半个周末，赶忙将杂务做完，出门去。

李珊很快到了诊所，却又踌躇着打转。

寻摸一圈，诊所边上只有几家脏兮兮的餐饮店，她胡乱走进一家烧烤店，点了一大盘的烤串，隔着烟雾缭绕和雾霾的遮掩远远查探着诊所。

诊所门口冷冷清清的，根本没有人去。想想也是，虽然H市人口稠密，怪胎也没这么多吧。

她吃着盘子里的烤串，被劣质的油和浓烈的调味洗礼过一遍肠胃，却莫名觉得极爽。她吃东西的时候坚决不肯低头，这样就看不见吃的东西是什么模样了，这样多少能舒坦些。

李珊这些年生存不易，像是吃地沟油这样的小事忍就忍了，不过，看病怎么都要讲究一点吧？

而且，李珊不大喜欢看病。门口挂着的"怪胎"牌子，似乎指的就是她的物语症，可是，她的物语症从没害过她，她早就习惯并喜欢上了和物品对话——若不是最近天天做的怪梦，她绝不会来这里看病。

若是她走进去，不仅没有解决掉做梦的问题，反而把物语症给整没了，不敢想……

再说回来，一个病人都没有的小破诊所，靠得住吗？

对面终于走出来一个男人，他走路一直低着头，还竖起领子挡住脸，好像在找什么东西。

看到有人，李珊匆匆忙忙付了钱，几步跨过了那条街，推开了奇形怪症诊所的大门。

门里头坐着的还是那个老汉，不过穿了件白大褂，近看，在他们家格外明亮的灯泡底下，显出颜色不大对劲的牙齿，很明显发着黄。

他朝着李珊咧嘴一笑："小姑娘，看什么病啊？"

"啊，我，我天天晚上做一个噩梦，有黑水朝我冲过来……"

"这算是什么毛病？若不想看，就趁早快走。"

"这哪里不算毛病啊？我天天做这个梦，觉都睡不好，每个早上很早就会莫名其妙地醒来。我多累啊，觉都不让睡好了，这哪里不算毛病啊……"

"嘿嘿，你这个丫头……你知道地震来的时候，不少动物都会出现毛病吧？什么蛤蟆满大街爬，燕子乱飞之类的。"

"嗯，听过。"

"这是它们的预警装置发生作用。你么，你身上有点怪毛病，这就是说，你比许多人要敏感些。这黑水嘛，就是给你的预警。你的问题不解决，这梦啊，还有得做。"

"什么问题？"

"那我可不知道，你自己想啊。"老汉看李珊露出要走的意思，又挥挥手，把人喊回来："不过，你会走进来，会做这个梦，就说明你身上有特殊的地方。不治吗？"

"非得治吗？"李珊顿时舍不得了，她回想一下，觉得这黑水的梦境也没那么受不住。反而是这个物语症，病了这么多年，都习惯了。

而且，这老头子神神道道的，谁知道他说的准还不准。

"看来你这症状还挺讨你的喜欢的。那你就要加油了，这样注定要辛苦些，最后会怎么样也说不准。你既然来了，要不，我给你个拖延的法子，能减缓点。"

"做梦吗？也行，不过，贵吗？"李珊四处望了望，她的第六感告诉她还是得信，可是总又忍不住怀疑，这不是坑钱的去处吧？

"老头子是个实诚人。贵有贵的治法，便宜也有便宜的办法，就看你想要如何了。"老头儿看她一眼，不跟她计较，手又往口袋里去了，眼看着就要摸根烟出来抽。

"自然是选性价比高的，治得好毛病，还不用太贵，我可没什么钱。"

老头儿点点头，进去了没一会儿，拿了个盒子出来丢给她："哪有这种好事？贵的，立竿见影；便宜的就要看你的悟性了，悟透了一切都好，没悟透嘛……反正也死不了人。"

李珊怀疑地打开了盒子，她看见一支钢笔，挺普通的。不过，拿到手里，她有种奇妙的感觉，当即就信了——肯定会有用的。

她还是装出个嫌弃的表情："这能做什么，医生你诓我的吧？"

"小姑娘不要装，小家子气，有没有用你自己知道的。要呢，就付两百；不要，就放了东西走人就是了。"

李珊无奈地拿出了手机："二维码能刷吗？"

老头儿点点头，将桌上的日历牌一转，就是两个二维码摆着。看不出来，老人家还挺与时俱进的。

这边付了钱，李珊就迫不及待拆出了钢笔。她一路拿在手里研究，从笔帽到吸管，没觉出跟寻常的钢笔有什么不一样。快到家了，她才想起来该直接问问那个老头这钢笔要怎么用。

她急急忙忙打转——这笔挺贵的，两百一支，可不能浪费了。

李珊走原本那条路，走到脚都酸了，还是没看见店招牌。她捶捶腿，再次提醒自己要多做运动。无奈打转，下次吧，下次有空再去。

可是眼见着就要过年了，是会计最忙的时候。

李珊忙得眼睛发昏，再没能抽出时间去一次诊所。

不过，钢笔被她在睡觉时握在手上，就会跟着进到梦里，然后吸了黑水在河岸写字。

不过梦里的她还是一如既往地傻，知道了用法也用不好，傻乎乎的，只会一遍遍写一个"我"字。这顶什么用？

黑水汹涌，没见少上一点。

就不能多吸一点，别管什么字，一通乱涂，这才有消耗嘛。

李珊又醒来了，这会是急的，没想到梦里的她居然这么傻呆呆的。不过，她睁开眼后，闹铃也马上跟着响了起来。

她再不用五点多起来看昏暗的天了。

这样，也算钱没白花。

尝到了甜头，李珊还打算再去一次诊所，问问贵的钢笔多少钱，不行，就买了吧。只是，直到坐上了回乡的火车，她也没腾出工夫来。

是父亲来车站接的她，他比李珊早几天到家，还开着他的货车。这车没后座，便没地方放行李，只能将她带的大包小包都堆到了货车车厢里。他还细心地在后头拼了几个麻袋垫在下头，这样就不会弄脏了包。

不过，父亲性子闷，不怎么跟她说话，只微笑着。

家里头有母亲就热闹了，打从进门开始就念念叨叨上了："就跟你爸说别开那车别开那车，打个的士多好啊。看把我闺女冷的，肯定冻着了，来，先喝一碗热汤。"

显然，母亲已经忙了一个上午，家里的木桌子已不堪重负。

要不是怕吓到两个老人家，李珊挺想跟家里的老桌子聊一聊的，它的喘气声不要太明显，听着下一刻就会塌。

李珊听得难受，忍不住替它出头："妈，我没事，挺好的。我爸天天开那车也没见冻着啊，我就坐一会。对了，我们家这桌子是不是得换了，看着够呛啊。"

"换什么换？哪里不行了？使了快二十年了，不都好好的？你别操心这个。"她妈显然没有在意，一转身进了厨房，又端出一碗油汪汪的肉来："来来，吃块肉。你一个人住那地方不行，你看，都瘦了。是不是没怎么吃肉啊？喝完了汤就吃饭。"

李珊无奈，给她爸拉开了椅子，随手把碗筷送过去。自己坐下的时候抬了抬桌子，然后听到他们家的老桌子气喘吁吁地哼了一声："多谢你记挂着，老朽还好，咳咳。"

真是一张厚道的桌子。

李珊看她爸在那啃排骨呢，一会儿就把面上能看见的肉都给吃掉了，这会儿还在吸骨髓，喝得啧啧有声。李珊顺道给他夹了一大块肥肉，她记得他以前爱吃这个："来，爸，你吃这个。"

肉还没送进碗呢，她妈抄着自己的碗给截住了："别给他，以后都别给他吃，他血压高呢。谁叫他老喝酒，活该。"

等母亲落了座，手都不停地夹了一大筷子肉放到李珊的碗里头："珊珊啊，最近怎么样啊？"

李珊还没说话，桌子友善地提醒她："来了，你且小心着。"

她确实需要小心，她妈下一句就开口了："你最近谈男朋友没？"

李珊谨慎地摇摇头，赶紧地给她妈夹了一筷子她爱吃的咸菜："还没呢，最近忙……妈，你吃这个。我也吃点，好久没尝你的手艺了。"

"还没啊……"她妈一下子就停了手，在酝酿，在思索，她爸直接把凳子往边上挪了点。

估计是顾忌着她刚回家吧，不好说什么。可是到底是亲生母女，藏着话不对亲闺女说，这事李珊妈肯定做不到。憋了一会，她妈迂回开口："哦，前两天碰到了楼上的张姨，她跟我说她家二孙孙生出来了，剖宫产的，母子都还挺好。哦哦，对了，还给了我两个红蛋，吃完饭记得提醒我拿给你啊……"

李珊乖顺地点头，闷头吃菜没有接话。

　　"我们单位的吴阿姨也做奶奶啦，她儿子过年带了两个孙子从B市回来看她。他们家小林还是挺不错的，小伙子高高帅帅的，现在在B市也是有房有车了，这次回来还带了不少东西呢……"

　　"我也给您买东西了。我看您啊老是舍不得花钱，就买了个扫地机器人回来，搞卫生省事。给我爸也买了。本来打算给他买个肩颈按摩仪的，可是那玩意提回来太重了，我就先买了个保暖内衣，等过了年，快递就给您送按摩仪来家里……"

　　"买那些做什么？乱花钱的，一点钱是让你这么乱花的吗？都不要！李珊，你别给我岔开话题啊！你就没听见人家带着孙子回来的，我外孙呢？我女婿呢？人呢？你……"

　　她妈再没了遮掩，迅猛开火，直到父亲跟着下场，两个人来了个二重唱，唱到万物都与李珊一起发出了沉痛的哀鸣。

　　他们家的老板凳最是不喜欢说话的物件，毕竟都要散架了，活着不容易，宁愿省点力气的好。这会儿也躁动起来了，在那里嗯嗯啊啊："烦死了呀，烦死了……"

　　那晚睡觉，被子格外温柔。不仅将她裹了两圈，还温柔地对着李珊低语："亲爱的，你累了一天了，今天还是不聊了。我们明天再说吧。"然后用被子的礼仪弯腰亲了亲她的脸。

　　可是，没什么用。

　　在李珊的梦里，那一条莫名其妙的黑水这夜格外喧嚣，好像要涨起来了一样，结果她真的是傻，还站在那里写一个个"我"字。

　　就是多写点别的也好啊，或者，就跑呗。

李珊吐槽着梦里头那个傻女孩，又开始了新的一天。

过年之前想着过年该是多么美好的一件事情，不用上班，还有七天的假期。可以回到许久没回去的家乡，见到很久不见的家人，吃妈妈做的饭，有爸爸帮着洗碗。

所有的一切都能交给家里人，自己什么也不用操心。

真的回了家才知道凡事都不如想象中美好。

李珊小时候也挺爱读读写写的，家里摆了个大柜子，里面摆了许多物件。看来是她去了H市之后，她妈把随手添置的东西都丢上面了，看上去完全跟之前不是一回事。

她的柜子一直在呻吟，她听着都心疼，就想动手清一清。柜子是个温柔的女士，说起话来细声细气的："多谢你记着我，我也觉得太挤了呢。"

"那你忍一忍啊，我很快就把你救出来。"

"嗯，你最好了。"柜子对她轻柔地撒着娇。

李珊才开始动手，母亲就蹿了出来："欸欸，放着放着，你别乱折腾啊。到时候把我的东西都给放乱了，该找不到了。"

"您现在放的就是乱的，我这是帮您整理呢。不然，你看看，我现在要找什么都找不到。"

"你还要找什么啊？这不都是你剩下不要的东西嘛。"母亲望着柜子里的东西，也有些犯难。她自然知道自己东西杂乱，可是家里东西实在太多，不搁在这里那要搁哪里？

"我找，我找笔记本……"这里虽然是她的书柜，不过读大学起就没用了。原本放着的几本书也多是很早之前攒钱买的杂志和小说，早就不看了。真正喜欢的几本书早被她带走了。

现在柜子里放的，最有价值的就是她很久不曾翻看的笔记本了。

她妈又开始念她："那给你找出那几个本子不就行了吗？我说你啊，天天窝在家里做这些无聊的事干什么？是不是在H城你也是这样，不出门，不交朋友。你怎么能这样呢？你都多大了，还单着，自己还不着急，你是不是要伤我们的心？你是不是诚心让我和你爸没面子？旁人家的姑娘啊，小伙啊都结婚了，就你单着，结果我们天天被问：你们家姑娘呢？结婚了吗？我们多没面子……"

在她妈的絮絮叨叨里，柜子同情地给李珊指明了方向："这里，这里，你要找的本子就在这里。"

李珊快速抽出那几个本子，冲着她妈晃了晃："妈，差不多了。你不是要下去跳广场舞吗？还不走？我看会儿，看完了我保证出去给你找女婿去。"

好不容易把母亲哄了出去，李珊回到了桌子前头，看起了笔记本——

先拿起封面上写着"语文"的。

随意翻，找到字数最多的那几页——果然，大标题《祝福》，鲁迅著。

鲁迅的文章从来都是最吃笔记纸的，从上学以来就是，小学到高中，从《少年闰土》到《祝福》。她看着自己尚且幼稚的笔触写着：

小伙计平静地说。

这里的平静二字表现了小伙计的冷漠。明明是和祥林嫂一起工作的人，却表现如此的漠然，对她没有任何的同情，也没有对这件事本质"冷漠的社会造成了祥林嫂的个人悲剧"有任何的想法。这体现了他的麻木……

李珊翻到了背面，是她用红笔写着的字：

鲁迅死时魂穿越了！他穿越到了现代一名正在考语文的男孩身上，他正在考场里头答题。

答的是鲁迅的文章的节选……

李珊在下面用紫色的荧光笔批了一条：多傻啊！这个设定简直就和老师的讲解一样傻×老套。与其这样，不如让鲁迅成为英雄！

她在下面用各色彩笔写上了鲁迅的设定：

愤怒的英雄，当他愤怒时，攻击值+50。但是他又极其容易热血上头，表现愤怒。

招式：

魔王之眼，看破虚妄。通过他的双眼，看透敌人的伪装和掩藏，让邪恶无所遁形。

万字真言，心灵震荡。不是嘴炮！不是嘴炮！不是嘴炮！鲁迅可以成为言语的魔法师，通过吟唱咒语进行心灵攻击！

笔力千钧，人物攻击。他的超强脑洞和细致的描述能够塑造出战斗人物，越多细节，人物能力就会越强悍，战士代替鲁迅对敌人发起攻击。

那适合这个英雄生活的世界又是怎么样的呢？他这样的愤怒，那一定是个很糟糕的世界吧。像哪里？蝙蝠侠的高谭市？不对，不是实实在在的真实犯罪，鲁迅的英雄世界应该是心理和精神犯罪居多。

她写了一整页的设定，然后将它们画了出来。

是的，画画。

李珊其实画得也没有多好，但是这算是平庸又平凡的她唯一拿出来还能让人看两眼的长处了。她的手指划过自己画的漫画，线条什么的看起来都很一般，但是显然，画画的人依然很开心，一点没觉得自己差。

这个过程中，她的本子相当安静。如果她没记错的话，这些家伙以前很聒噪的，翻看一页它们就要说上百句话，好多设定都是她们一起讨论出来的，可是到了如今却都诡异地沉默了。

李珊册册翻看，将册页"哗哗"地来回折腾了好几遍，从头到尾，字和画，画和字，五彩斑斓，交替出现。

本子们依然不语。

李珊从小就没学过画画，家里没给她报过班，因为她妈觉得画画反正是加不了分的，大了也不可能送她读艺术。父母节衣缩食给李珊报了奥数、作文、英语……各种辅导班，除了绘画。

那也无所谓，她自己学着画。复杂的学不来，漫画总可以吧？

她借了人家的漫画回来，自己对着模仿。画得比一般人好点，也没什么大用，除了在课间、上课随手画画的时候被同学看见了，得到过两句不走心的夸赞。

李珊有点舍不得地合上了本子，她手又有点痒，找出笔在纸上画。画了个麻子大脸小姑娘，哭丧着脸，丑丑地对着她。

好久没画了，除了麻子，线条什么的更粗糙了。

李珊看着这张脸出神，最后将它揉作一团又摊开，却被褶皱挤出来一个诡异的笑面，李珊又盯了两眼，将它重新揉团丢到了垃圾桶里。

"又来了。"她的垃圾桶抱怨着，"这个垃圾并不好吃啊，宝贝。"

李珊皱了皱眉头，她朝着垃圾桶撇撇嘴，想要踢它一脚教训它多嘴。可是它到底是个会说话的灵物，算了。

李珊起身，按照她妈的吩咐出门散步去了。

大年初三，她妈就给她找了个朋友的同事的儿子，现在在Q市。也不知道是怎么说到一起去的，明明相隔无限远，几个人居然也觉得可以谈一谈，将两个年轻人扯到一起，说要面对面地沟通。

李珊抱怨着："这要怎么谈？每周坐飞机还是高铁见面？这交通费您帮我出啊？"

"这有什么大不了的？你过去Q市嘛。"

"哪里能说动就动的，我要工作啊，好不容易在H市站住脚跟，你非要我挪腾地方，这算什么？"

"有什么大不了的，Q市哪里不好，还有海鲜可以吃。你要是喜欢他了，为了家庭牺牲一下又能怎么样？"

李珊被强大的无理取闹整郁闷了，又不想当着陌生人跟她吵架，只好忧愁地靠着玻璃，陌生的士劝她一句："算了吧妹子，打起精神来。"

她惊奇地眨了眨眼睛，贴着玻璃小声说："你能跟我说话？"

"那当然了。"

李珊虽然从小就患上了物语症，能够和身边的物体说话，但是并不是每一样物体都有这样的灵性，通常只有接触多了，有感情的，才会说上几句。

她从来没有试过和只有一次接触的物体说话。

李珊不再担忧即将见到的那个男人，她好奇地凑近的士，跟它聊着。直到母亲一巴掌打在她的胳膊上："到了到了，下车下车。"

和李珊相亲的男人也是跟着母亲一起来的，他安安静静地坐在一边，任由自己的母亲对李珊提出各种要求和质询，如同关底大boss在高冷地等待刷新，而他母亲是前面的小怪，对于没清掉小怪杀到自己面前的闯关者漠不关心。

李珊茫然地在那里坐着，不知道为什么只是走进一家餐厅，她就自然成了下位者。

母亲在盛气凌人的相亲对象家庭面前保持着谦卑，恳求他们挑选自己花费了二十几年培养出来的"商品"。

李珊在压力下不得不保持着得体的沉默，沉默到了最后，终于扭曲地给对方制造出一个温柔得体的印象。

直到走出了门，长长地呼吸了一口餐厅外头的空气，李珊终于对着母亲发起了脾气："做什么要这个样子，我才二十五岁。哪里就让他们这么看不上了？你干吗非要对他们做出这种样子。"

"什么样子？我做什么样子？还不都是为了你？你都二十五了，还是单身。那个男孩子，我看蛮好的，要是看得上你，那是你的运气。可你看看，就因为你不争气，人家什么都没说吧？还是你今天的衣服穿得不好看，化妆也不行。你是不是再去买点……"

李珊觉得她妈简直就是神奇，明明节约到几十年的桌子都舍不得买，留了一柜子垃圾不肯扔的人，怎么就想起让她去买化妆品？

她气愤地叫着："他哪里好了？一个人闷着玩手机都不说话，搭理你了吗？你从哪里看出来他还不错的？"

"玩手机哪里不好了！多老实的一个孩子，不会胡乱说话，老实得很。"

"怎么就是老实不说话了？人家说不定忙着工作根本没把你当回事。他讲礼貌了吗？"

"忙工作不就更好了？人家高高帅帅的年轻小伙子，还这么有上进心，这多难得。你怎么就不知道珍惜？你就应该更主动一点，对人家阿姨多说两句好听的，或者跟人家主动点问个好，人家看你嘴甜，不就觉得你不错啦？"母亲絮絮叨叨地抱怨着，最后总结，"都是跟你爸学的，嘴巴笨，不会做事情，所以才这个样子……"

李珊不愿再听下去，她累积了许久终于能发出来的怒火推着她往前冲，冲了两百米又停下来，保持着这个距离，和母亲一前一后地走着。

等到年假结束，她也没找到一个能发展的对象。母亲知道来不及折腾了，意犹未尽地叹了一口气："你也懂点事，让我和你爸安心。这么大的人了，若是还不找个人嫁出去，将来要怎么搞？"

李珊抬头，看向母亲。

母亲打开了电视，屏幕上放着翻来覆去重播过好几天的春节联欢晚会，弯腰拖地，不时抬起头对她说话。春晚播了这么多次，妈妈可能也就完整地看过一遍，明明说抢红包的时候错过了一个小品要补看的，结果太忙，现在也没看。

南方的城市没有送暖，家里也舍不得烧天然气的暖气片，就放了两个热得快，全对着她，下面还给铺了一个暖脚器。父亲出门打牌去了，就她妈在做家务，然后跟她念叨。

李珊心软了，那些让她烦躁的絮叨就这么柔软地陷到了她的耳朵里，顺着耳道往头里跑。李珊老老实实点点头："行吧，你要是找到了合适的，我肯定去跟人家见面。"

母亲停了嘴，抬起头冲着李珊笑了一下，这么一笑就带出了母亲柔软的沧桑，每一条纹路里都流淌着深沉的温柔。

晚上，李珊睡了一觉——黑色的潮水升高了，淹到了她的膝盖上。她站在水里，用那支钢笔来回地在一边的堤坝上写着"我"字，速度快了些。可是没有法子，她的小腿还是彻底地隐没在黑水里头，不见了。

走的时候又是父亲送的她。给塞了更多的东西去挤火车，家里有的都给她了。母亲自己晒的干鱼，给她包在路上吃的水果，怕她站久了准备的马扎和U形枕，周到细致，不一而足。

送她上车的时候，父亲笨拙地伸出手，抱了抱她。他谨慎地从怀里摸出几张钱，塞到李珊的口袋里："女孩子，要多买两件衣服，穿好看点。"父亲有些羞涩地笑笑，"别告诉你妈了，免得听她絮叨。花钱别太省，大胆用，爸爸有钱。你别不吃不买的啊，这点我随便跑两趟车就有了。"

李珊推了几下，没推掉，爸爸扭头走了，离了两米，隔着人群跟她招手。直到她进到候车厅回望，父亲还站在那里高举着手。

她没抢到坐票，只好站着回H市，人群挤在一起形成的浑浊呼吸萦绕在她的鼻尖，她最开始还难忍地皱了皱眉头，后来也就习惯了，平静下来。

李珊透过人群看见了一个男人，觉得他有点儿面熟，但是一时之间也想不起在哪里见过。反正她总觉得有点儿特殊的缘分，刚想到是不是上去打个招呼，下一秒又自我吐槽：被妈妈念叨得走火入魔了。

她的U形枕挂在她的脖子上表示肯定："虽然是这样，但是也不是不可以过去，要个电话号码啊。"

"那多难为情啊，还是算了。"

"可别怪我没有提醒你，这样的缘分错过了，之后可就难得了。"

"你别啰唆,我都说不要了。"她按了按枕头,"老实点,我要睡觉。"

哪里睡得着,她闭着眼睛被人群挤着站着,都快双脚离地了,在浑浊的车厢里头迷迷糊糊地静默,好像一直睡眼蒙眬地看着那个男人,是在哪里见过吧——

该要个电话号码的,这么有缘。

可是,等她被人群挤着到达了H市,包勉强还在,但是人和包都被一起挤到变形,那个男人也消失在人海。

她四处看了看,对自己说:"若是再见,我就问他要电话号码。"

但是没见到,一个人都没见到。U形枕有气无力地跟她说:"早就告诉你了,遇到好的要抓住啊。"

李珊有气无力地拍打了一下它,表示警告。

李珊有心想要再去奇形怪症诊所看看,只是年一过又是工作加工作,也不知道客户怎么都不需要休息,反正积累在案上的要算的账越来越多。

她在梦里被黑水泡着,却又醒不过来。那支钢笔让她安眠到了天亮,连早上五点起来,眺望一下奇形怪症诊所那格外耀眼的灯都做不到。

李珊终于迎来一个周末。她起来了,朝着那一处走去。原本还有的烧烤店还在,依然脏,飘出来的烟似乎都带上了黄色,对面的那家诊所却不在了。

门关着,招牌也没了,看上去就是个在装修的小破楼。

是关门了,还是整修?

李珊觉得大概率是前者,毕竟H市这样大,每天开开关关的店铺不知多少。来来往往的人虽然多,又有几个患有奇怪的病,这家诊所开不下去是很正常的。

可是她总想着，说不准只是整修呢？她家的灯泡都说了，那家装的灯都不是普通灯。这样传奇的一家诊所，会这么容易就没有了？大概不会吧。

可是她也没有别的办法，转身回了家。

家里的东西不多，因为李珊能和物品对话，买多了吵。

可是物语症最近有暴走的迹象，从前不会开口的物品冷不丁就冒出几句话。李珊更不敢买了，偶尔路过街边的店，遇到喜欢的，看过还是放弃了——若是它们也都会说话，那就太吵了。

她守着自己空荡荡的格子屋过日子。平时还好，难得一个休息日，从诊所回来就觉得空，别压抑到什么也不想做。

李珊将自己放倒在床上，仰头看着天花板，半晌没有动弹。她身下有东西弹了一下："别这么闷着，说句话吧？"

"说什么呢？"

"没必要这么沮丧啊，这人生一直是起起落落的，失意的事情还多着呢。别这么容易被打击到！"

"你一个床垫话这么多做什么？"

"你也看看对象啊，刚刚那句话明明是我说的，我是枕头。"

"枕头也会说话了？你们床上用品派一个代表说话不好吗？"

"不好啊，你一个人这么闷闷的，我们不多几样说话的，那多无聊啊！"枕头和床垫异口同声地说着。

李珊捶了一下床，偏过头，闭上了眼睛。

晚上，她做了一个梦，梦里头的黑水越发地汹涌，滚滚大浪朝她扑来，似乎随时都会将她吞没。她站在河里，瑟缩着，却毫无抵抗能力。

等到又一次大汗淋漓地醒来，李珊睡不着了。她是苍白着一张脸去的单位。

数字一行行地从眼前滑过，她却脑子发胀，什么也算不明白，仿佛它们之间毫无联系。边上没人有时间关心她，只是把越来越多的文件夹摆到她的桌上，要她处理。

李珊想要跳起来暴走，却不敢动——唯一觉得欣慰的是，她突然发现，自己挺重要的，居然有这么多的文件离不得她，看来是工资没有白拿。

一上午，被部门经理劈头盖脸骂了几次，李珊的大脑终于习惯性地运转起来。她机械地重复着往日的流程和步骤，一步步地往下走。

可是她始终觉得自己没有思考过什么。直到中午吃饭的时候，隔壁格子里头的丽莎才走过来，拉着她："走吧，吃饭去。"

李珊被她拉着走了。

公司里和她关系最好的就是丽莎。因为这个姑娘热情，一开始说她们俩的名字读起来相似，就多找她说话，其实也因为李珊不大抗拒她，没传过她的小话。

毕竟公司里许多人都不大喜欢丽莎，说她妖妖娆娆的，在他们这个工资不入流的小公司里，居然出入都是名牌，即使聪明能干也容易让人遐想，更何况她对此也不避讳，还小骄傲。她从来都不屑于做个主流欣赏的女人。

她的男朋友没人见过，只远远地在楼上看见过开来接她的车子——隔了老远，气势恢宏。只有李珊没说什么，她没所谓，被拉着就一起玩耍，不拉着也能随便捡一样东西说话。

她有病嘛，所以从小就习惯了藏着自己，推己及人，所以她也不会去探究旁人，比如说丽莎。这应该不是她的真名，她真的叫什么也没人听过，只知道她姓王，让大家都叫她丽莎。

丽莎转了一圈手腕，给她展示自己的新戒指，钻石闪烁："亲爱的，你今天怎么这么沉默？"

"困的。"

"看看你这脸，就知道你每天都困。"她的手指停在李珊的脸旁，隔了一线，滑动一下，"亲爱的，青春易逝，好好保重啊。"

"知道了。"

然后她沉默地吃着自己的饭菜，听着丽莎说话，不过一个字都没往心里去。

"亲爱的，你该找个男朋友了，找个人抱着你睡，总能睡得好些。"丽莎看对面的人恍恍惚惚没有回应，随口说出一句。她真的是胡乱说的，要知道她平时最喜欢做的就是炫耀自己的饰品和恋情。这不过是个开场白，方便她接着往下说。

可是李珊就好像醒神了一样，她抬起头，朝着丽莎那边看了看，居然点点头："是要找一个男朋友了。"

"你想谈恋爱了？"丽莎觉得不敢相信，凑过来，再问了一遍。

"不知道，大概是吧……"

丽莎翻了个白眼，埋头吃了一口饭，继续滔滔不绝地说着。

李珊是真的有了这个想法。她不是没想过恋爱，只是心里还残留着最后的幻想——有一天她会奇迹般地遇见一个真心喜欢的男人，对方的条件不一定多么出众，但是相互喜欢。

她曾有过的理想几乎都被现实消磨去了，爱情是仅存的执念。

没有办法，李珊也想保持天真时的状态，对一切都充满了激情和干劲。可是进入社会以后，才知道曾经的设想都是做梦，她什么也做不好，只能将自己所有的凸起一一磨去，硬嵌进社会留给她的这个圆凹里头窝着。

她唯一还剩下的天真是关于感情的，她将所有的自我都牵系在感情之锚上，被牵拉住停靠在自我的岸边。

不然，关于李珊个人的，可能就什么都剩不下。

可是，李珊等了这么多年，都没有等到那个人，她只能一年年地孤单下去。

她昨夜再次做了那个梦，在梦里，恶心的黑色的浪水一波又一波地朝着她扑过来，声势浩大，汹涌澎湃，偏偏她的身体如此娇小，似乎转瞬就要被吞噬掉了。

李珊害怕自己就这样被淹没，更可怕的是水里只有她一个人。

她手里拿着的那支钢笔只能不断地写出"我"字，写了一个又一个，一个又一个，可是"我"字总是保留不久，多写几个，曾经的字迹就已经消失了。

这一片河岸什么也没留下。

李珊在清晨惊醒，她突然地想：好孤单啊，若是有个男朋友在一边陪着她就好了，她是不是再也不会做这样的梦？至少不是独自一个人等着被吞没。

她的枕头被她的动作吵醒了，迷迷糊糊地朝着她嘀咕了一句："痴心妄想。"

李珊没去搭理，她吃饱了撑的会去搭理一个里头填满了羽毛的枕头的话。

虽然说是下定了决心，可是她还是没有去打电话，只是开始挤时间去参加一些聚会。慢慢地也被人带着相了两次亲。

几次相亲之后，李珊相到个男朋友，姓刘，叫作刘明。

虽然名字普通到不能再普通，李珊却觉得还好。主要是第一次见面的时候，她就认出来了，这个刘明她曾经在从家里回来H市的火车上，挤在人群里头见过。

李珊一直觉得他面熟，在上火车之前就见过，可是在哪里碰见的？又想不起。

不过，有这样的缘分，李珊就觉得是个挺好的开始，想必之后的相处会很顺利吧。说不准，她关于爱情的美妙幻想会以这个最平平无奇的世俗方式开场，她已经遇到了她理想的相爱至深的恋人。

确实，挺好。

不过，一开始的时候，两人就好像只是喝了一杯叫作"恋爱关系"的水，水下了肚子，但是好像没尝出味道。

他们会在双方都有时间的时候，出来吃一餐饭，打扮得像模像样，展现出自己最好的一面。

甜蜜之前，先品尝到了恋爱带来的疲惫，他们通过不断地伪装和包裹来进行自我推销。

刘明是个不错的普通人，有一份稳定的技术工作，薪水还好，家里条件也行，虽然无法给他许多帮助，也不会是他的负累。

刘明长相端正，说不上很帅。脾气很好，没什么个性，还有点羞怯，但是踏实。

第一次见面的时候，刘明就喜欢低着头。他好像说一句话之后就会急切地低下头去，但是应该是被人教过了，说过一直低头不好之类的，所以他又匆忙抬起来，勾勾嘴角。

抬头—低头的周而复始，李珊一度觉得刘明根本没记住她的长相。而且，若不是有火车上的一面之缘，李珊不会选择跟他在一起。

现在李珊觉得谈着还行，这个人的方方面面都很符合她的条件，两个人的生平简历、家庭环境拿出来，摆到一个秤上去量，半斤八两。刘明比起她，还稍微强一点，这样就很符合社会异性恋爱公约的标准。

她达成了一桩还算靠谱的爱情交易，就不着急了，坐在桌子边，和自己的合作对象一起，不温不火地一步步按照恋爱标准程序进行操作，朝着"结婚"这个交易目标推进运作。

李珊偶尔会厌烦，她抱着自己的枕头，躺在床垫上，看着头顶的灯泡问着："这样算爱情吗？"

她的拖鞋抢先开了口："小傻瓜，鞋子是你穿的，合适了当然就好。"

"你一双破鞋知道什么？"灯泡扬扬得意，"爱情自不是如此。爱情当如我的光辉一样……"

"昏昏暗暗？"一边立着的桌子插嘴了，语带讽刺。转向李珊，它用低沉的声音抚慰："没什么不好的，生活还是稳妥来得好。平淡是福啊。"

"就是就是。"拖鞋在地板上动了两下，附和着。

床垫却又开始反驳："小姑娘，硬邦邦没有起伏的床垫你难道喜欢睡吗？当然是不喜欢的。我的身体里装了那么多弹簧，就为了让你躺在上面感受一下高低起伏，这样才睡得舒服。你的恋爱也应当是这样的。"

"她的人生难道只有睡吗？"幸好床垫这一段话说得慢，又用了比喻和说理等方法，终于让被抢话的灯泡又找到了机会，"人生当然不只如此，应当像灯一样，尽量照往远一点的地方。你就这么一点瓦数，选平路才照得够远啊。"

李珊将她的枕头甩了一下，大叫："你们不要一起开口啊，太吵了呀。"

她很少会这样发脾气，对它们的发言一般不会阻止。毕竟，她觉得这是她过于平凡无趣的人生中少有的刺激和惊喜，便不忍心去掉。生病就生病了，她乐意养着。

可是，它们话太多了，叽叽喳喳，好像在开辩论会，吵得很。李珊本来就够烦躁了，她没忍住发了火。

一室清净。

只有枕头没忍住嘟囔了一声："小姑娘，我并没有说话，为什么偏偏甩我？"

李珊安抚性地揉了它一把，对着空气开口："对不住，是我的错，我不该这么说你们。都别说了，让我静静吧。"

那天晚上李珊的梦里头黑水上涌，将她的腰下部位都淹掉了。她这一段时间一直在做这个程度的梦，早已经习惯了。

第一天还是害怕的。

她还能够呼吸，虽然逃不掉，但是总不至于被彻底地淹没了。但是留给她写字的河岸已经没有了。她手里拿着那支钢笔，茫然四顾，不知道要怎么写字。

她焦急地拧开了笔帽，四处寻找，发现空中残留下墨痕。

李珊开始在空中尝试性地书写着，她将"我"字用力地刻在空气里头。可是哪里留得下呢？她的"我"字消失得飞快，几乎是刚刚写完，那一个"我"字的起笔就开始在空气中消失。

黑色的波浪还在那里，天空中的字迹快速消散，她执着地抬高手臂，徒劳又重复地书写了一个又一个快速消散的"我"字。

重复了这么久，李珊已经没有了害怕的情绪。她几乎是机械式地抬高了手臂，在虚无的梦境的天空里写字。

累了，文字消散，梦醒。

她几乎能够肯定，总有一天，黑色的浪潮会淹没她，从头到脚。

可是李珊只是莫名地不愿意让这一天到来，可她没能悟透黑色的潮水代表什么，或者要怎么处理。

她几乎是无可奈何地等待着注定会来的消亡。

唯一能安慰她的是，这只是梦境。

可是，梦真的只是梦吗？李珊没办法回答。

她没有那么多的时间纠结虚无的梦境，李珊将更多的精力投注到现实里。

李珊在恋爱了一段时间之后，将这个消息告诉了丽莎。她没有多少朋友能分享恋爱的心情，曾经友好的同学现在都逐渐疏远了。

当李珊将消息告诉丽莎之后，也没有从她那里得到多少支持，不过状况比她想象的要好。

李珊以为丽莎会嫌弃她。毕竟，李珊做的事情，喜欢的东西，丽莎从来都没看上过。

但是一贯看她不上的丽莎这次却没有太多的评论，只拍拍她的肩："也是个法子。说句不好听的，亲爱的，你长相普通，家世一般，才干也平平，性格又不突出。像你这样的，还是老老实实走安稳踏实的路子好。"

李珊听了这么一段评价，也不知道是该喜还是该怒。

不过仔细想想，丽莎说的都对，她是真诚地为李珊着想。在一个人际关系淡漠的大都市里，对她诚实的丽莎也算是朋友了吧？

谈了一段时间，刘明向李珊提出了同居。李珊想了想，好似没有拒绝的理由。

她给家里打了个电话，说是交了男朋友。不出她的意料，父母都欢天喜地。

电话挂上没多久，母亲便整理完了家里的财产，回了电话给她："家里能够拿出来的就这些，都给你，支持你们买房子用。还不够，没办法，只能你再想办法。不过，千万要记得，我们出了钱，别管占多少，房产证上一定要写上你的名字，可不能少了。"

"是不是还早了点？我们还没有谈到那一步。"

"差不多了，反正你要记住这点，千万别忘了。虽然想你快点嫁出去，但是也不能完全放心，还是要多个心眼，万一将来闹离婚，有个房子也有个依靠。"母亲说到这里，又开始絮絮叨叨，"不知道这些够不够学区房？你别急，我知道你没有那么多时间去看，我明天就去跟张姨打听，她的女儿也在H市，我去跟她打听一下学区房的消息，到时候一起整理了交给你，你在周末的时候就去看看……"

"妈，我哪有那么多的工夫。"

"就周末嘛，你们约会就顺便去看楼盘……"

好不容易挂了电话，李珊接着收拾东西。

她将自己的东西都打了包，遗憾地看着自己的床垫和灯，满眼都是舍不得。它们是最先在这个出租屋里头跟她说话的东西，可是，她带不走，它们是房东的。

"唉，此后，便要寂寞咯。"她的吊灯晃了晃，"我再寻不着一个能与我说话的人啦。"

床垫更是沉默着顶了李珊好几下，拒绝语言交流，枕头也是。

李珊沉默地打着包，最后要关门的时候，搬了个椅子，站在灯下，将灯泡拧了下来："这样，你还能说话吗？"

灯泡默默无言，喑哑着，没有光，也不能发出声音。

李珊又将它拧了上去："那你好好的吧，希望下个主人会喜欢你，喜欢你们。不，下个主人肯定会喜欢你们的。"

她关上了门，带着自己简单的行囊走向另一个出租屋。

这个新的出租屋是他们两商量着一起找的，离两人单位都不远，租房价格不算太高，总体来说是个不错的地方。

这是一个阁楼结构的小公寓，下面是柜子和客厅，上面是一张孤零零的床。一个二十平方米的单间，硬生生被设计出了三十平方米甚至更大的错落感和空间感，让他们蓦然生出自己住得还挺高级的错觉。

各方面都挺合适。

不过，这样便宜的价格就表示房间是有缺陷的——只有一扇很小很小的窗用来透气，而不是进光。

毕竟这栋公寓楼的外头是另一栋大厦。大厦那样高，玻璃的幕墙威风凛凛，白天反射出让人不敢直视的太阳光，晚上自己还要闪烁一阵人造彩光。

所以他们被迫安上了双层的遮光帘。值得自我安慰的是，探头出去，也看不见风景，损失不算大。

李珊和刘明客客气气地在房间门口碰头，他们一起对着房间里面默念了三声自己的名字，然后由刘明用钥匙拧开，搬进去。晚上一起做饭，就算完成了小小的合居仪式。

当天晚上，他们分别做了两道拿手菜，给对方展现了一下自己的实力。

都还挺满意的，除了普通一点，以致没什么值得期待的。

同居走到了第三个月，双方基本适应了对方的生活节奏和习惯。他们并不会争吵，也没有多少交流和沟通。毕竟，相恋实属不容易，他们格外地珍惜这段关系，所以他们吵不起架。吵架这件事太过损耗感情，他们太珍惜这段关系，不愿意用争执来耗损它。

李珊和刘明都有默契地少做交流，也就少了争吵的可能。他们给自己和对方留出了充足的自我空间，盘踞在自己的角落里竖起了电脑和手机屏幕作为挡板，沉默地做着自己的事情。

交流时，如吃饭，他们也只会小心翼翼地观察着对方的筷子落在哪里，就大概知道对方喜欢的口味和菜式，以及他们所厌恶的。下一次做就能够尽量回避，谁也没有直接把问题问出口。

不过，这样到底不太好，在外人看来不像是情侣。所以，他们约定了三章：

一、对方的每一条朋友圈一定要点赞，微博一定要留言。

二、每天要有半个小时的交流时间。

三、非工作性质的聚会一定要带对方出席。

实施之后，双方都表示满意，在彼此尊重互助的前提下，他们的感情顺利推进。

李珊觉得刘明挺好的，好到她几乎挑不出毛病。当然他也有他的问题，比如说他时不时地低头，好像在找什么东西。他有时候话会太少，为人有点闷。

但是这些都不是不能忍受的。

毕竟刘明愿意做她的对象，在这个偌大的水泥丛林中间做她的依靠，陪她供养一个属于自己的水泥方格是件幸运的事。他踏实可靠，无甚出众，不会让她产生危机感，还给她带去希望——他们能够一起前进攀登。

城市盛景就好像是五彩斑斓的灯光投影，他们这些外来的新都市人都聚集在灯光之下，抬着头去仰望耀眼的光影。李珊和刘明目前达成了协议，他们暂且会绑在一起，向着城市的光点上浮。虽然浮动缓慢、幅度微小，但还是在动的，至少看上去是在动的，这多少也能成为安慰。

李珊很知足，为此她甚至开始治疗自己多年的物语症。

自打出生起，李珊就有这个奇怪的病，她一开始并不知道这是独属于她的病症。

大概第一个跟她说话的是家里那个彼时望起来还是极为高大的书柜，它像妈妈一样的语气安抚了小小的李珊，让她觉得这些物件都是和善的。她一开始就喜欢她的病。

不过，生活逐渐教会了她：这样奇怪的病还是不要让人知道比较好。

李珊第一次也是唯一一次向母亲陈述自己的怪事时，母亲直接将她抱到了诊所，她怀疑女儿患上了某类精神疾病。

李珊吓得哇哇大哭，经过一系列检查后，只能撒谎说自己什么也没有听见。她也不想被人当作神经病，长大后她小心翼翼地龟缩在社交圈边缘，呵护着自己的秘密。

她和物语症相依为伴，过了这么多年。李珊并不想要治好，她虽然不明白病因，不懂得病理，可觉得保留这个病症也是一件挺有趣的事情。

谁让平凡的李珊身上几乎没有发生过有趣的事情呢。

为了刘明，为了成为刘明能够选择的妻子，为了成为刘明能选择的而且不成为他负担的妻子，李珊第一次试图调整她的物语症。

没办法，她觉得自己快瞒不住了，在另一个人深入了她的领域之后。而且，她的病也越来越严重，明明没有添置太多的东西，却比以前要吵很多——因为所有的物体似乎都有了说话的功能。

明明之前不是这样的，它们都很乖，只有和李珊真心相处了一段时间之后才会说话。

李珊曾经遐想：只有被她所珍爱的物体才会说话，是因为染上了她的灵性。

结果被她说话直率的钢笔给嘲笑了："你哪里有什么灵性？木呆呆的，就是个傻姑娘。"

李珊气急了，差点将刻薄的钢笔给甩出去。

好吧，她没有灵性。那就是物体们害羞又认生吧，要跟李珊熟悉起来，知道她的秉性，它们才会开口对她说话。

现在，她身边的物件越来越不乖巧了，一个个胆子很大，个个都在她的耳边喋喋不休。

就以她为刘明做饭为例。

李珊不大会做饭，在家时父母不用她动手，后来自己住了又没时间下厨房。

只是现在有了男朋友，再没有时间总要做几餐饭吧。不然，她就更加没有女朋友式的存在感了。

她大概无意中还是被母亲突破了防线吧，母亲的理念终于侵入了李珊的脑子：一旦找到一个男朋友就迫不及待地将所有的美好都展示出来，让对方觉得她还不错，是能娶回家做老婆的对象。某一天，这个冤大头就会愿意花一笔聘礼将她从父母的手上买回去，把她的照片放到自己的红色证件的另外一边。他的身上也会被盖上"李珊老公"的交易完成戳记。

李珊一边想着一边做菜，她带点嘲讽地笑笑，但是手一直没有停。

她没有出口的那些郁闷被身边的物体一股脑地说完了。

李珊握着的刀子无情地吐槽："你的刀工也太差了，一看就是没有做过家务的。"

"是啊是啊，一看之前就是个懒婆娘，"她的洗菜篮不知道从哪里学到的话，明明刚刚才从超市买回来，"我说啊，银耳你泡就泡，好歹加点热水啊。以为我是传说中的厨具能够瞬间发涨银耳吗？这么点时间，哪里够用？欸欸欸，别太热，温的，温的。"

"快别说得这么狠了！"李珊的炒菜勺惊恐地说，"你们说得太多，她又炒过了火，燎出火泡之后，倒霉的还不是我？我昨天被甩了几下，可疼啦。"

"还早呢你！"燃气灶接上，"甩你之前一定是要拍打我的。我哪里见过这样笨的姑娘，大火小火都不会调，火大了第一反应居然是拍打我的身体。女士，我不得不说，你还不够格成为新娘。"

李珊一阵挫败。她想告诉这些物件，你们不要太刻薄了，她正在学，正在进步，她会做好的。

可是才开头，说了个"你们"，她就想起客厅里坐着刘明。他又在低头找东西了，好像有什么重要的物品不见了，只能不断地低头寻找。

听见了李珊在开放式厨房的低语，刘明抬头去看李珊。在他平静的目光下，李珊回头，对视，微笑，岁月静好。

她手下的锅碗瓢盆还在不断地吵闹，它们所制造出来的各种声响都被李珊的装聋作哑给尽数掩盖掉。

什么也没有发生。

日子就这样往下过，又过了几个月，刘明提出了结婚。

结婚啊，那挺好的呗。李珊好像没有太多的理由去拒绝，她在国庆假期将刘明带回了自己家里。

还是父亲去接的人，两人待了两天，又带着父母一起去了刘明的家乡。他的家乡也是一座小城市，相隔李珊的家乡不远，所以他们能在同一列列车上相遇。

到达那座城市的时候，李珊笑了——这样很好。

别的都没有什么关系，刘明住在这里，当她提出过年要回家的时候就很方便了。这样很好。

想到刘明能够让她每年都回家一趟，李珊就忍不住对婚姻加多一分期待。

见面的过程波澜不惊，但是筹备婚礼的过程就大费周章了。

两家人开始看房子。

李珊和刘明的婚期被定到了来年的五月份，在这一段过程中，他们需要运行完领证、买房等一系列的程序，这样到了隔年，李珊就可以准备好生下他们的第一个孩子。

所有的过程都被计划罗列，井井有条。

但是为了实现那个正确又伟大的结果，过程中间注定就要充斥着无数可歌可泣的艰难和斗争。

李珊和刘明将所有的闲暇时间都付给了与房屋中介的斗智斗勇。

按照他们的财力，注定没有办法在H市这样的大城市买下一套属于自己的新房。他们首先考虑的是带有学位的、两人工作都方便的小区。

这样算下来，符合他们目标的也就几个老旧的小区了。它们占时间的便宜，早早在学校边上占了一个位置，因为宝贵的学位依然卖出了高价。

难求也得求，那个被计划好要出生的孩子在来到世界之前就已经占据了太多的关注和资源，他让人做出了无数的牺牲。

李珊拖着疲惫的脚步，跟着刘明一间又一间地划去能够看的房间，最后停在一个套间的面前——老旧、昏黄，散发着老屋子会有的那种气味。

没有哪一处是喜欢的，房子被挤在大楼的角上，客厅不够宽敞，房型不方正，有个房间被迫切割成了不规则的形状，以致空间有些浪费。

一边的中介还在夸夸其谈："这一套房子的性价比很高啊，这附近有不错的幼儿园、小学和中学，家长可以住在这里起码十二年不用换房子了。之前呢，也是房主自己在自住，所以也算是比较爱惜的……"

李珊看着房子，哪里都不喜欢，可是这个房子又恰恰好符合了他们的要求和目标。她撇开了眼睛，嘴巴已经开始和房屋中介讲价了。

她必须买下这个屋子，和刘明一起。

刘明也在做同样的事情。虽然他一直低着头，在"新房"的地上寻找什么，看上去似乎是为一块形状碍眼的污渍发愁。

两个家庭很快通过这一决议，决定背上一两百万的房屋贷款，将这套房子买下来。

购买只是开始，接下来的还有繁杂的装修工作。

两家的父母排好了班，相继杀到了H市。六个人轮流排班，盯着人在房间施工。

李珊守在那里时，会听到无数的声音被淹没，然后又有新的、更加强有力的声音诞生。

她对于所有的一切都未曾预想，她茫然不知事情会向哪个方向进行演变和发展，她在这个破败的空间里头站着、守着，看着它坍塌然后被重建，之前不认识，现在也不懂，将来却要过上十数年，兴许长达一生。

李珊想到自己的婚姻即将在这里开始，可是对于自己的丈夫，她依然觉得陌生，似乎能脱口背出刘明的生平简历，其他几乎茫然。

可是她不是刘明的上司或是面试官，知道他的生平和技能有什么作用吗？恋爱开始前有过的一瞬幻想会实现的错觉，早被她遗忘了。

除了李珊偶尔会担忧感情问题，没有其他人要求她深入去明白这个会占据她人生的特殊地位的男人。相反，他们说：生活，这样就够了。

是这样吗？

是的吧，为这个正在装修的房屋，他们不可避免地有了一些争吵。但是不出十分钟，两个人会各自回到自己盘桓的角落，冷静，然后道歉。

因为，都已经定下来买房了，马上就要结婚了，他们更不能消耗彼此之间的缘分。比起那些因为爱情结合的，他们的所有表现都极为克制而疏离，反而稳定。

可是李珊总觉得疲惫，她好似只是机械地按照着既定的路往下走，感觉如何，已经不敢思考了。

她周围所有的物体都开始跟她说话，它们吵吵嚷嚷的，每一个似乎都看清楚了李珊的思绪，不断地不断地说着。

这个来一句："就要结婚了，你怎么不开心呢？"

那个物品来了一句："你真的爱他吗？结婚不该是为了爱吗？"

又有个反向地劝她："别听那些混蛋胡说，别扯那些虚的，你踏实过日子就好。"

每一个物品似乎都有自己的思路，吵吵闹闹，反逼得李珊无话可说。什么都被它们说完了，李珊能说什么呢？她沉默着，准备做她的新娘。

过年的时候，两个新人领了证了，就说带着双方的父母一起去S城旅游备婚。那里有著名的婚纱一条街，好像在过年期间都会营业。

这里的婚纱非常有名。毕竟价格不贵，只要善于挑选和砍价，总能找到一款中意的。

在其他游客在S城旅游大多参观园林的时候，他们这一行人几乎将所有的时间都花到了婚纱一条街上。

这一条窄窄的长街上，满目所见都是白色的纱布，加了些点缀和不同的剪裁，可远远看着，不过是一件又一件的白裙。

它们有着不同的寓意和设计感，每一件婚纱都能被销售人员捧着说出不同的优点来，可是一眼看过去，它们都委屈地挤着挂在一处，像是大片大片的白色蕾丝花圃里长出来的花。

李珊对于婚纱没有太多的设想，但是两个母亲却各有各的意见。她们为着不同的婚纱争执不休，谁也没有办法说服谁。

最后，李珊被推进一件有大裙撑的笨重婚纱里。

她不知道自己喜欢什么，但很清楚，她一点也不喜欢这一件——老旧的设计和难忍的裙撑都让她的行动受到了限制。只是两个母亲好不容易达成了统一，她不得不拿着那件婚纱走进了试衣间，穿好了走出来，看向刘明。

刘明正在试一套白色的西服，他打着领结，目光遥遥撞上了李珊。她好似爬了千山蹚过万水一般，眼里写满了无尽的疲惫和萧瑟。

李珊突然害怕起来。

她身上的裙装翻飞着叫嚷："你买我！你买我！我这么好看，我明明很适合你。"

两个母亲抓着她的手臂，让她转了两个圈，然后称赞着。

李珊看向穿衣镜，镜子里头的她套在白色的婚纱里，就像一个白衣的扯线木偶。

李珊抬起了手，她试图找出一点不服帖的地方，以此说服母亲们放弃，可是白色的蕾丝跟着她飞扬，包着她的手臂，如同一件护臂。

"就是它了，好吧？"母亲满意地看着这一切，手指头从她的袖口伸进去，带着薄茧的手指贴上了她的皮肤，微痒，"挺好的，这衣服合身，不会太挤，你穿着会比较舒服。"

一锤定音。

"嗯嗯，我看是不错。"李珊的婆婆也点点头，"款式大方，能显出身材，也不会太暴露。"

交易完成。

　　李珊没能开口，显得乖巧柔顺，实际她只是木呆呆地看着镜中的自己，也透过镜子看那个站在她身后不远的"丈夫"。

　　他现在又一次低下了头，好像在找什么东西。

　　买好了婚纱，两人决定分别回一次自己的家。分开的时候，都没想起回头。

　　李珊躺在自己的房间里，她又一次找出了自己曾经的本子们。

　　那上面有歪歪扭扭的漫画，大多是她的设想，但是她记得，那里分明有一篇是关于婚礼的遐想。

　　找到了，在地理笔记本上——

　　那是一个胸脯很大的姑娘，李珊一直以为自己能长成一个大胸的妹子，就好像每个女孩都觉得自己将来会要变美一样。

　　漫画里的女孩有着夸张的大胸和细腰，她将身体扭成一个夸张的弧度，穿着一件鱼尾裙的婚纱，婚纱上面缀着美艳的玫瑰花和钻石。

　　她的手里也有一朵盛放的玫瑰。

　　女孩有着夸张的五官，眉眼带着夸张的喜悦，她正向身边的新郎抛送一个夸张的媚眼。她将手里的玫瑰朝着张扬的新郎丢去，那个男人慌张地接过，脸上也带着笑。

　　所有的线条都夸张又扭曲地组成了"喜悦"两个字，画面傻到不可思议的地步。

　　李珊几乎忘记了，她曾经设想过的婚礼场景是这样的。

　　早知道，所有的现实都跟以前想的不一样，她的梦想一个个破灭，破灭成了和以前的设想不同的现实。可唯一剩下并坚持多年的支撑不是爱情吗？

到了如今，连这个也没有了。

李珊突然觉得害怕，她问母亲："我是不是可以不结婚？"

母亲诧异地看她一眼："你跟小刘吵架啦？"

"没有……"

"那你突然说的是什么蠢话？"

"我就是一下子不想结婚了，我……"

"不行，你别发疯！"母亲埋下头，接着做家务，有口无心地说，"你是不是得了传说中的恐婚症？那没什么，回去躺着，休息好就没事了。"

"我想清楚了！"

"回去！"母亲瞪着她，根本不愿意听她说第二句。

李珊回到了房间里，她茫然地盘旋：怎么办？怎么办？怎么办……

明明所有的事情都是她做的，决定恋爱、结婚的都是她，这些事她都事先想过。

可是，分明有什么不对劲。

李珊抓不住这一点，她所有的一切全都抓不住。

她徒劳地在自己的房间里徘徊打转，试图找出丢失了的思绪：为什么突然决定结婚呢？为什么突然想要不结婚呢？结婚是为了什么呢？结婚是要做什么呢？她什么都想不清楚。

身边的一切物品都在放肆地吵闹。

"亲爱的，你不该这个样子……"

"小傻瓜，你要想想清楚的……"

"你应该说出来，这是你的大事……"

李珊忍受着，忍受着，忍受着所有的声响。她终于忍不住了，对着虚无的空气一声大吼："够了！你们都说够了！给我安静一点！闭嘴！闭嘴！闭嘴！"

安静了，整个世界安静了。

李珊将自己扔到了床上。她将自己的咆哮埋藏到了被褥枕头里面，耳朵获得了前所未有的安静。

她暂时不想要道歉，她只想享受一刻普通人所有的安静。

李珊就是在这样的安静下睡着的，她无意义地喊哑了喉咙，趴伏着，沉沉睡去。

那是她最后一次梦见了黑色的浪潮。她高高举着钢笔，看着黑色的浪潮汹涌将她彻底吞没了。她的钢笔还在写着什么，可是写不出来。

她明明还站在黑色的水中呼吸，哪怕张开眼看到的都是黑暗，呼吸吞吐之间都是黑色的不知名潮水，可她依然在那儿。

只是，身处黑暗。

她没有放弃地站在黑水里握着钢笔，努力书写，直到一声脆响——钢笔断了。

她手里握着的钢笔断裂，化作闪光的碎片，消失了。

仅有一瞬的光闪，在这之后，她的梦境还是黑色的。

李珊从梦里惊醒，她马上去寻找随身带着的钢笔。却发现她将钢笔插在了裤子的口袋里，不规则的睡姿，让她将钢笔压成了两段。钢笔里头黑色的墨水渗出来，将这一条裤子染上了黑色的印迹。

哪里来的墨水？明明，她没有用它吸过墨水的。李珊没有在意，她也没有在意这条裤子洗不干净了。她只是擦拭着裤子上的污渍，轻轻地说："对不住啊，真是对不住……"

不知道对谁，也没人回应。

直到她要离开，房间里的所有一切都还是没有说话。她的物语症似乎已经不药而愈，她再也没有了奇怪的病症，只是一个普通人。

李珊对着空气低语了无数句的"对不起""对不起，你们开口跟我说话好不好"……没有任何回应。

李珊是无比沮丧地离开家的，临走的时候带上了自己曾经的笔记本们。

上了火车，挤在人群中间，到了刘明家的那一个站点。李珊朝着门口看去，果然见到了刘明。

两个人微笑着招招手，挤过人群站到了一起。

"过年还好吗？"刘明有礼地问着。

"还好。"

"爸妈还好吗？"

"也还不错，你父母呢？"

"都挺好的。"

…………

然后又沉默了，两个人尴尬地依偎在一起，相互之间说不出一句话来。

"你的心情看上去不好。"

"还好，没什么。"李珊下意识地摇摇头，她摸了摸自己的口袋，那里放着那支断裂的钢笔。李珊微微抬头，看向了刘明，"有个问题一直想要问你。"

"额，你说……"

"你为什么习惯性地低头？"

"哦……就是坏毛病……"

"还以为你在找什么……这个毛病不好看，能不能改改？"

"改得差不多了。"

"那就好。"

又没有多余的话可以说了。

两个人提着包回了他们一起租住的房子里，背对背地吁了一口气。

刘明睡在她的身边，可是李珊还是觉得没有依靠。她的梦中世界一片黑暗，她的周遭无比的安静，她为这两件无关紧要的小事觉得害怕。

是的，还是没有物品跟她说话，不管她偷偷说了多少句对不起。

她只是在家里对着自己的物品说了一句闭嘴而已，真的只是太烦躁了才说了这么一句而已，她没有恶意的，就不能被原谅吗？

情急之下对家里的物品们说了一句而已，怎么沉默会传染给她周边所有的东西？

李珊没有跟任何人说，但是心里已经难受得受不了了。

在购置新家的物品的时候，李珊终于失控了。

趁着过年时大量的物品打折，他们买了许多东西。

除了必要的单据上列出来的那些，李珊又买了许多物品，她不管不顾地挥霍。在买东西的时候，她会偷偷地凑到物品的面前，对着它轻轻说一声："你好，我叫李珊，你能不能跟我说话？"

物品沉默着，不管是桌上的摆饰，还是床上的靠枕，抑或是窗台上的植物。生的死的、绿的红的、贵的便宜的，所有的物品都在沉默。

沉默也没有关系，李珊竖起耳朵凑近，试图捕捉到它们的低语。

若隐约听到了一点点动静，李珊立马就买下来。

其实，很多的时候仅仅是她的错觉，她听见了旁边的杂音，将它们当作了物品对她的回应。

就这样，她将房间填得满满的。

李珊毫无理智地购物终于激怒了刘明，他在某一日堵到房门口，朝李珊发脾气："够了，把能退的东西都给退了。"

"不！"

"李珊，把它们都退了！"刘明皱起了眉头，严厉地看着李珊，"我以为你是理智的人，怎么也想不到你会这么疯狂。"

"就这一次，刘明，就这一次，求求你，让我留下它们吧。"

"不行，李珊，我们没多少钱。"

这是一个非常实际的理由，刘明看着李珊再一次重复："都退回去，我们没多少钱。"

李珊不说话了。她一气提起新提回来的若干个购物袋，转身出了家门。她老老实实地回到了商店致歉："对不起，我的预算超了，请帮我退了。"

她将自己的面皮恶狠狠地掷到地上，为了将东西送回去。

李珊又翻出所有的购物小票，一件件地退货。

李珊找到了一个没有人的时间段，在空荡荡的、还在通风散气的新房里，捂住了脸跌坐在地。泪水默默地流下，顺着手指缝，打湿了衣袖。

回到出租屋时，她却看上去毫无变化，好似什么都没有发生过。

五月份很快就要到了，婚礼就在第二天了。

李珊的物语症似乎痊愈，她很长时间都没再听过任何物品的声音了。

李珊和父母留在出租屋里，刘明去了宾馆。他明天要来这个屋子里头接她去他们的新房。

母亲已经翻身睡去，父亲睡在下头的沙发上，只有李珊一个人躺在床上，长时间没法入睡。她索性站到床沿，看着下头窗户漏进来的一点光。

城市的灯光彻夜不眠，光亮从小小窗口涌入，将屋内的一切都给照亮了。

李珊的手指头滑过床边的几件私人物品，她明明知道没有人会回应她了。可是她还是忍不住，一一对它们说了："再见。"

她的手指头滑过了曾经的笔记本们，终于听到了一声整齐的低语："新的日子，加油。"

李珊停住了，她再次对着自己的本子们说："你们说话了对不对？你们再跟我说一句好不好？一句就好。"

可是她的本子们只是沉默着，没有回答。

"李珊，你在做什么？明天小刘就要来接你了，快睡！"母亲迷迷糊糊地睁开眼睛，对着李珊呼喝。

李珊恍惚被惊醒了，头也不回地应了一声，抄起一沓本子放到枕头边上。她躺在床上，母亲伸出手，像哄孩子一样地拍打着她的背："别担心了，好好睡，明天做个漂亮的新娘……"

李珊顺从地闭上眼，对自己说："明天，我会把你们一起带走的。"

没有来得及。

丽莎很早就过来了，给她做了伴娘。丽莎做伴娘的次数很多，早就过了三次，李珊去请她的时候还有点忐忑，可是对方一口就答应了："没事，亲爱的，姐不信这个。"

丽莎穿着桃红色的伴娘服，帮着李珊化妆。等到最后涂完了口红，她点点头满意地看看："不错，很不错。就告诉你了，姐姐我的新娘妆比专业的画得好多了。"

看着镜子里头说得上明艳的新娘，李珊重重点头："是啊，好多了。"

丽莎凑到她的耳边轻轻说一句："好好过吧，他不好的话姐姐罩着你。"

"好。"

李珊抬起头，看见了昂首挺胸走进来的刘明，他没有低头，穿着西服对李珊温柔地微笑。甚至伸出手，将李珊抱起来，在众人的欢呼喝彩中转了一圈后，大步离开了这间小屋。

一整天，忙忙碌碌，忙着欢呼，忙着招呼，许多的东西自然就忘下了。

晚上，是他们第一次肩并着肩躺在新房的大床上。屋子里还有最后一点残留的没有散去的新近粉刷留下的味道。

两个人过了许久，互相说了一声："刘太太，我会努力对你好的。""谢谢你，刘先生。"

两个人侧过头，微笑，一起闭上眼睡去。

梦里头李珊第一次见到刘明，她想起来是在哪里第一次见过他——奇形怪症诊所的前头。

他从里面走出来，走路的姿势非常别扭，低着头好像在找什么东西。

　　就是看见了刘明，李珊才推开了那份烧烤，走进诊所，然后买下了那一支钢笔。

　　李珊蓦地醒来，她在最后的黑暗里见到了一点光，微弱的一点，好似是希望。

　　她被这一点希望惊坐起来，转头看向刘明：他板正又老实地睡着，好似手脚都被绑住了一样，身体发出了抗议，觉得这个睡姿太过于别扭，所以发出了轻微的打呼声。